Library of
World Literature

世界文学文库

加缪短篇小说集

[法]阿尔贝·加缪 著

李玉民 郭宏安 译

目　录

序 ………………………… 001

局外人 …………………… 001
　第一部 ………………… 001
　第二部 ………………… 046
堕落 ……………………… 094
流放与王国 ……………… 184
　偷情的女人 …………… 184
　叛逆者 ………………… 203
　缄默的人 ……………… 222
　来客 …………………… 236
　约拿斯或工作中的艺术家 … 253
　生长的石头 …………… 286

序

在二十世纪的著名小说家中,有些人的名字是与某种"新技巧""新手法"或"新观念"联系在一起的,例如,普鲁斯特与意识流、卡夫卡与荒诞、赫胥黎与对位、福克纳与时空倒错、萨洛特与潜对话、西蒙与新小说、马尔克斯与魔幻、海勒与黑色幽默,等等。还有一些人的名字并无此类显赫的联系,但是这丝毫也不曾妨碍人们将其视为杰出的小说家,例如加缪。

当然,加缪也有"荒诞",然而创始者的光荣不属于他;他也有"怀疑",但其渊源更为久远;他也曾被人归入海明威一派,但似乎并没有什么东西证明他们之间的联系;他也曾被人拉入新小说家一伙,但是他并没有感到特别的荣耀。其实,他从未想过发明什么,他也的确不曾发明什么,他只是不趋时,不媚俗,不以艰深文浅陋。在某些批评家看来,与二十世纪所崇尚的"晦涩""繁复"相比,"简洁、明晰、纯净"的加缪简直就是"没有什么艺术性"。

然而加缪毕竟是有艺术性的,假使所谓"艺术性"不等于雕琢、华丽、标新立异或追逐时髦之类。加缪的艺术性在于"有度"。

"风格乃是人本身"

加缪是二十世纪少有的自觉追求风格的作家。

说到风格,布封的名言尽人皆知,然其恒遭曲解却是知者寥寥。钱锺书先生曾指出:"吾国论者言及'文如其人',辄引 Buffon 语(Le style, c'est l'homme)为比附,亦不免耳食途说。Buffon 初无是意,其 Discours 仅谓学问乃身外物(hors de l'homme),遣词成章,炉锤各具,则本诸其人([de]l'homme même)。'文如其人',乃读者由文以知人;'文本诸人',乃作者本诸己以成文。"①考布封初衷,确谓知识、事实、发现等皆身外物,唯风格乃是人本身(Ces choses sont hors de l'hemme le style est l'homme même)。因此,风格乃是作者在其思想的表达上打上自己的印记,故"风格不会消失,不会转移,也不会变质"。② 简言之,文以风格传世,而风格则以人为本。

加缪所追求的风格正是布封所论述的风格,然而又不止于此,他对"文本诸人"(即"风格乃是人本身")之"人"做了深入的探索和全新的解释。他指出:"艺术家对取之于现实的因素重新进行分配,并且通过言语手段,做出了修正,这种修正就叫作风格,它使再创造的世界具有统一性和一定限度。"③所谓"修

---

① 钱锺书,《谈艺录》,中华书局,一九八四年。
② 布封,《论风格》。
③ 加缪,《反抗者》。

正",就是艺术家根据人的内在的愿望对现实世界的一种"纠正",其表现之一就是艺术家所运用的小说这种文学样式。而人的内在愿望则是反抗世界的荒诞和寻求现时的幸福。因此,"这种修正是一切反抗者都具有的"。① 这样,加缪就把风格和反抗联系了起来,使之摆脱了纯形式的品格,浸透了人的天然的深刻要求。布封的名言在加缪的笔下,获得了更深厚的现实基础,同时也获得了更超绝的哲学层次。

加缪追求一种"高贵的风格",一种蕴含着人的尊严和骄傲的风格。他指出:"最高贵的艺术风格就在于表现最大程度的反抗。"②这种高贵的风格并不是纯粹形式的,倘若因一味讲究风格而损害了真实,则高贵的风格将不复存在。同时,"高贵的风格就是不露痕迹,血肉丰满的风格化",③而风格化是既要求真实又要求适当的形式的。据此,加缪所谓"高贵的风格"可以归结为互为依存的三种要素:一,给予最大程度的反抗以适当的形式;二,通过纠正现实而获得真实;三,适度而含蓄的风格化。加缪不是那种盲目追求形式的作家,也不是那种单纯注重思想的作家,他始终要求内容与形式"保持经常不断的紧密联系"。无论是内容溢出形式,还是形式淹没内容,在他看来都会破坏艺术所创造的世界的统一性。而艺术,恰恰是"一种要把一切纳入某

---

① 加缪,《反抗者》。
② 加缪,《反抗者》。
③ 加缪,《反抗者》。

种形式的难以实现的苛求"。① 因此,加缪说:"工作和创作了二十年之后,我仍然认为我的作品尚未开始。"②他一直把"真理和反映真理的艺术价值"看得高于一切。当然,加缪对于"真理"(或"真实")有他自己的看法。他曾经不止一次地申明,"现实主义是不可能的",③他反对资产阶级现实主义,也反对社会主义现实主义,因为前者是一种"黑暗的"文学,后者是一种"教诲的"文学,这两种文学实际上都背离了真实。然而同时,他也不止一次地申明,"现实主义的抱负是合理的",④艺术不能"服从现实",也不能"脱离现实",因为"在某种意义上说,艺术是对世界中流逝和未完成的东西的一种反抗:它只是想要给予一种现实以另一种形式,而它又必须保持这种现实,因为这种现实是它的激动的源泉"。⑤ 这种矛盾其实是一种表面的矛盾,其根源在于对现实主义这一概念理解上的分歧。例如,他认为现实主义就是"准确复制现实",就是"无止境地描写事物""无穷尽地列举事物",等等。而我们知道,现实主义完全可以有另一种定义。因此,以这种对现实主义的歧义或误解来探讨加缪对现实的态度,是没有多大意义的。我们只须指出,加缪的小说绝不缺少现实的内容,恰恰相反,真实是他的小说的生命,只不过如他所说,他的小说同时"给现实加上某种东西,使现实稍有变化",也就

---

① 加缪,《反抗者》。
② 转引自莫旺·勒白斯克,《加缪》,一九七六年。
③ 加缪,《艺术家及其时代》。
④ 加缪,《艺术家及其时代》。
⑤ 加缪,《艺术家及其时代》。

是:"小说的本质就在于永远纠正现实世界。"①无论是《局外人》对现实的承受,还是《堕落》对现实的逃避,都不曾离开人的现实,都是在人的世界中展示人对荒诞的觉醒和反抗。现实经过艺术家的"纠正"成为真实,而"纠正"就是风格化,它"包含了人的干预和艺术家在复制现实时进行纠正的意志"。②加缪认为,"风格化最好是含而不露",其本质在于"适度"。加缪的写作艺术的根本在于"恰到好处",甚至是宁不及而勿过。他在谈及自己的写作时,经常见诸笔端的是"限制""堤坝""秩序""适度""栅栏"等表示"不过分"的词。例如,他说:"我知道我本性中的无政府主义,所以我需要在艺术上为自己树起一道栅栏。"③或者:"为了写作,在表达上宁不及而勿过。总之是勿饶舌。"④这种对于"度"的自觉,使加缪为文有一种挺拔瘦硬的风采。

总之,加缪是一位有风格的作家,其风格可以称为"高贵的风格"。

《局外人》与"含混"

《局外人》一九四二年出版后,很快就得到萨特的好评。根据他的解释,《局外人》是对"荒诞"的证明和对资产阶级司法的

---

① 加缪,《反抗者》。
② 加缪,《反抗者》。
③ 加缪答加布里埃尔·多巴莱德问。
④ 加缪,《手记》第一卷。

讽刺。然而,后来的批评家纷纷越过了萨特的解释,他们发现了《局外人》的"含混"。

现代批评家普遍认为,"含混"是文学作品的本质特征之一。作家有意识地运用"含混",读者不固执地追求唯一的理解,则作品将变成一个含义深远的多面体。加缪曾经写道:"至少要为使沉默和创造都臻于极致而努力。"①沉默不是虚无,而是富于蕴含的情状,仿佛"此处无声胜有声",创造当然也不是基于虚无的创造,而是打开沉默的硬壳。沉默与创造之间的桥梁将由"含混"来架设。《局外人》呈现出一种多层次、多侧面的"含混",其中沉默和创造都已臻于极致。

加缪自己谈到《局外人》时说:"局外人描写的是人裸露在荒诞面前。"②他也曾这样概括《局外人》:"在我们的社会里凡在母亲下葬时不哭者皆有被判处死刑之危险。"③看来,萨特的评论与作家的自述相去不远。但是,此后四十年间,局外人探索《局外人》的含义的努力一直没有间断。有的批评家从政治角度考察作者对阿拉伯人和法国殖民政策的态度,认为这部小说更应叫作《一个法国人在阿尔及利亚》,而阿拉伯人被杀则表明法国人"对一种历史负罪感的令人惶惑的供认";有的批评家从精神分析的理论出发,把默尔索看作是现代的俄狄浦斯;还有的批评家把默尔索的经历看作是一种想象的心理历程,等等。这种

---

① 加缪,《手记》第一卷。
② 加缪,《手记》第二卷。
③ 加缪,《局外人》美国版序。

主题的多义性来源于作者置于情节中的许多空白和人物行为的机械性。

人物行为的机械性很容易使浅尝的读者得出这样的印象：默尔索是一个满足于基本生理需要的人，他对外界的反应是直接的、感性的、机械的，他的推理能力低于常人，他是一个不好不坏的化外之人，是一个希望远离社会而处于自然状态的人。然而事情似乎不这么简单。假使读者仔细阅读并且不放过作者似乎不经意的若干提示的话，他会发现默尔索并不是一个生活在世外桃源中的人。他受过高等教育，推理的能力显然优于周围的人，而且当他"在苦难之门上短促地叩了四下"之后，立刻就明白了自己的处境。他的寡言、他的冷漠，直到他的愤怒，原来都是他对环境的自觉的反应。他不想装假，不想撒谎，不想言过其实，不想用社会的惯例来约束自己的言行。他是个"局外人"，然而何谓"局内"？何谓"局外"？这内与外以何为参照？批评家们曾经把他看作自然人、野蛮人、荒诞的人、精神低能的人，或者是理性的人、清醒的人、现代的人，等等。就每一种人来说，默尔索作为小说人物都是清晰的，然而就总体来说，这位小说主人公却又是含混的。不同的批评家都有充分的证据勾画出一个活生生的默尔索来。因此，默尔索的面目既是清晰的，又是模糊的，这中间的矛盾正说明这一文学形象的丰富性。

这种蕴含丰富的矛盾不难表现在人物性格上，小说的叙述角度更使批评家感到既惶惑又兴奋。他们提出了这样的问题：究竟谁在说话？是默尔索还是作者？如果是默尔索，那么他在何时何地说话?如果是作者,那么他是同情还是谴责默尔索?或者,作者与默尔索合一还是与叙述者合一?这些问题使《局外人》这部小说表面上极为清晰的语言变得模糊而含混。

小说的开始是这样一段话:"妈妈今天死了。"小说的结尾,则是默尔索在狱中等待着处决的"那一天",也许是第二天,也许是数日以后。小说从开始到结束,粗粗算起来,至少有一年多的时间。矛盾就出现在这里。如果确认是"今天"说的话,此后的事情皆属想象;如果确认默尔索是在临刑的前夜回忆往事,那就不能说"妈妈今天死了"一类的话。于是有的批评家根据小说第一部和第二部的文体的区别,认为第一部乃是日记,第二部才是完整的逻辑的叙述。也就是说,捕前的经历是逐日记载的,事件既无动机,彼此间也没有联系,直到"我"杀了人,才突然意识到开了"厄运之门"。捕后的经历则不同,"我"已完全明白了自己的处境,所述之事井然有序,推理过程也十分清晰。然而,这仅仅是对小说的时序颠倒的一种解释,批评家们还有其他多种解释,例如有的论者以为默尔索的独白乃是一种"伪独白",不可以正常的逻辑绳之;有的论者认为说话的并不是默尔索,而是某个自称"我"的人在讲述一个叫默尔索的人的故事;还有的论者认为,作者要使读者有亲睹亲历之感,于是扭曲时序而在所不惜,等等。无论如何,这种时序的扭曲使这部小说呈现出一种言简意深的风貌,仿佛冰山,所露甚小,所藏却极大。

《局外人》中具有象征意义的形象也是含混的,具有两重性,例如太阳。太阳这一形象如同大海、土地、鲜花等,在加缪的作品中象征着生命和幸福,是人人都可以享用的财富,取之不费分文。总之,太阳是一种善的象征。然而在《局外人》中,太阳的象征意义却非此一端。的确,太阳依然是美的、善的,当"满眼无际的天空,蔚蓝而金光灿烂"的时候,它可以让人感到舒适;它也可以把女友的脸"晒成一朵花",让默尔索看着喜欢;它也可以适度的炎热,让游泳的人"只顾享受晒着阳光有多么舒服"。然而太阳有它的反面,不是阴影,而是超过了某种限度。它可以使"天空蓝得晃眼",把默尔索弄得"昏昏沉沉";它可以是"火辣辣的",晒得土地"直打战",既冷酷无情,又令人疲惫不堪;由于阳光过分地强烈,人"若是慢慢悠悠地走,就可能中暑。可是走得太快,浑身冒汗,进了教堂又会着凉",真是进退两难,没有"出路";它也可以像"灼热的利剑",让人觉得刹那间"天穹万物都摇晃起来";正是在这个时候,"海洋呼出一股厚重而滚烫的气息",默尔索抵抗不了这气息的力量,他失去了平衡,他也用枪声"打破了这一天的平衡,打破了海滩异乎寻常的寂静"。于是,"一切都开始了",开始的首先是"苦难",其根源正是默尔索酷爱的太阳,那使他感到幸福的太阳。

此外,默尔索被捕前后呈现出两个世界,这两个世界的特点恰恰是含混和表里不一。捕前,默尔索作为一名小职员生活在流水般的日常世界,他周围的人都有名有姓,有各自的工作。他们的忙碌和烦恼,他们的很少变化的单调生活,他们的许多毫无意义的言谈,无论如何总是构成了一个活跃的、真实的人的世界。人们有小小的痛苦,也有小小的幸福,至少有感官的愉悦。

捕后,默尔索却进入一个完全陌生的世界,那里的人只有职务而没有名姓,例如预审推事、检察官、律师、记者、神甫等,这些人似乎并不是作为人而存在,他们是某种职务的代表,他们不是在生活,而是在扮演某种角色。这个表面上有条理、合乎逻辑的世界实际上是虚假的、做作的,是一个非人的世界。这时的默尔索是个有逻辑的人,却又同时是个置身局外的人。

总之,上述种种含混,即主题、人物、象征、叙述方式和小说世界诸方面的含混,使《局外人》成为一个扑朔迷离、难以把握的整体,似乎有不可穷尽的意义,给各种历史条件下的读者都带来了探索的乐趣。

《局外人》曾经被认为是清晰的、简洁的、透明的,是现代古典主义的典范,然而它的有意的单调、枯燥和冷静却打破了这种直接的印象,随着阅读的深入而逐渐剥露出深刻而复杂的内涵,出人意料地展示出含混作为艺术手段所具有的功能。

可以说,《局外人》的艺术集中地体现为含混。

《堕落》与象征

加缪似乎对文类有着特殊的敏感,《局外人》被称为"小说",《鼠疫》不称小说而称"记事",《堕落》也不称小说,它被称为"叙述"。法国批评家让-约瑟·马尔尚参照纪德的说法,对"叙述"和"小说"的区别做了如下的界定:"叙述依照陈述的规则再现事件,小说则依事件本身的顺序向我们展示这些事件。

我们可以借助于这种说法大致将纯小说和纯叙述区分开来:小说正在发生,叙述已然发生;小说逐渐地向我们提供一种性格,叙述则解释之;小说眼看着事件发生,叙述则使人认识之;小说是由活跃的下文组成的,叙述则由原因组成;小说展开于现时,叙述则阐明过去。这些看法的第一个后果是,如果主人公是人,叙述更注重研究一种危机(它并加以解释),小说则没有非此不可的主题,其主人公总是人。萨特认为纪德完全有理由指出:小说是'一种不断的涌现,每一章都应提出新问题,都应是出口,是方向,是激励,是读者的精神的一段向前延伸的堤'。"①简言之,小说偏于呈现,叙述偏于解释。但是文学的事实证明,小说与叙述之间的区别并不是绝对的,有时甚至并不是清晰的。《堕落》名为叙述,说明加缪有解释的意图,他要让读者理解什么事情;但是《堕落》也有不少小说的因素,如人物的心理分析、环境描写等。不过,我们可以看到,《堕落》的小说因素通过象征的运用而融进了叙述,并使叙述本身也成为一种复杂的象征。

与《局外人》和《鼠疫》相比,《堕落》呈现出一种令熟悉加缪的读者感到惊讶的新面目:一种加缪从未有过的尖刻与痛苦交织的嘲讽的口吻,一种心灵受过创伤的、遏制不住报复心理的人的怨毒的口吻。然而,加缪对语言的苛求和对人性的挖掘却一仍其旧,并且由于广泛地运用象征而在《堕落》中强化了《局外人》所具有的含混和《鼠疫》所具有的神话意识,并且因此而使

---

① 转引自米谢尔·莱蒙,《大革命以来的小说》。

《堕落》摆脱了因纠缠个人恩怨而可能产生的偏颇。象征使《堕落》避免了狭隘性,获得了普遍性。

地域作为象征,在《堕落》中有着特殊的意义。加缪是一位出生在阿尔及利亚的法国作家,其创作基本上以北非为背景,阳光和大海是他最喜欢的地域景观,几乎成为他的作品主题的永久的伴随物。但是,《堕落》的背景却是荷兰,这个"黄金和烟雾的梦"一样的地方,"被雾、冰冷的土地以及像洗衣盆一样冒着气的大海包围着"的国度;是玛尔肯岛,这个"了无生气的地狱";是阿姆斯特丹,它那"同心的运河好像地狱之圈",而且是"最后一圈",但丁留给叛徒的那一圈。这正是北非的明媚的阳光和清凉的大海的反面,是"否定之景"。在加缪的笔下,这种令人感到压抑和窒息的景观正是现代世界的象征。与之相对,加缪没有忘记还有完全不同的地方,那是爪哇,"遥远的岛屿","在那些岛屿上,人们死的时候疯狂而幸福";那是希腊,"那儿的空气是贞洁的,大海和娱乐是明朗的";那是"太阳,海滩,信风吹拂的岛屿,回忆为之绝望的青春"。这种种美好的所在象征着人们的追求和向往。两种地域的对立为《堕落》提供了总体的框架,展示出人类的生存环境:苦难是他每日的伴侣,幸福只存在于怀念和向往之中。

《堕落》中的象征又以具体的形象为载体,有时取自《圣经》或传说,如"鸽子"之类,有时则取自与人物的命运休戚相关的日常景物,如桥、水,等等。前者意境幽邃,发人深省,后者则自然生动,并且饶有讽刺意味,例如桥。克拉芒斯第一次失去心理平衡是因为在塞纳河上的艺术大桥上听见身后升起一阵"笑声",后来又回忆起两年前曾在塞纳河上的王家大桥上见死不救。两件事都发生在桥上,他因此而发誓夜里永不过桥。桥在这里成为某种自觉意识的触媒剂。有趣的是,克拉芒斯逃离巴黎,选择了阿姆斯特丹作为隐居地,然而阿姆斯特丹却是个运河之城,拥有一千一百座大大小小的桥。一个人除非不动,动则必须过桥。克拉芒斯躲开了两座桥,却陷入更多的桥的包围之中。他纵使可以永世不再过桥,却断然不能不谈到桥、不想到桥,桥于是而成为一种顽念,时时压迫着他、折磨着他,使他谈桥色变而不能不处于永恒的自责之中。桥之为象征,明矣。有桥则有水,神秘的笑声与溺水的女人成为不可分割的整体。克拉芒斯既已陷入桥的重重包围之中,就必然要受到流水的无休止的追逐。果然,我们听到了他的惴惴不安的告白:"几年前,在我背后,在塞纳河上回响着的喊声,被河水带着奔向海峡,不断地在世界上前进,越过大洋无边的水面,正在这儿等着我,直到这一天我碰到它。我也明白了,它将继续在所有的海上、河上等着我,总之在我苦涩的洗礼水所在的任何一处等着我。"天网恢恢,疏而不漏,负罪之人逃脱不了惩罚,而惩罚总能等到负罪之人自投罗网。水之为象征,亦明矣。

精神的错觉或幻觉如果成为象征,可以具有多米诺骨牌的第一张牌的作用,一倒俱倒,连锁反应。例如克拉芒斯某夜在艺术大桥上听到的那一阵"背后的笑声"。这笑声先是从水里发出,继而又在他身体的某处响起,这当然不是某个具体的人实际存在的笑声,只不过是克拉芒斯的双重人格得以暴露的某种契机而已。加缪论荒诞时说:"一切伟大的行动和一切伟大的思想都有一个可笑的开端。伟大的作品常常诞生在一条街的拐角或一家饭馆的小门厅里。荒诞也如此。"①我们说:觉醒也如此。那种笑声可能随时随地都存在,只是人们往往不注意、听不见罢了,正如克拉芒斯所说:"这声音没有任何神秘之处,这是一种善意的、自然的、几乎是友好的笑声……"然而,正当一个人感到满足、精神放松戒备的时候,这笑声就能乘虚而入,或从外面某个地方冒出,或在自己身上某个地方响起,实际上,这是精神感到的笑声,并不是耳朵听到的笑声。波德莱尔指出,"在人来说,笑是意识到他自己的优越的产物","是包含在象征苹果中的许多籽仁之一"。② 克拉芒斯听见了笑声,这意味着他已失去了优越,成为别人讪笑的对象。这笑声是微不足道的,但其威力足以摧毁一个人的自信,或者撕去一个人的假面。

人物行为的象征性是《堕落》的最引人注目的特色之一,举凡克拉芒斯的乐善好施、攀登高峰、喜欢岛屿、试图中止审判、当法官、忏悔者、隐匿《神秘的羔羊》,等等,都具有可以向多方面延伸的象征意义。尤其是克拉芒斯的对话,更具独特的风采。这是一篇对话,但对话者并无缘置喙,只剩下克拉芒斯一个人喋喋不休,然而又并非一篇独白,克拉芒斯想尽一切手段诱使那不出声的对话者落入圈套,读者因此感到分明有一对话者在。主人

---

① 加缪,《西西弗的神话》。
② 夏尔·波德莱尔,《论笑的本质并泛论造型艺术中的滑稽》。

公与一个无言的对话者对话,这种手法早已见于陀思妥耶夫斯基的《地下室手记》,但加缪别出心裁,令对话者于篇末暴露身份,原来也是一位巴黎的律师,与克拉芒斯同操"这一美妙的职业"。有的论者认为,所谓对话其实并不存在,是克拉芒斯在顾影自言。准此,叫克拉芒斯的"虚假对话"立刻显出其象征性:克拉芒斯在努力解脱自身的梦魇,并在其失败中显露出他所代表的那一部分人——"当代英雄"——的堕落。他原本希望对方是警察,或可将他逮捕乃至斩首,以便结束"在荒漠中呼喊而拒绝走出去的伪预言家的生涯"。他失败了,他还将继续充当那什么也不能预言的伪预言家的角色。克拉芒斯的"虚假对话"象征着某种结束堕落状态的徒劳无功的努力。

《堕落》的象征,可以被看作是当代人类世界的某种总体象征。

《流放与王国》与技巧作为工具

加缪在为短篇小说集《流放与王国》写的一则出版说明中指出:"这个集子包括六个短篇:《偷情的女人》《叛逆者》《缄默的人》《来客》《约拿斯或工作中的艺术家》和《生长的石头》。不过主题只有一个,即流放,然而处理的方式却有六种,从内心独白到现实主义的叙述。"这里,他实际上是说,他运用了六种小说技巧处理了六种流放的方式。

"偷情的女人"雅尼娜在一次不情愿的旅行中,偶然地发现游牧民族的生活具有一种粗犷自由的美,与自己的平庸猥琐的市民生活相比,一个是"王国",一个是"流放",形同霄壤。她于是有所悟,深夜中只身遁入旷野,让"整个天宇在她的身上展开",与大自然达成神秘而短暂的默契。这是一种奇特的"不贞"。加缪运用了严格遵守时序的叙述,以众多而真实的细节——景物以及过去极少见的有关人的形貌的描写——为支撑,从容不迫地渐次透露出种种信息,使读者有"山雨欲来风满楼"的预感。他又不失时机地推出富有象征意味的形象或动作,使高潮出现之前布满"富于包孕的时刻",例如,"雅尼娜立时感到,一种洪亮而短促的音律,响彻整个天宇,回声渐渐弥漫她头顶的空间,接着戛然而止,丢下她默然面对无边的空旷。"我们可以想象,在这"默然"之中,雅尼娜已打定了主意。她此时已铸成了自己的"不贞",那星夜旷野中的一幕实际上成为弦上之箭,只是待时而发罢了。雅尼娜的故事是个极平凡的故事,加缪写来极有感情,却又出之以极冷静的笔触,反差中呈现出一种"令人不能自持"的神秘美,有寓言的风致。

《叛逆者》中,读者所见唯有一片光怪陆离的意识的流动,通篇是一个"精神错乱的人"的无声的独白,只最后一句是客观的描述,如天外飞来,除了点明这奴隶杀了传教士之后仍旧是个奴隶之外,又留下一个难解的疑团。这是一个改宗者的故事,他不愿徘徊在善与恶之间,他怀着扬善的目的来到崇拜恶的地方。他的善不敌异邦的恶,他于是叛教而投入新主人的怀抱。然而,他又面临着再次改宗的屈辱。他没有被杀死,没有成为殉教者的幸运,他始终是个奴隶,他被割去舌头,失去了语言的能力,但他头脑中又生出另一个"舌头",他还有意识能够流动。外部的事件,内心的活动,在一系列热得烫人的形象中交织成闪烁的一片,暴露出一个倾向于极端思想的人的可怕的精神世界。这篇小说结构严谨,于混乱中见出秩序,颇能表现出"一个精神错乱的人"的情状。其实他们精神并没有错乱,只是趋向极端,进入了绝境。他的无声的独白无异于忏悔,这忏悔因借用了大量极富象征意味的形象而具有多向的启发性。"叛逆者"处于流放之中,他的王国看来极为渺茫。

"缄默的人",正是加缪最熟悉也最感亲切的那些人,具体地说,那些制桶工人。他们因罢工失败而心怀怨恨,他们在大工业的挤压下面临改变职业(然而他们是多么珍爱他们的手艺啊!)的威胁,他们与老板的关系因利害的冲突而遭受扭曲,然而他们最终在老板的女儿的病痛面前打破了沉默,这一切都被以一种现实主义的手法准确鲜明生动地表现了出来。这篇小说写的是复工的第一天,从伊瓦尔上班到下班,整整一天,按照时间的顺序依次呈现出途中的景色、工厂里的气氛、劳动的场面以及工人们对老板的女儿生病这一事件所做的反应,其间很自然地插入伊瓦尔的心理活动,使经过精心选择的大量细节具有活跃而浓郁的生活气息,并且折射出更为广阔的生活场景。加缪对人物着墨不多,但有名有姓的人有七八个之多,都各有性情,颇为鲜明,从主人公伊瓦尔的眼中看去,都显得有血有肉,颇为生动。通篇小说用语朴实无华,对话直截了当,与劳动世界十分相合。小说的结尾透露出某种愿望:"漂洋过海到那边去",似乎是对王国的朦胧的追求。《缄默的人》是一篇现实主义的小说,尽管它的作者反对现实主义。

《来客》的特点是具体、丰富、细腻的环境描写,并在此基础上呈现和深化主人公的孤独感。这环境包括自然环境和社会环境。小学教师达吕对于这环境始终处于不断的选择之中。就自然环境而言,他选择了这片荒凉、贫瘠的高原,并且曾经"觉得自己跟土财老爷一般",因为他"生于斯、长于斯,到了别的地方,他就有流放之感"。加缪在其他作品中从未对景物用过如此多的笔墨,荒原、石头、雪、酷烈的太阳,众多的形象组成这个与人极不友善的世界,从而也更衬托出主人公的选择的严肃性:这里就是他的"王国"。然而,社会环境却使他的选择成为一个泡影:他被迫要在把犯人交给当局和放犯人逃走之间做出选择。他选择了,然而他遭到误解,因此,他又失去了他的"王国":"在这片他曾无限热爱的广袤的土地上,他形影相吊。"社会环境描写之细腻,在加缪来说,也不曾出现在别的作品中,例如小学教师达吕和阿拉伯犯人共居一室时的表现,被描写得极有曲折感。环境是具体的,人物也是具体的,其心理活动也有具体的历史背景。然而,加缪通过具有象征性的细节和情境而淡化了政治的色彩,突出了普遍的人与环境、人与人之间的沟通困难。"沙漠的门户""通往监狱的道路""穿过高原的路""曲曲弯弯的法国河流之间",主客共居一室,犯人自投罗网,等等,都有深广的象征意义。《来客》这篇小说节奏虽然徐缓,内涵却相当丰富,有一种致密感,这使它有别于《缄默的人》那样的现实主义小说,尽管它们细节描绘显然是现实主义的。

初读《约拿斯或工作中的艺术家》,讲的是一个"身为名累"的故事——一个画家的艺术生命如何断送于盛名之下。但是,作者在调侃中流露出的愤懑提醒我们:这绝不是一个轻松的笑话,它所寄托的思考是极为严肃的。"孤独还是团结?"这个困扰着约拿斯的问题也同样困扰着所有的人。小说的口吻是调侃的,渐渐地转向严肃,仿佛一束可调的灯光,于不知不觉中突然照亮了主人公心中的疑团。读者的疑问生于阅读的结束,不由他不于讽刺和幽默中寻求更深刻的含义。于是,他很自然地看出:"不要再说谁是坏人,或者谁丑陋了,而应该说他故意坏,或者故意丑陋。"这样一句随口说出的话原来是暗指存在主义的"自由选择",作者的态度也就不言自明了。约拿斯的结婚、找房子、电话、朋友的来访或邀请、在各种宣言上签名,最后被逼上自搭的阁楼,等等,这些生活中的具体问题,无一不间接或直接地与那个问题相联系,作者的忧虑实际上也在逐步深重。叙述口吻与所述事件之间的不协调,这是加缪从司汤达那里学到的技巧,在这里又一次得到充分的运用。《约拿斯或工作中的艺术家》这篇小说中没有多少细节,也没有多少对话,一切都在大跨度的时空变化中被叙述出来,很明显,作者在这里更注重的是形象或事件的象征性。这是一篇现代寓言。形象的血肉和鲜明、情节的曲折和完整、细节的丰富和真实,都不是作者所追求的,而调侃的笔调、幽默的口吻、真真假假的格言警句、虚虚实实的环境氛围,却明显透出作者的苦心。

《生长的石头》也许是集中最精彩的一篇,开头即以有限的环境描写,使读者自然地站在主人公的位置上,用他的眼睛看世界;结尾又出人意料,顿时使主题凝聚升华,读者甚至可以暗自惊讶:怎么不知不觉地跟着主人公走到那茅屋里去,并且和他一样感到"心头充满了纷乱的幸福之感"。作者在叙述中虽取第三人称,但并非置身于读者和主人公之上,而是以主人公的视角与视界为准,使读者有身临其境之感,能够尽可能地贴近主人公,并因此而尽可能地贴近作者。实际上,在这篇小说中,作者、主人公和读者是渐渐地趋向融合的,他们的近乎一致的视角使小说的主题具有强烈的感染力,同时也使那些富有质感的形象具有浓厚的主观色彩和感情色彩,例如,"在幽暗而透明的水汽中,低至地平线上,几颗星星开始点亮了""几只毛羽发黄的黑秃鹫,睡在医院对面的房顶上,热得动弹不得""负重的河水",等等。这种带有抒情性的形象描绘真实而生动地传达出主人公内心的骚动。他似乎在躲避和追寻着什么。在加缪的全部小说中,唯有《生长的石头》和《偷情的女人》这两篇对于景物给予了如此丰富而饱满的笔墨,此种对于大自然的追求意味着对另一个世界的追求,即对"王国"的追求,因此这两篇小说中那些经过精心选择的形象都具有强烈的象征意义。然而,就主人公的态度而言,却有主动与被动、进取与退却的区别。在《生长的石头》中,形象更丰富、更具体,象征性更深远、更复杂,因此,所呈现出的"王国"的氛围也更浓重、更实在。《生长的石头》更具有神话色彩。

总之,《流放与王国》并不是人们通常习见的那种汇集——若干不相连属的作品的小说集,而是一个有联系、有不同侧面的整体。加缪所采用的不同的小说技巧都是为这个整体服务的,并在其不同的表现形式上各有侧重,有时又有交替重合。《流放与王国》因篇幅短小,不大为论者所重视,但平心而论,就艺术技巧而言,的确称得上"纯熟"。

就小说艺术,曾有人向加缪提过这样的问题:"《堕落》与'新小说'的探索有什么关系?"加缪的回答可以被视为他的小说观,也可以作为"加缪与小说艺术"这一论题的结论。他是这样说的:"对故事的兴趣与人本身共存亡,然而这并不妨碍人们总是寻求新的方式来讲述,您提到的那些小说家①有理由开辟新的道路。就我个人来说,所有的技巧都使我感兴趣,但我感兴趣的不是技巧本身。比方说,如果我想写的作品需要的话,我会毫

---

① 指萨洛特、西蒙、罗伯-格利耶等所谓"新小说家"。

不犹豫地采用您所说的这种或那种技巧,或者兼而用之。现代艺术的错误几乎总是使手段先于目的、形式先于内容、技巧先于主题。如果说我酷爱艺术技巧,如果说我试图掌握所有的艺术技巧,那是因为我想自由地加以运用,使之成为工具。无论如何,我不认为《堕落》与您所说的那些探索有联系。事情简单得多。我运用了一种戏剧技巧(戏剧化的独白和潜在的对话)来描绘一个悲剧性的喜剧演员。一句话,我使形式适应主题。"

一语破的,"加缪与小说艺术"可以变成"加缪的小说艺术"了。

郭宏安

局外人

第一部

一

妈妈今天死了。也许是昨天，我还真不知道。我收到养老院发来的电报："母去世。明日葬礼。敬告。"这等于什么也没有说。也许就是昨天。

养老院坐落在马伦戈，距阿尔及尔八十公里的路程。我乘坐两点钟的长途汽车，这个下午就能抵达，也就赶得上夜间守灵，明天傍晚就可以返回了。我跟老板请了两天假，有这种缘由，他无法拒绝。看样子他不大高兴，我甚至对他说了一句："这又不怪我。"他没有搭理。想来我不该对他这样讲话。不管怎样，我没有什么可道歉的，倒是他应该向我表示哀悼。不过，到了后天，他见我戴了孝，就一定会对我有所表示。眼下，权当妈妈还没有死。下葬之后就不一样了，那才算定案归档，整个事情就会披上更为正式的色彩。

我上了两点钟的长途汽车。天气很热。我一如往常,在塞莱斯特饭馆吃了午饭。所有人都非常为我难过,而塞莱斯特还对我说:"人只有一个母亲。"我走时,他们都送我到门口。我有点儿丢三落四,因为我还得上楼,去埃马努埃尔家借黑领带和黑纱。几个月前他伯父去世了。

怕误了班车,我是跑着去的。这样匆忙,跑得太急,再加上旅途颠簸和汽油味,以及道路和天空反光,恐怕是这些缘故,我才昏昏沉沉,差不多睡了一路。我醒来时,发觉靠到一名军人身上,而他朝我笑了笑,问我是否来自远方。我"嗯"了一声,免得说话了。

从村子到养老院,还有两公里路,我徒步前往。我想立即见妈妈一面。可是门房对我说,先得见见院长。而院长碰巧正有事儿,我只好等了一会儿。在等待这工夫,门房一直说着话,随后我见到了院长:他在办公室接待了我。院长是个矮小的老者,身上佩戴着荣誉团勋章。他那双明亮的眼睛打量着我,然后握住我的手,久久不放,弄得我不知该如何抽回来。他查了一份档案材料,对我说道:"默尔索太太三年前住进本院。您是她唯一的赡养者。"听他的话有责备我的意思,我就开始解释。不过,他打断了我的话:"您用不着解释什么,亲爱的孩子。我看了您母亲的档案。您负担不了她的生活费用。她需要一个人看护。而您的薪水不高。总的说来,她在这里生活,更加称心如意些。"我附和道:"是的,院长先生。"他又补充说:"您也知道,她在这里有朋友，是同她的年岁相仿的人。她跟他们能有些共同兴趣，喜欢谈谈从前的时代。您还年轻，跟您在一起，她会感到烦闷的。"

这话不假。妈妈在家那时候，从早到晚默不作声，目光不离我的左右。她住进养老院的头些日子，还经常流泪。但那是不习惯。住了几个月之后，再把她接出养老院，她还会哭天抹泪，同样是不习惯了。这一年来，我没有怎么去养老院探望，也多少是这个原因。当然也是因为，去探望就得占用我的星期天——还不算赶长途汽车、买车票以及步行两个小时。

院长还对我说了些话，但是我几乎充耳不闻了。最后他又对我说："想必您要见见母亲吧。"我什么也没有讲，就站起身来，他引领我出了门，在楼梯上，他又向我解释："我们把她抬到我们这儿的小小停尸间了，以免吓着其他人。养老院里每当有人去世，其他人两三天都惶惶不安。这就给服务工作带来很大不便。"我们穿过一座院落，只见许多老人三五成群在聊天。在我们经过时，他们就住了口，等我们走过去，他们又接着交谈。低沉的话语声，就好像鹦鹉在聒噪。到了一幢小房门前，院长就同我分了手："失陪了，默尔索先生。有什么事儿到办公室去找我。原则上，葬礼定在明天上午十点钟。我们考虑到，这样您就能为亡母守灵了。最后再说一句：您母亲似乎常向伙伴们表示，希望按照宗教仪式安葬。我已经全安排好了，不过，还是想跟您说一声。"我向他表示感谢。妈妈这个人，虽说不是无神论者，可是生前从未顾及过宗教。

我走进去。堂屋非常明亮,墙壁刷了白灰,顶上覆盖着玻璃天棚。厅里摆放着几把椅子和几个呈 X 形的支架。正中央两个支架上放着一口棺木,只见在漆成褐色的盖子上,几根插进去尚未拧紧的螺丝钉亮晶晶的,十分显眼。一个阿拉伯女护士守在棺木旁边,她身穿白大褂,头戴色彩艳丽的方巾。

这时,门房进来了,走到我身后。估计他是跑来的,说话还有点儿结巴:"棺木已经盖上了,但我得拧出螺丝,好让您看看她。"他走近棺木,却被我拦住了。他问我:"您不想见见?"我回答说:"不想。"他也就打住了,而我倒颇不自在了,觉得自己不该这么说。过了片刻,他瞧了瞧我,问道:"为什么呢?"但是并无责备之意,看来是想问一问。我说道:"我也不清楚。"于是,他捻着白胡子,眼睛也不看我,郑重说道:"我理解。"他那双浅蓝色眼睛很漂亮,脸色微微红润。他搬给我一把椅子,自己也稍微靠后一点儿坐下。女护士站起身,朝门口走去。这时,门房对我说:"她患了硬性下疳①。"我听不明白,便望了望女护士,看到她头部眼睛下方缠了一圈绷带,齐鼻子的部位是平的。看她的脸,只能见到白绷带。

等护士出去之后,门房说道:"失陪了。"不知我做了什么手势,他就留下来,站在我身后。身后有人让我不自在。满室灿烂

---

① 下疳即性病,分硬性和软性。硬性下疳是梅毒初期,生殖器、舌、唇、鼻等形成溃疡,而病灶底部坚硬而不痛。

的夕照。两只大胡蜂嗡嗡作响,撞击着玻璃天棚。我感到上来了睡意。我没有回身,对门房说:"您到这儿做事很久了吧?"他接口答道:"五年了。"就好像他一直等我问这句话。

接着,他又絮叨了半天。当初若是有人对他说,他最后的归宿就是在马伦戈养老院当门房,他准会万分惊诧。现在他六十四岁了,还是巴黎人呢。这时,我打断了他的话:"哦,您不是本地人?"随即我就想起来,他引我到院长办公室之前,就对我说起过我妈妈。他曾对我说,务必尽快下葬,因为平原地区天气很热,这个地方气温尤其高。那时他就告诉了我,从前他在巴黎生活,难以忘怀。在巴黎,守在死者身边,有时能守上三四天。这里却刻不容缓,想想怎么也不习惯,还没有回过神儿来,就得去追灵车了。当时他妻子还说他:"闭嘴,这种事情不该对先生讲。"老头子红了脸,连声道歉。我赶紧给解围,说道:"没什么,没什么。"我倒觉得他说得有道理,也很有趣。

在小陈尸间里,他告诉我,由于贫困,他才进了养老院。他自觉身板硬朗,就主动请求当了门房。我向他指出,其实他也是养老院收容的人。他矢口否认。他说话的方式,已经让我感到惊讶了:他提起住在养老院的人,总是称为"他们""其他人",偶尔也称"那些老人",而其中一些人年龄并不比他大。自不待言,这不是一码事儿。他是门房,在一定程度上,他有权管理他们。

这时,女护士进来了。天蓦地黑下来。在玻璃顶棚上面,夜色很快就浓了。门房打开灯了,灯光突然明亮,晃得我睁不开眼睛。他请我去食堂吃晚饭。可是我不饿。于是他主动提出,可以给我端来一杯牛奶咖啡。我很喜欢喝牛奶咖啡,也就接受了。不大工夫,他就端来了托盘。我喝了咖啡,又想抽烟,但是不免犹豫,不知道在妈妈的遗体旁边是否合适。我想了想,觉得这不算什么。我递给门房一支香烟,我们便抽起烟来。

过了片刻,他对我说:"要知道,您母亲的那些朋友,也要前来守灵。这是院里的常规。我还得去搬几把椅子来,煮些清咖啡。"我问他能否关掉一盏灯。强烈的灯光映在白墙上,容易让我困倦。他回答我说不可能。电灯就是这样安装的,要么全开,要么全关。于是,我就不怎么注意他了。他出出进进,摆好几把椅子,还在一把椅子上放好咖啡壶,周围套放着一圈杯子。继而,他隔着妈妈,坐到我的对面。女护士则坐在里端,背对着我。看不见她在做什么,但是从她的手臂动作来判断,估计她在打毛线。厅堂里很温馨,我喝了咖啡,觉得身子暖暖的,从敞开的房门,飘进夜晚和花卉的清香。想必我打了一个盹儿。

我是被一阵窸窸窣窣的声音弄醒了。合上眼睛,我倒觉得房间白森森的,更加明亮了。面前没有一点阴影,每个物体、每个突角、所有曲线,轮廓都那么分明,清晰得刺眼。恰好这时候,妈妈的朋友们进来了。共有十一二个人,他们在这种晃眼的灯光中,静静地移动,落座的时候,没有一把椅子发出吱咯的声响。我看任何人也没有像看他们这样,他们的面孔,或者他们的衣着,无一细节漏掉,全看得一清二楚。然而,我听不到他们的声音,而且不怎么相信他们真实存在。几乎所有女人都系着围裙,扎着腰带,鼓鼓的肚腹更显突出了。我还从未注意过,老妇人的肚腹能大到什么程度。老头子几乎个个精瘦,人人拄着拐杖。他们的脸上令我深感惊异的是,我看不见他们的眼睛,只在由皱纹构成的小巢里见到一点暗淡的光亮。他们坐下之后,大多数人瞧了瞧我,拘谨地点了点头,嘴唇都瘪进牙齿掉光的嘴里,让我闹不清他们是向我打招呼,还是面部肌肉抽搐一下。我情愿相信他们那是跟我打招呼。这时我才发觉,他们全坐到我对面,围了门房一圈儿,一个个摇晃着脑袋。一时间,我有一种可笑的感觉:他们坐在那里是要审判我。

过了片刻,一个老妇人开始哭泣。她坐在第二排,被前面一个女伴挡住,我看不清楚。她小声号哭,很有节奏,让我觉得她永远也不会停止。其他人都好像没有听见似的。他们都很颓丧,神情黯然,默默无语。他们的目光注视棺木,或者他们的拐杖,或者随便什么东西,而且目不转睛。那老妇人一直在哭泣。我很奇怪不认识她,真希望她不要再哭了,可是又不敢跟她说。门房俯近身去,对她说了什么,但是她摇了摇头,咕哝了两句话,又接着哭泣,还是原来的节奏。于是,门房过到我这边来,坐到我旁边。过了好半天,他才向我说明情况,但是并不正面看我:"她同您的母亲关系非常密切。她说您母亲是她在这里唯一的朋友,现在她一个朋友也没有了。"

我们就这样待了许久。那女人欷歔哭泣之声间歇拉长,但是还抽噎得厉害,终于住了声。我不再困倦了,只是很疲惫,腰酸背痛。现在,所有这些人都沉默了,而这种静默让我难以忍受。只是偶尔听到一种特别的声音,却弄不明白是怎么回事儿。时间一长,我终于猜测出来,有几个老人在咂巴口腔,发出这种奇怪的啧啧声响。他们本人并没有怎么觉察,全都陷入沉思了。我甚至有这种感觉,躺在他们中间的这位死者,在他们看来毫无意义。现在想来,那是一种错觉。

我们都喝了门房倒的咖啡。后来的情况,我就不知道了。一夜过去了。现在想起来,一时间我睁开眼睛,看见所有老人都缩成一团在睡觉,只有一个例外:他下巴颏儿托在挂着拐杖的手背上,两眼直直地看着我,就好像单等我醒来似的。继而,我又睡着了。我醒来是因为腰越来越酸痛了。晨曦悄悄爬上玻璃顶棚。稍过一会儿,一位老人醒来,咳嗽了老半天。他往方格大手帕上吐痰,每吐一口,就好像硬往外掏似的。他把其他人都闹腾醒了,门房说他们该走了。他们都站起身。这样不舒服地守了一夜,他们都面如土灰。令我大大惊奇的是,他们走时,都挨个跟我握手——这一夜我们虽然没有交谈一句话,一起度过似乎促使我们亲近了。

我很疲倦。门房带我去他的住处,我得以稍洗漱了一下,还喝了味道很好的牛奶咖啡。我从他那儿出来,天已大亮了。在马伦戈与大海之间的山丘上方,天空一片红霞。海风越过山丘,送来一股盐味。看来是一个晴好的天气。我很久没有到乡间走走了,如果没有妈妈的丧事,我能去散散步会感到多么惬意。

可是,我却在院子里一棵梧桐树下等待。不过,我呼吸着泥土的清新气息,便消除了困意。我想到办公室的同事们,此刻他们起了床,准备去上班;对我而言,这一时刻总是最难受的。我还略微考虑了一下这些事儿,但是楼房里响起一阵钟声让我分了神。窗户里传出一阵忙乱的声响,随后又全肃静下来。太阳渐渐升高,开始晒热我的双脚了。门房穿过院子,来对我说,院长要见我。我走进院长办公室,他让我在好几份单据上签了字。我看到他穿上黑色礼服、长条纹裤子。他拿起电话,插空询问我:"殡仪馆的人到了有一会儿了。我要请他们来合棺。合棺之前,您想不想再看您母亲最后一眼?"我说不必了。于是他压低声音,在电话里吩咐道:"费雅克,告诉那些人可以去做了。"

然后,他对我说要参加葬礼,我向他表示感谢。他坐到办公桌后面,交叉起两条短腿。他事先向我打招呼,送葬的只有我和他两个人,再加上出勤的女护士。原则上,院里的老人都不准参加葬礼,他只是让他们守灵。"这是个人道的问题。"他强调说。不过这一次,他准许妈妈的一位老友,托马斯·佩雷兹去送葬。说到这里,院长微微一笑,对我说道:"您也理解,这种感情带点儿孩子气。他和您母亲还真的总相陪伴,不大离开。养老院里的人都开他们玩笑,对佩雷兹说:'那是您的未婚妻。'他就呵呵笑起来。默尔索太太一去世,确实给他的打击很大。我认为不应该拒绝让他送一程。不过,按照保健医生的建议,昨晚我就不准他守灵了。"

我们待了许久没有说话。院长站起身,向办公室窗外张望。有一阵,他还观察道:"马伦戈的本堂神甫已经到了。他提前来了。"他预先告诉我,教堂坐落在村子里,少说也要三刻钟才能走到。我们下楼去。本堂神甫和唱诗班的两名儿童在楼前等待。一名儿童手上捧着香炉,而本堂神甫俯下身,正给他调好银链的长度。我们一到,神甫就直起身来,他管我叫"我的孩子",跟我说了几句话。他走进灵堂,我跟在身后。

我一眼就看到,棺盖上的螺丝都拧下去了,厅堂里站着四个黑衣人。我听见院长对我说,灵车停在路上等候,同时又听到神甫开始祈祷了。从这一时刻起,一切都进展得非常快。那四个人扯着柩单,朝棺木走去。神甫及其随从,院长和我本人,都走出了厅堂。门外站着一位素不相识的女士。院长介绍"默尔索先生",但是那位女士的名字,我没有听见,只明白她是派来的护士。她那长脸瘦骨嶙峋,微微点一下头,没有一丝笑容。然后,我们站成一排,让抬着灵柩的人过去。我们跟在灵柩后面,走出了养老院。灵车停在大门外,呈长方形,漆得油亮,真像个文具盒。灵车旁边跟着两个人,一个是身形矮小、衣着滑稽可笑的殡葬司仪,另一个是举止做作的老者,我明白他便是佩雷兹先生了。他头戴圆顶宽檐软毡帽(灵柩抬出门时,他摘下帽子),身穿一套西服,裤子呈螺旋形卷在皮鞋上面,领口肥大的白衬衣上,扎着一个小小的黑领结。他的嘴唇不停地颤抖,而鼻子上布满黑斑点;白发细软,露出的两只晃晃荡荡的奇特耳朵,耳轮极不规整,呈现血红色,与苍白面孔的反差,给我留下强烈的印象。殡葬司仪给我们安排各自的位置。本堂神甫走在前头,随后是灵车,由四名黑衣人围护,院长和我跟在灵车后面,收尾的是委派的护士和佩雷兹先生。

太阳当空,已经普照全宇,铺天盖地压下来,温度迅速升高。我实在不明白,我们为什么等待这长时间才出发。我穿着深色外装,觉得很热了。那个重又戴上帽子的矮个儿老者,帽子又摘下来了。我略微扭头瞧他。这时,院长向我谈起他,说我母亲和佩雷兹先生由一名女护士陪同,傍晚经常去散步,一直走到村子。我望了望四周的田野,只见成行的柏树延伸到天边的山丘上,柏树之间透出这片红绿相间的土地、这些稀稀拉拉如画的房舍,于是我理解妈妈了。在这个地方,傍晚时分,该是放松心情而感伤的时刻。然而今天,太阳暴烈,晒得景物直战栗,显得毫无人性,大煞风景。

我们终于上路了。这时我才发觉,佩雷兹走路稍有点儿瘸,灵车行驶渐渐加速,老人就慢慢落单了,围护灵车的人也有一个落后,现在与我并行了。太阳在天空飞升得如此迅疾,令我深感诧异。我这才发现,田野里虫鸣和青草的咯咯声早已响成一片。汗水在我脸颊流淌。我没戴帽子,只好拿手帕扇风。殡仪馆的那名职员忽然对我说了句什么,我没有听清。他说话的同时,用右手微微推起鸭舌帽檐,左手拿手帕擦了擦额头。我对他说:

"什么?"他指了指天,重复道:"真烤人啊。"我说:"对。"过了一会儿,他问我:"那里面是您母亲吧?"我还是说:"对。""她老了吗?"我回答:"差不多吧。"只因我不知道她的确切年龄了。随后,他就住了声。我回头望去,只见佩雷兹老头落下有五十米远了;他急着往前赶,用力扇着毡帽。我也瞧了瞧院长。他走路十分庄重,没有一点儿多余的动作。他的额头闪动着几滴汗珠,但他并不擦拭。

我觉得送葬的队列行进稍微快了些。我周围总是同样的田野,通明透亮,灌足了阳光。强烈的天光让人受不了。有一阵子,我们经过一段新翻修的公路。太阳晒得柏油路面鼓胀起来,一脚踩下去就陷进去,翻出亮晶晶的路浆。坐在灵车上面的车夫戴的那顶帽子,仿佛是用在这种黑泥浆里鞣过的熟皮制作的。头上蓝天白云,下面色彩单调:翻出来的黏糊糊柏油路浆呈黑色,衣服暗淡一抹黑,灵车漆成黑色,我置身这中间,不禁有点晕头转向。烈日、皮革味、马粪味、油漆味、焚香味,这一切再加上一夜未眠的疲倦,搞得我头昏眼花。我再次回过头去,觉得佩雷兹离得很远了,在熏蒸的热气中若隐若现,继而再也看不见了。我举目搜寻,看见他离开了大路,从田野斜插过来。我也看到,公路在前面拐弯了,从而明白佩雷兹熟悉当地,要抄近路赶上我们。他在拐弯处追上我们了。继而,我们又把他丢在后面,他又从田野抄近路追上来,如此反复数次。我感到太阳穴怦怦直跳。

接下来,事情确定而自然,进展得飞快,现在什么也不记得了。只记得一个情况:到了村口,那个特派的女护士跟我说话了。说话的声音很奇特,同她那张脸极不相称,一种颤巍巍的、悠扬悦耳的声音。她对我说:"若是慢慢悠悠地走,就可能中暑。可是走得太快,浑身冒汗,进了教堂又会着凉,患热伤风了。"她说得对,真叫人无所适从。那天的情景,我还保留几点印象,例如,临近村口,佩雷兹最后一次追上我们时的那副面孔。他又焦灼又沉痛。大颗大颗泪珠流到面颊上,但因密布的皱纹阻碍而流不下去,便四散布开,再聚积相连,在他那张颓丧、失态的脸上形成一片水光。还记得教堂和人行道上的村民,墓地坟头上天竺葵绽放的红花,佩雷兹晕倒了(活似散了架的木偶),往妈妈的棺木上抛撒的血红色泥土,以及夹杂在泥土中的白色树根,还有那些人、那种嘈杂声音、那座村庄、在一家咖啡馆门前的等待、马达不停的隆隆声,还有长途汽车驶入阿尔及尔灯火通明的市中心时我那种喜悦,心想马上就能倒在床上,睡它十二个钟头了。

二

我睡醒了才明白,我请两天假时,老板为什么显得不高兴:今天是星期六。当时我却把这茬儿给忘了,起床才想起来。我的老板自然而然会想到,好嘛,加上星期天,也就有了四天假期,这不可能让他开心。不过,一方面,妈妈昨天而不是今天下葬,这又不能怪我;而另一方面,不管怎样,星期六和星期天我总归休息。理儿当然是这个理儿,这并不妨碍我理解老板的反应。

昨天累了一整天,起床感到很吃力。我刮脸的时候,心里还琢磨干点儿什么好,最后决定去洗海水浴。我上了有轨电车,前往港口海水浴场。到了地方,我便一头扎进泳道里。有许多年轻人来游泳。我在水里碰见玛丽·卡多纳,我的办公室从前的打字员,当时我对她还挺有意。现在想来,她也同样。但是,她没干多久就走人了,我们也就来不及发展关系。我帮她爬上一个浮标,趁扶她的时候,摸了一把她的乳房。我还在水里,她已经趴在浮标上了。她朝我转过身来,头发遮住眼睛,咯咯笑个不停。我也爬上浮标,躺在她身边。天气晴好,我权当开玩笑似的,脑袋往后一仰,就枕在她的肚子上了。她什么也没有说,我也就这样安心躺着。满眼无际的天空,蔚蓝而金光灿烂。我感到玛丽的肚子在我的脖颈儿下面微微跳动。我们半睡半醒,在浮标上待了许久。等太阳烤得太厉害时,她就扎进水里,我紧随其后。我追上去,搂住她的腰,我们便相携共游。她还一个劲儿地笑。上了码头,我们擦干身子时,玛丽对我说:"我晒得比你黑。"我问她晚上愿不愿意去看电影。她又笑了,对我说她想去看一部费尔南德尔[①]主演的片子。等我们穿好衣服,她看到我扎黑领带非常惊讶,就问我是否戴孝呢。我对她说妈妈死了。她

---

① 费尔南德尔(Fernandel,1903—1971),法国操南方口音、极受民众喜爱的喜剧演员。参加拍摄上百部影片,主演了由法国喜剧大师帕尼奥尔导演的七部影片。主要有《昂热尔》、《再生草》、《掘井人的女儿》、《唐·卡米罗的小天地》系列、《羊有五条腿》、《阿里巴巴和四十大盗》等。

又想知道是什么时候的事儿,我回答说:"昨天的事儿。"她略微后撤,但是没有提出任何异议。我倒很想对她说,这不能怪我,但是欲言又止,忽然想到这话我已经对老板讲过了。这样说毫无意义。归根结底,人总难免有点错。

到了晚上,玛丽已经把这事儿忘得一干二净。影片不时有滑稽可笑的场面,但实在很荒唐。她的腿偎着我的腿。我抚摩着她的乳房。电影快演完时,我亲吻了她,但是很不得劲。从影院出来,她一起到我家了。

我一觉醒来,玛丽已经走了。她早就有话在先,要去她姨妈家。我想到正逢星期天,心里就烦得慌:我不爱过星期天。于是,我在床上翻了个身,在枕头上细闻玛丽的头发留下的咸味,一直睡到十点钟。接着,我就吸烟,在床上一直躺到中午。我不愿意像平时那样,去塞莱斯特饭馆用餐,因为那里熟人肯定要问这问那,我可不喜欢对付那种局面。我自己煮了几个鸡蛋,直接在托盘上吃了,没吃面包,家里没有了,又不想下楼去买。

吃了饭,我有点儿烦闷,就在房间里游荡。妈妈在这儿的时候,这套房子挺合适,现在我一个人住,就显得太大了,只好把餐厅里的桌子移到卧室里。我只在这间屋里生活,家具只有几把有点塌陷的草垫椅子、一个镜子发黄的大衣柜、一张梳妆台和一张铜床。余下的房间都废弃不用了。过了一会儿,为了找点儿营生,我就拿起一份旧报读起来。克鲁申业公司发了一则广告,我就当作有趣的剪报,剪下来集中贴在一个旧笔记本上。我洗了洗手,最后来到阳台。

我的房间正对着城郊的主要大街。下午天气晴朗。不过,铺石路面腻滑,行人寥寥,而且脚步匆匆。先是看到上街散步的全家人,两个穿着水手衫的小男孩,短裤长过膝盖,全身笔挺,举止有点儿拘板了;还有一个小女孩,头上扎着粉红色大蝴蝶结,脚下穿一双锃亮的黑皮鞋。母亲跟在孩子的后面,她躯体肥大,穿着栗色丝绸连衣裙。而父亲身材矮小,又相当瘦弱,看着眼熟,他头戴扁平狭檐草帽,领口扎着蝴蝶结,拿着手杖。看着他同妻子一起散步,我就明白了为什么在这个街区有人说他很有风度。过了半晌,城郊青年陆续走过,他们油头粉面,打着大红领带,上衣紧箍身子,绣了花,脚穿方头大皮鞋。估计他们是去市中心,因此,他们早早动身,嘻嘻哈哈笑着,急忙赶有轨电车。

年轻人过去之后,街上行人就眼见稀少了。想必各种演出都已经开始。街面上只剩下店铺老板和猫了。天空无云,但是阳光透过街道两旁的榕树,并不那么强烈。街对面一家烟铺老板搬出一把椅子,放在店门前的人行道上,跨坐在上面,两条手臂撑着椅背。刚才有轨电车还人满为患,现在几乎空驶了。挨着烟铺的小咖啡馆,"皮埃罗之家",小伙计正用锯末子擦拭空荡荡的餐厅。好一派星期天的景象。

我掉转椅子,像烟铺老板那样骑上,觉得那种坐姿更舒服些。我抽了两支香烟,又进屋拿了一块巧克力,回到窗口吃起来。不久,天空阴沉了,恐怕要来一场夏季暴雨,然而又渐渐放晴了。不过，乌云飘过时，街道更加昏暗，仿佛预示下雨一般。我久久观望风云变幻。

到了五点钟，几辆电车隆隆驶来，从郊区体育场拉回大批观众：他们有的站在踏板上，有的扶着栏杆。随后驶来的几辆电车，则运回运动员，从他们的小手提箱我就能看出他们的身份。他们大吼大叫，扯着嗓子唱歌，赞颂他们的俱乐部长盛不衰。好几名运动员向我招手，其中一个甚至冲我嚷了一声："战胜他们啦！"我应声道："对"，同时点了点头。从这时候起，小汽车蜂拥驶来。

天色又略微向晚。房顶上的天空转为淡红色，随着渐近黄昏，街道也都热闹起来。那些散步者又渐渐回来了。我从人群中，认出了那位有风度的先生。孩子们有的哭哭咧咧，有的让大人拖着。本街区的几家电影院，也随即往街上倾泻观众的洪流。观众中间的青年人，比比划划的动作比平时更为坚决，想必他们是看了一部惊险片。城里电影院回来的人，稍晚一点儿才到达。他们的神态似乎更加凝重。他们还是说笑，但不时显得倦怠，若有所思。他们滞留在街上，在对面的人行道上来回踱步。这个街区的姑娘们都不戴帽子，彼此挽着手臂。小伙子们故意迎面走去，同她们交错而过，抛出打趣的话，她们就扭过头去咯咯笑。好几位姑娘我都认得，她们跟我打招呼。

这工夫，路灯一下子全亮了，初跃夜空的星星因而黯然失色。总盯着灯光强烈的人行道上的人流，我感到很累眼睛。灯光映得潮湿路面明晃晃的,而间隔时间均匀驶过的电车,车灯映现油亮的头发、一张笑脸,或者一只银手镯子。过了不久,电车逐渐稀少了,在树木和路灯的上方,夜色弥漫,已经漆黑一片了,不知不觉中,已经人去街空了,以致出现第一只猫,慢慢腾腾穿过重又空旷的街道。于是我想到该吃晚饭了。我俯在椅背上坐了太久,脖子有点儿酸痛。我下楼去,买了面包和果酱,自己做了点儿菜,就站着吃饭了。我想要到窗口抽支香烟,但是夜晚凉了,我感觉有点儿冷。我关上了所有窗户,返身回来,在衣镜里瞧见桌子的一角,桌上并排放着酒精灯和几片面包。我不免想道:又过了一个绷得很紧的星期天,妈妈现已入土为安,我又要去上班,总而言之,生活毫无变化。

三

今天上班,我努力工作。老板也和蔼可亲,问我是否太累了,还想知道妈妈的享年。我说"六十来岁",以免出错,不知道为什么,看样子他松了一口气,似乎认为总算了结了一件事。

我的办公桌上堆了一大摞提货单,要由我一一检验。离开办公室去吃午饭之前,我洗了手。中午,我很喜欢这一时刻,傍晚下班,我就不大喜欢了,只因转动的公用毛巾,用了一天完全湿了。有一天,我还提醒老板这件事。他回答说,这情况实在遗憾,但这毕竟是无关紧要的小事儿。我出去晚了一点儿,十二点半了,同发货部的埃马努埃尔一起走走。办公室朝向大海,在骄阳似火的港口,我们观望了一会儿停泊的货轮。这时,一辆卡车开来,携裹着哗啦啦的铁链声响和轰隆隆的马达爆声。埃马努埃尔问我:"搭车去好不好?"于是我跑起来。卡车驶过去了,我们就拼力追赶。我被嘈杂声和尘土给淹没了,什么也看不见,只感到奔跑的这股不协调的冲劲儿,周围闪过绞车、机器,以及远海上跳动的桅杆和一路经过的船体。我头一个抓住车帮,飞身上去,再把埃马努埃尔拉上车,坐了下来。我们都气喘吁吁。卡车在高低不平的码头铺石路上颠簸,笼罩着尘土和阳光。埃马努埃尔笑得喘不上来气了。

我们到达塞莱斯特饭馆,浑身都湿透了。塞莱特斯大腹便便,系着围裙,蓄着白胡子,总在那里迎候。他问我"事情还算顺利吧",我回答说对,并且说我真饿了。我吃得很快,又喝了咖啡。然后,我回到家里,因为酒喝得太多,小睡了一会儿,醒来时又特别想抽烟。但是时间晚了,我跑着去赶一辆电车。我工作了一下午。办公室里非常热,傍晚下班出来,便徒步回家,沿着码头慢慢走去,觉得特别惬意。天空一片绿色,我感到欣然自得。不过,我还是直接回家,想要吃煮土豆。

我登上黑暗的楼梯,碰到我的同层楼的邻居,萨拉马诺老头。他牵着他的狗。看着人和狗相伴,已有八年。这只长毛猎犬患了皮肤病,我认为是原虫性肠炎和肝炎,结果狗毛几乎掉光,皮肤上布满棕色结痂和粗糙的硬皮。萨拉马诺老头跟狗一起生活,长期同居一个小房间,久而久之就相像了:他脸上黄毛稀疏，有许多块淡红色的痂皮；而狗也形成主人的姿态，弓腰驼背，伸长脖子，嘴巴往前探。看样子，他们俩同属一个种类，却相互憎恶。老头子每天遛两次狗，上午十一点和傍晚六点。八年来，他遛狗就没有改变过路线。可以看到人和狗沿着里昂街往前走，狗拖着人，直到萨拉马诺老头绊了一跤。于是，老头子就打狗，狠骂一通。狗吓得匍匐在地，接着让人拖着走。在这种时候，就是老头子牵着狗走了。过了一阵，狗就忘记了，再次跑到前面拖着主人，结果再次挨打挨骂。这样，人与狗就停在人行道上，相互对视，狗吓得要命，人恨得要死。日复一日，天天如此。狗要撒尿时，老头子偏不容它撒完，又硬拉它走，狗尿就滴了一长溜儿。狗若是偶尔把尿撒在屋里，又得挨一顿痛打。这种情况延续了八载。塞莱斯特总说："真够不幸的"，可是归根到底，谁也没法弄清楚。我在楼梯上碰见的时候，萨拉马诺正骂狗呢。他对狗说："混账东西！下流胚！"而狗连声哀吟。我道了声"晚安"，而老头子还一个劲儿地骂狗。于是我就问他，狗怎么惹着他了。他仍旧不应声，只顾骂道："混账东西！下流胚！"看他俯身向狗，我就猜出他要给狗调整一下脖套。我说话提高了嗓门儿。于是，他强忍着怒火，也不转身就回答我说："它在那儿就是不动窝儿。"接着，他就硬拖着走，狗哀吟着，被拉着四脚往前滑动。

恰巧这时，我的同楼层的第二位邻居进楼了。街区里传说他吃女人那碗饭。不过，若是有人问起他的职业，他就回答："仓库管理员。"总体来说，不大有人喜欢他。但是，他经常跟我说话,有时还到我家来坐坐,只因我肯倾听,也觉得他讲的事情挺有趣。况且,我也没有任何理由不理睬他。他名叫雷蒙·辛泰斯,个头儿相当矮小,肩膀很宽,鼻子塌下去。他的穿戴总是那么讲究。他提起萨拉马诺时,也对我这样说:"这还算不上不幸!"他问我那种样子,是不是让我很厌恶,我的回答是否定的。

我们一同上楼,正要分手时,他对我说道:"我那儿有香肠,有葡萄酒,您愿意跟我一起吃点儿吗?……"我想到这就省得我做饭了,于是接受了邀请。他也只有一个房间,外带没有窗户的厨房。他的床铺上方,摆着一尊白色和粉红色仿大理石的天使雕像,挂着几幅体育冠军照片,以及两三张裸女画片。房间又脏又乱,床铺也没有整理。他先点着煤油灯,再从口袋里掏出一卷不干不净的纱布,将右手包扎起来。我问他怎么弄的,他说跟一个找他麻烦的家伙干了一架。

"您能理解,默尔索先生,"他对我说道,"并不是因为我凶狠,只是脾气太爆。那个家伙对我说:'你若是个男子汉,就从电车上下去。'我对他说:'好了,消停点儿吧。'他又对我说,我不是个男人。于是我下了车,对他说道:'行了,见好就收吧,不然我就打你个鼻青脸肿。'他回我一句:'你敢怎么着?'我一拳打过去,一下子就把他击倒了。我正要上前扶起他,他却从地上踹我几脚。于是我用膝盖一顶,扇了他两个大嘴巴,打得他满脸挂花,问他够不够。他回答说够了。"辛泰斯讲述的工夫,包扎他的手。我坐在床上。讲完了他对我说:"您瞧,不是我招惹他,而是他冒犯了我。"这我承认,的确如此。于是他郑重地对我说,他正想就此事向我请教,他看我是条汉子,见过世面,能帮上他的忙,事后他就成为我的哥们儿了。我什么也没有说,他又问我是否愿意做他的哥们儿。我说做不做都一样,他便显得高兴起来。他拿出香肠,在炉子上煎好,然后摆上酒杯、盘子、刀叉,还拿上两瓶红葡萄酒。整个过程保持沉默。然后我们就座,在吃饭的时候,他就开始讲述他的事了,起初还颇为犹豫:"我认识一位女士……也可以说是我的情妇。"跟他打架的那个男人,就是那女人的兄弟。他对我说,那女人是他包养的。我没有应声,他就紧接着补充道,他了解这个街区的传言,但是他问心无愧,他就是仓库保管员。

"还是扯回我的事上来,"他对我说道,"我发现这里面有骗局。"他供给那女人足够的生活费用,他亲自给她付房钱,每天给二十法郎饭费。"房钱三百法郎,饭费六百法郎,时而还给她买双袜子,算下来就是一千法郎。而女士闲着不工作,总对我说抠得太死,我给她的钱不够花。然而,我对她说过:'你为什么不干活,出去打半天工呢?那样的话,所有这些小花销,你就不用我来负担了。这个月我还给你买了一套衣服,每天我给你二十法郎,房费也给你付了,而你呢,下午请一帮女友喝咖啡,用咖啡和白糖招待她们。可我呢,照样给你钱。我对得起你,你却以怨报德。'她就是不工作,总说钱不够花,正因为如此,我才发觉这里面有假。"

于是,他告诉我,他在她的手提包里发现了一张彩票,女人无法向他解释是怎么买来的。过了不久,他又在女人那里发现一张当票,表明她当了两只手镯,而他从来不知道她还有两只镯子。"我算明白了,这里面有骗局。于是,我跟她分了手。不过,我先揍了她一顿,然后才戳穿她那套把戏。我对她说,她的全部愿望,就是享乐。您应当明白,默尔索先生,正如我对她说的:'你看不到大家多么羡慕我提供给你的幸福。以后你就能明白你有过的幸福。'"

他一直把女人打得出了血。从前没有真打过她。"原先,我只是拍打拍打她,可以说手轻起轻落。她也叫喊两声。我就关上百叶窗,每次都是这样收场。现在这次,真下了狠手。而且我觉得,给她的惩罚还不够。"

于是他向我解释,正是为这事儿,他需要有人给他出出主意。说着他停下来,调了调烧焦的灯芯。我一直听他讲述,喝下去将近一公升葡萄酒,只觉得太阳穴热乎乎的。我的烟抽完了,就抽雷蒙的香烟,最近几趟电车驶过去,带走的喧闹声远离了城郊。雷蒙还继续讲述,他烦恼的是,"他对他那个姘头还有点儿感情"。可是,他想要惩罚她,先是想到带她去一家旅馆,再叫来"风化警察",制造一起丑闻,让她作为妓女在警察局登记入册。后来,他又找黑道上的几个朋友商议。他们没有想出什么好主意。雷蒙顺便还向我指出,参加黑道完全值得。他向黑道的朋友说了这件事,他们就建议给那女人的脸上"留个记号"。但是他不愿意那么干,还得考虑考虑。行动之前,他要向我讨教。而且,在向我讨主意之前,他想了解我如何看待这场风波。我回答说,我没有什么想法,只觉得有趣。他又问我是否认为这其中有欺骗行为,照我看,的确有欺骗行为;至于我是否认为应该惩罚她,换了我会怎么做,我就对他说,这是永远也不可能知道的,但是他要惩罚她,我可以理解。我又喝了点儿葡萄酒。他点着一根香烟,并向我透露他的打算。他想要给她写一封信,用话语"踢她几脚,同时说些事情引得她后悔"。这之后,等她回来,就跟她上床,"就在做完爱的时候",他要朝她的脸啐上一口,将她赶出门去。我觉得用这种办法,确实让她受到了惩罚。可是,雷蒙对我说,他笔头不行,觉得写不了这样一封信,于是想到请我代笔。他见我一言不发,就问我当即草拟一封是不是有难处,我回答说没有。

这时,他喝完一杯酒,便站起身,一把摊开餐盘和我们吃剩下的少许冷香肠,再仔细擦干净餐桌上的漆布。他从床头柜的抽屉里取出一张方格纸、一只黄信封、一支红木杆的蘸水笔和一个方形紫墨水瓶。等他一告诉我那女人的姓名,我就明白她是摩尔人①。我动笔写信,写得有点儿随意,但是我也尽力让雷蒙满意,因为我没有理由不让他满意。信写出来,我高声念给他

---

① 古毛里塔尼亚人,以及中世纪侵入西班牙的伊斯兰教徒,均称摩尔人;近代指西北非的突尼斯、摩洛哥、阿尔及利亚三国的伊斯兰教徒。

听。他边吸烟边听我念信,连连点头,还请求我再念一遍。他十分满意,对我说道:"我就知道你是见过世面的人。"开始我还没有发觉,他跟我说话用"你"相称了。直到他明确向我表示:"现在,你是我真正的哥们儿了。"这才让我惊觉。这句话他又讲了一遍,我便应了一声:"是啊。"跟他做不做哥们儿,这对我无可无不可,而看他那神态,还真有这种渴望。他把信封上,我们把酒喝干。然后,我们抽了一会儿烟,没有再说什么。街上一片平静了,我们听见一辆驶过的汽车轮子滑路面的声音。我说道:"时候不早了。"雷蒙也是这样认为。他还注意到了时间过得很快,在一定意义上,也的确如此。我昏昏欲睡,却又懒得起身。我的样子一定显得很疲惫,雷蒙才对我说千万别灰心。乍一听我还没闹明白。他便向我解释道,他得知我妈妈死了,但是这种事早晚有一天要发生。这与我的看法不谋而合。

我站起身来,雷蒙跟我握手非常用力,还对我说了一句,男人之间,总能够心照不宣。我走出他的房间,随手把门带上,在漆黑的楼梯平台上停留片刻。楼房上下寂静无声,一股阴暗而潮湿的气息,从楼梯井深底飘上来。我只听见我的血液汩汩流淌,在我的耳鼓里嗡嗡作响。我站在原地一动不动,从萨拉马诺老头的房间里,隐隐传出那条狗的哀吟。

四

整个一周,我努力工作。雷蒙来过,告诉我信已寄出。我同埃马努埃尔去看了两场电影,而银幕上发生的事情,他并不总能看得懂,就得让我给他解释。昨天星期六,玛丽按我们约定地来了。她身穿红白条纹的漂亮的连衣裙,脚穿一双皮凉鞋,我一见到就对她产生强烈的欲望。可以猜得出她那坚挺的乳房,而她那张脸被太阳晒成了一朵花。我们上了一辆公共汽车,驶出阿尔及尔几公里,来到一处海滩,周围岩石环抱,岸边芦苇丛生。午后四点钟的太阳不太灼热,而海水又很温暖,微波轻浪拖得很长,懒懒洋洋的。玛丽教我一种游戏。游的时候,迎着浪尖喝口水,将浪花飞沫全含在嘴里,再仰泳朝天喷出去,形成一条泡沫花带,消失在半空,或者如暖雨落在脸上。可是,嬉戏一会儿之后,我的嘴就被苦咸的海水烧痛了。玛丽又同我会合,在水里紧贴着我,她的嘴也贴到我的嘴上,用舌头舔我的嘴唇,给我清凉之感,我们就这样搂抱着,在水中翻滚了一阵子。

我们上了海滩,穿好衣服,玛丽眼睛发亮,注视着我。我拥抱吻了她。从这一刻起,我们就不再说话了。我紧紧搂着她,急忙赶上一辆公共汽车,回城到我家里,扑到床上。屋里的窗户大敞四开,让夏夜的气息擦着我们棕色的肌肤流动,这种感觉舒服极了。

今天早晨,玛丽留下来没走,我对她说共进午餐。我下楼去铺子买了肉,回来上楼时,听见雷蒙的房间有女人的说话声。过了一会儿,萨拉马诺老头又开始骂狗了,我们听到鞋底和爪子踏木楼梯的声响,接着"混账东西,下流胚"的骂声,人和狗出门上街了。我给玛丽讲了老头子的故事,她听了咯咯大笑。我穿上我的一身睡衣,袖子挽了起来。看她那笑态,我又上来欲望。过了一会儿,她问我爱不爱她。我回答说这种问题毫无意义,但是我觉得不爱。看她那样子挺伤心的。不过,在做午饭时,她又无缘无故咯咯笑起来,引得我又上前拥抱吻她。正是这工夫,雷蒙的房间里爆发了争吵声。

先是听见女人的尖嗓门,接着雷蒙说道:"你冒犯了我,你冒犯了我。我要让你尝尝,冒犯我会有什么果子吃。"几下钝声的击打,女人号叫,而且叫得那么凄厉,立刻引来人,挤满了楼梯平台。玛丽和我也出去瞧瞧。那女人仍在惨叫,雷蒙还打个不停。玛丽对我说,这太可怕了,我没有应声。她要我去叫警察,我回答说我不喜欢警察。然而,还是来了一个警察,是由住在三楼的白铁匠带来的。警察敲门,屋里就一点动静也没有了。警察敲得更响,女人哭起来,雷蒙打开房门。他嘴上叼着一支香烟,一副虚头巴脑的样子。那女人冲出房门,向警察诉苦,说雷蒙打了她。"叫什么名字。"警察问她。雷蒙替她回答。"你跟我说话的时候,嘴上的香烟拿掉。"警察说道。雷蒙不免犹豫,瞧了我一眼,又吸了一口烟。警察当即抡起手臂,扇了他一个大耳光,又狠又重,打个正着。香烟给扇出去几米远。雷蒙脸色大变,没有立时讲什么,继而,他以谦恭的声调问道,他可不可以拾起自己的烟头,警察说可以,随即又补充一句:"下次你就知道,警察可不是闹着玩的。"这工夫,那女人一直在哭,反反复复地说:"他打了我。他是个拉皮条的。"——"警察先生,"于是雷蒙问道,"说一个男人是拉皮条的,这从法律上讲得通吗?"然而警察却命令他"闭上他的嘴"。雷蒙于是转向那女人,对她说道:"等着瞧吧,小妞儿,总有再见面的时候。"警察又叫他闭嘴,并且说女的必须离开,而他得在家里等待警察局传讯。他还说,雷蒙浑身发抖,醉成那个样子,应该感到羞耻。雷蒙马上向他解释:"我没有醉,警察先生,只因我在您面前才发抖,就是控制不住。"说罢,雷蒙关上房门,围观的人也都散去。玛丽和我终于做好了午饭。不过,她不饿,几乎全让我给吃掉了。她一点钟走了,我就睡了一个小觉。

将近三点钟,有人敲门,是雷蒙来了。我仍旧躺在床上,他就坐到我的床边。他坐了半晌,没有开口说话,我便问他是怎么闹出事儿了。他向我讲述,他按照自己的想法行动,不料那女人打了他一个耳光,于是他就揍了她一顿。后来的情况,我都当场看到了。我便对他说,我认为那女人现在已经受到了惩罚,他总该满意了。这也正是他的看法,他还指出,叫来警察也是白费劲儿,丝毫也不能减轻她挨打的疼痛。他还补充说,他十分了解警察,知道该如何对付他们,紧接着又问我,是否期待他回敬那警察打的耳光。我回答说,我什么也没有期待,况且我就不喜欢警察。看样子雷蒙非常满意。他问我愿不愿意跟他一起出去。我下了床,开始拢头发。他对我说,我一定得为他做证。我表示怎么都行,只是不知道该说些什么。依照雷蒙的意思,只要声明那女人冒犯了他就够了。我答应为他做证。

我们出了门,雷蒙请我喝了一杯白兰地。继而,他想要打一局台球,我差一点儿就赢了。然后,他又想去逛窑子。我说不去,不喜欢那种地方。于是,我们慢慢悠悠往回走。他对我说他太高兴了,总算惩罚了他的情妇。我觉得他对我非常热情。心想这是一段快乐的时光。

远远我就望见,萨拉马诺老头站在楼门口,一副焦躁不安的样子。等我们走近了,我才发现狗不在他身边。他四面张望,在原地打转儿,力图洞透黑魆魆的走廊,嘴里嘟嘟囔囔,说话断断续续,瞪圆了他那对小小的红眼睛,又开始搜索街道。雷蒙问他出什么事儿了,他没有立即应声。我隐隐约约听见他咕哝着骂道:"混账东西,下流胚",他还继续瞎折腾。我问他狗在哪儿呢。他呛了我一句,说狗跑掉了。接着,他又突然讲起来,滔滔不绝:"我还像往常那样,牵着狗去演习场。那里人很多,围着集市的木棚转悠。我停下来观看《越狱大王》,回头要走的时候,身边狗不见了。不用说,我早就想给它买一副小一点儿的脖套。可是我万万想不到,这个下流胚会悄悄溜走了。"

于是,雷蒙向他解释,狗可能迷了路,总还会跑回来的。他还列举一些事例,说狗能从几十公里之外找到自己的主人。老头子听不进这种劝说,显得更加焦躁不安了。"其实,你们心里也明白,他们肯定要把狗抓走。若是有人收养就好了,但那是不可能的。它一身癞皮,谁见了都讨厌。警察会把它抓去的,准会是这样。"我就接口对他说,可以去招领处看看,花点儿钱就能领回来。他又问花钱多不多。这我可不知道。于是他就发起火来:"就为这个下流胚,还得花钱!哼!就让它死去吧!"接着他就又开骂了。雷蒙大笑着走进楼里。我紧随其后,到了我们这层平台便分了手。没过多大工夫,我听见老头子的脚步声,他来敲我的房门。我开了门,他一直站在门口,停了好一会儿才对我说道:"请您原谅,请您原谅。"我请他进屋,他又不肯,目光只盯着自己的鞋尖,两只布满痂皮的手在颤抖。他没有面对我,向我询问:"您说说看,默尔索先生,他们不会从我手里把狗夺走吧。他们会还给我吧。不然的话,我可该怎么活呢?"我告诉他,招领处将失散的狗为主人保留三天,过期就由警察局自行处理了。他沉默不语,只是看着我,然后向我道了声"晚安"。他关上自家房门,我听见他在房中走来走去。他的床铺吱咯响了几下。一种细微而奇怪的声音从隔壁透出来,听得出他哭了,不知为什么我想到妈妈。可是,明天我还得早起,觉得不饿,不吃晚饭我就睡下了。

五

雷蒙的电话打到我的办公室来,说他的一个朋友(他曾向那位朋友提起过我)邀请我,去他在阿尔及尔附近的海滨木屋过个星期天。我回答说很想去,但是我已经有约在身,星期天陪女友度过。雷蒙当即表明,他的朋友也邀请我的女友,那位朋友的妻子会非常高兴,免得在一伙男人中间感到孤单了。

我本想马上挂了电话,只因我知道老板不喜欢有人从城里给我们打电话。怎奈雷蒙要我等一等,说他本可以到晚上再向我转达那位朋友的邀请,但是他另有件事要提前跟我说一声。这一整天,都有一伙阿拉伯人跟踪他,其中就有他那原先情妇的兄弟。"今儿晚你回家时,如果瞧见他在我们楼附近转悠,就告诉我一声。"我说那好办。

过了一会儿,老板派人来叫我,当即我就烦了,心想他又要对我说少打电话,好好工作。根本不是那码事儿。他明确说,要跟我谈一项还很模糊的计划,只想听听我对这个问题的看法。他有意在巴黎设立办事处,就地处理业务,直接同各大公司打交道,因此他想了解我是否愿意去那里工作。如果去的话,我就能在巴黎生活,每年还有时间出差旅行。"您年纪轻轻,我觉得您应该喜欢那种生活。"我说是啊,不过从内心深处,这对我无所谓。于是他就问我,我对改变生活是不是不感兴趣。我就回答说,人永远也谈不上改变生活,不管怎么说,什么生活都半斤八两,我在这里的生活,一点儿也不让我反感。老板的脸色不悦,他说我总是答非所问,还说我胸无大志,这样做生意准砸锅。说完话,我又回去工作了。我实在不想拂他的好意,但是我也看不出有什么理由改变自己的生活。仔细想想,我还算不上不幸。记得上大学的时候,我也有过不少这类雄心壮志,但是不得不辍学之后,我很快就省悟了,这一切并无实际意义。

晚上，玛丽找我来，问我是否愿意同她结婚。我说这对我无所谓，如果她愿意，我们可以结婚。于是她想要知道我是否爱她。我已经回答过一次，还是那个话：这毫无意义，但是我肯定不爱她。"那为什么还要娶我？"她问道。我向她解释这无关紧要，如果她渴望结婚，我们就结婚好了。况且，是她提出要结婚，我仅仅说了声"行啊"。她便指出，结婚是一件人生大事。我反驳说："不是。"她半晌没讲话，默默地注视我。继而，她又开口了，说她只想知道，如果换了另外一个女人，跟我有同样亲密的关系，也提出同样建议，我是否会接受。我说："当然会接受了。"于是她心里琢磨起来，她是否爱我，而她怎么想的，我就不得而知了。她再次沉默片刻，然后喃喃说道，我是个怪人，无疑正因为这一点，她才爱我，但是有朝一日，也许出于同样原因，我又会让她讨厌了。看看我沉默无语，不再说什么，她就微笑着挽住我的手臂，声称她愿意跟我结婚。我回应说，她什么时候愿意，我们就什么时候结婚。我又顺便提起老板的建议，玛丽就对我说，她真希望去见识见识巴黎。我就告诉她，我在巴黎生活了一段时间，她当即问我怎么样。我就对她说："很脏，有许多鸽子，黑乎乎的院子。居民都是白皮肤。"

接着，我们就出去散步，沿着大街穿越城区。街上的女人很漂亮。我问玛丽注意到了没有。她说注意到了，也能够理解我。我们一时不再说话了。然而，我想让她留下来陪我，对她说我们可以去塞莱斯特饭馆一起吃晚饭。她倒很想去，但是有事儿。

我们走到我的住所附近,我对她说再见。她瞧着我,问道:"你就不想知道我有什么事儿吗?"我挺想知道,但是没有想到问她,这让她流露出责怪我的神情。她见我的样子颇为尴尬,又咯咯笑起来,整个身子一靠近,给我送上亲吻。

我到塞莱斯特饭馆吃晚饭,已经开始吃上了,看见进来一个怪怪的矮小女人,她问我可否坐在我这儿的餐桌。她当然可以坐下。她那张小圆脸跟苹果似的,两只眼睛炯炯有神。她的动作急促而不连贯,脱下收腰上衣,一坐下就急匆匆翻看菜谱。她叫来塞莱斯特,立刻点了她所要的菜,声音既清亮又急促。她等冷盘的工夫,打开手提包,取出一小张纸和一支铅笔,饭钱先算好,接着从小钱包里如数拿出钱来,再加上小费,全摆到她面前。这时,冷盘给她端上来了,她三口并作两口,快速吞下去。趁着等下一道菜的工夫,她又从手提包掏出一支蓝铅笔、一本预报广播节目的周刊,十分细心地阅读,几乎将所有节目都一一做了记号。周刊有十来页,她用餐的全过程,一直细心地做这件事。我已经吃完饭了,她仍旧在认真地做记号。最后,她站起身,动作还是那样机械而准确,又穿上收腰上衣,走了。我无事可干,也离开饭馆,在她身后跟了一阵。她走在人行道的边缘,步子极快而又极其平稳,头也不回,径直往前赶路。我终于失去了她的目标,又原路走回来,心想她那个人真怪,但是很快就把她置于脑后了。

我走到家门口,碰见萨拉马诺老头。我请他进屋,从他的口中得知他的狗丢失了,因为不在招领处。那里的职员对他说,狗也许被车轧死了。当时他还问,挨个警察分局去找,是否能打听到,人家回答说,这种事儿天天发生,不会记录在案。我就对萨拉马诺老头说,何不再养一条狗,但是他提请我注意,这条狗他已经带习惯了,他这么讲也在理。

　　我就蹲在床铺上,萨拉马诺则坐在桌前的椅子上。他面对着我,两只手俯着双膝,头上还戴着那顶旧毡帽,发黄的小胡子下面的口中,咕哝出不成语句的话。我听着有点儿烦了,但我无事可干,还一点儿不困。我就找话说,问他狗的事儿。他对我说,妻子死了以后,他就养起这条狗。他结婚相当晚,年轻时一心想搞戏剧:他在部队上,总参加军队歌舞团的演出。最终,他进了铁路部门,而且并不后悔,现在他拿一小笔退休金。他跟妻子一起生活并不幸福,但总体来说,跟她过日子也很习惯了。妻子一死,他倒感到非常孤单,于是跟同车间的伙伴要了一条狗。当时还是一只小狗崽儿,要用奶瓶喂食。由于狗比人的寿命短,它就跟主人一起老了。萨拉马诺对我说:"这条狗脾气很坏,他和狗时常吵起来。不过,它还算一条好狗。"我说它是一条良种犬,萨拉马诺听了面露喜色。"而且,您还未见过它患病之前的样子呢,"他补充道,"那时,它的皮毛漂亮极了。"自从这条狗患上了皮肤病,每天早晚两次,萨拉马诺都给它涂药膏。可是据他说,狗的真正疾病是衰老,而衰老是无药可医的。

　　这时,我打了个哈欠。老头子就说他要撤了。我对他说可以再待一会儿,反正他的狗出了事,闹得我的心也挺难受的。他向我表示感谢。他还对我说,我妈妈就很喜爱他的狗。提到妈妈时,他称为"您那可怜的母亲"。他推测妈妈死后,我一定非常痛苦,我没有应声。于是他有点尴尬,话说得很快,告诉我本街区的人对我把妈妈送进养老院的看法很不好,但是他了解我,知道我很爱妈妈。现在我也不知道为什么,当时我会那样回答,说我此前根本不知道在这件事情上,别人对我看法那么坏,而我认为送养老院是很自然的事,既然我雇不起人照顾妈妈。我还补充道:"况且,她早就跟我没什么话可说了,独自一人整天很烦闷。""对呀,"萨拉马诺接口说,"到了养老院,至少还能找到些伴儿。"然后,他起身告辞,想要回去睡觉。现在,他的生活发生了变动,就不知道自己该怎么办了。自从我认识他以来,这是他第一次把手伸给我,动作畏畏缩缩,我感到了他手上的痂皮。他挤出点儿微笑,临走还对我说道:"但愿今天夜晚,狗都别叫唤,我听见总以为那是我的狗。"

六

星期天,我怎么也睡不醒,还得玛丽叫我,摇醒我。我们没有吃饭,就是想赶早去游泳。我感到脑子一片空白,头也有点儿疼,连抽支香烟都觉得味儿苦。玛丽还笑话我,说我是"一副吊丧的嘴脸"。她身穿一件白布连衣裙,头发披散开。我就对她说,她真漂亮,她欢喜得咯咯笑起来。

临下楼时，我们过去敲了敲雷蒙的房门。他应声说马上下去。来到街上，我由于疲惫，也因为我们睡觉没有打开百叶窗，一到已经充满阳光的户外，强光袭来，如同打了我一记耳光。玛丽高兴得欢跳起来，不住嘴地说天气真好。我感觉好受了些，这才发觉是肚子饿了的缘故。这话我跟玛丽说了，她就指给我看她的漆布提包，她在里面装了我俩的游泳衣和一条浴巾。我只好等待了，我们听见雷蒙关门的声响。他穿了一条蓝裤子、一件短袖白衬衫，不过，他戴的那顶扁平狭边草帽，引得玛丽笑了起来。他的两条小臂肌肤很白，布满了浓黑的汗毛，我见了有点厌恶。他下楼时还吹着口哨，那神情很高兴。他对我说："你好，老弟"，称呼玛丽为"小姐"。

昨天，我们去了警察局，我做证说那女人"冒犯"了雷蒙。雷蒙只受了一次警告，就算完事了。警察没有进一步核实我的证词。在楼门口，我们跟雷蒙谈起了这件事，紧接着我们决定去乘公共汽车。海滩不算太远，但是乘车去更快些。雷蒙认为我们早早到达，他那位朋友会很高兴。我们刚要走，雷蒙却突然打了个手势，让我瞧马路对面。我看见一伙阿拉伯人背靠着烟铺的橱窗，站在那里默默注视着我们，不过是以他们特有的方式，不多不少就当我们是石头或者枯树。雷蒙告诉我，从左数第二个人就是那家伙，他随即面露忧虑的神色，但他又补充一句：这件麻烦事，按说现在已经了结了。玛丽听不大明白，就问我们怎么回事儿。我告诉她，那伙阿拉伯人恨雷蒙。她就要我们赶紧离开。雷蒙挺了挺胸,笑着说是该快点儿走了。

离车站还挺远,我们走过去。雷蒙告诉我,那伙阿拉伯人没有跟上来。我回头望了望,他们果然原地未动,仍然若无其事地看着我们刚刚离开的地方。我们上了公共汽车。看来雷蒙完全放松了,他不断地跟玛丽开玩笑。我能觉得出来,他喜欢玛丽,而玛丽却不怎么搭理他,只是不时地笑着瞧他一眼。

我们在阿尔及尔郊区下车,离海滩不远了,但是必须爬过一小块俯临大海、斜坡倾向海滩的高地。高地由已经蓝得晃眼的天空衬托,布满发黄的石头,开满雪白的阿福花。玛丽兴致勃勃,抡起漆布提包,扫得花瓣纷纷飘落。我们走在一排排小型别墅之间,两侧的栏杆漆成绿色或白色,有几幢连同阳台隐没在柽柳丛中,另一些则裸露在乱石中间。还未走到高地的边缘,就已经望见波平浪静的大海了,还能望见远处躺在清澈水中打瞌睡的一个巨大岬角。在静谧的空气中,一阵轻微的马达声一直传到我们耳畔。眺望波光粼粼的远海,只见一艘小小的拖网渔船,缓慢得难以觉察地在行驶。玛丽采撷几朵鸢尾花。我们下坡走向海边,看到已经有几个人下海游泳了。

雷蒙的朋友所住的小木屋,坐落在海滩的尽头。木屋背靠石崖,屋前打的支撑木桩已经浸在海水中了。雷蒙把我们介绍给他的朋友。那人名叫马松,长得身材魁伟,膀阔腰圆。他妻子个头儿却很矮,身子圆滚滚的,那样子和蔼可亲,说话带巴黎口音。马松立刻让我们随便些,说他这天早晨钓了一些鱼,已经过油炸好了。我对他说,觉得他的房子漂亮极了。他告诉我,每逢星期六、星期天以及所有节假日,他都来这里度过。他还补充了一句:"你们同我妻子会合得来的。"果不其然,他妻子已经同玛丽有说有笑了。这时,我还真萌生了要结婚的念头,这也许是我有生以来头一次。

马松要下水了,但是他妻子和雷蒙还不想跟来。我们三人走下海滩,玛丽立刻扑进水里,马松和我,我们又略等一会儿。他讲话慢吞吞的,我发现他有句口头禅,无论说什么,总要补上一句:"我甚至还要说",即使他补充的话,其实并没有什么新意。例如关于玛丽,他对我说:"她可真出众,我甚至还要说,非常迷人。"过了一阵儿,我就不再注意他这句口头禅了,只顾享受晒着阳光有多么舒服。沙子开始烫脚了。我又忍耐了一会儿下水的渴望,终于对马松说:"下水好吗?"我一猛子扎进水中。他一点点往水里走,直到站立不稳才扑进去。他游蛙泳,技术相当差,我只好丢下他,去同玛丽会合。海水清凉,我游得很开心。我和玛丽越游越远,我们动作协调一致,共享畅游的乐趣。

游到宽阔的海面,我们便仰浮在水上,我面向天空,而阳光拨开在我嘴边流动的最后几片水帘。我们望见马松回到沙滩,躺着晒太阳了。远远望去,真是个庞然大物。玛丽想和我连体游泳。我就到她身后,抱住她的腰,她甩动手臂奋力往前游,而我则协助用双脚击水。轻轻的击水声,伴随我们一上午,直到我觉得累了。于是,我放开玛丽,往回游去,恢复正常姿势,呼吸也就顺畅了。上了海滩,我俯卧在马松的身边,脸埋在沙中。我对他说:"真舒服",他也有同感。不大工夫,玛丽也来了。我侧过身去,注视她走过来。她浑身还黏附着海水,长发抛在身后。她靠着我并排躺下,而我,笼罩在她的身体和太阳这两种热气中,幽幽睡了一会儿。

玛丽摇醒我,说马松回屋了,该是吃午饭的时候了。我立刻站起身,只因我确实饿了,可是玛丽却对我说,从早上到现在,我还没有拥抱亲吻她呢。的确如此,其实我一直想吻她。"来吧,下水。"她对我说道。我们跑过去,扑进刚涌来的细浪中,蛙泳游了几下,她就贴到我身上。我感到她的两条腿缠住了我的腿,当即对她产生了欲望。

我们赶回来的时候,马松已经喊我们了。我说我饿极了,他就立刻向他妻子表明,他喜欢我这样。面包很好吃。我狼吞虎咽,吃掉我那份炸鱼。接下来还有肉和炸土豆条。吃饭时大家谁也没有说话。马松频频喝葡萄酒,还不断地给我斟。到了喝咖啡的时候,我的头有点儿昏沉,就一连抽了好几支烟。马松、雷蒙和我,我们打算共同出钱,八月份就在海滩一起度过。玛丽突然对我们说道:"你们知道现在几点钟了吗?十一点半。"我们所有人都深感诧异,不过马松却说,饭吃得很早,这也很自然,肚子饿了,就是吃饭的时间。我不知道为什么,这话引得玛丽笑起来。现在想来,她那是酒有点儿喝多了。马松问我,是否愿意陪他去海滩散步:"午饭后,我妻子总要睡一觉。我呢,不喜欢睡午觉。我得出去走走。我总跟她说,饭后活动活动有益于健康。不过,这毕竟是她的权利。"玛丽明确表示要留下,帮助马松太太收拾餐具。矮个儿巴黎女人便说,照这样,就必须把男人赶出去。于是,我们三个男人就都出来了。

烈日当空,几乎直射沙滩,海面上强烈的反光十分晃眼。海滩上空无一人了。从布列在俯临大海的高地周边一间间木屋里,传出一阵阵杯盘刀叉的声响。从地面熏蒸而起的石头热气,逼得人呼吸困难。开头,雷蒙和马松聊些人和事,都是我不了解的,从而我明白,他们俩相识已久,甚至在一起生活了一段时间。我们朝海走去,沿着水边散步。有时,一道细浪冲得远些,打湿了我们的布鞋。我什么也不考虑,只因我光着脑袋,让太阳晒得昏昏欲睡。

这时,雷蒙对马松说了句什么,我没有听清楚。不过,与此同时,我看见海滩的另一头,离我们很远,有两个身穿司炉蓝工装服的阿拉伯人,朝我们方向走来。我瞧了瞧雷蒙,他就对我说:"正是他。"我们继续散步。马松问他们怎么一直跟踪到这儿来了。我想他们一定是看见我们拎着海滩用品提包上了车,但是我什么也没有说。

那两个阿拉伯人缓步往前走,离我们已经相当近了。我们没有改变步伐,但是雷蒙交代我们:"万一动起手来,你,马松,你去对付第二个家伙。我呢,就收拾我那个对头。你呢,默尔索,如果再来一个,就交给你了。"我说:"好吧。"马松两手插进裤兜里。沙子灼热,现在我就觉得跟烧红似的。我们步伐沉稳,走向阿拉伯人。我们之间的距离逐渐缩短。等双方只差几步远了,阿拉伯人停下脚步。马松和我,脚步也放慢了。雷蒙径直走向他的对头。我听不清楚他对那人说了什么,那人抬手照雷蒙的头要给一拳,雷蒙却抢先下手,并且立即招呼马松。马松冲向指定给他的那个人,使足了劲儿,两个重拳打出去,那个阿拉伯人便倒在水中,脸朝下待了几秒钟,冒到水面的气泡在他的脑袋周围破灭。这工夫,雷蒙也大打出手,打得对手满脸出血。雷蒙回身对我说了一句:"瞧着他会拿出什么家伙。"我冲他喊道:"当心,他拿了把刀!"还未等雷蒙有所反应,他的胳膊就给划开了,嘴巴也给划破了。

马松一个箭步冲上去,不料另一个阿拉伯人已经爬起来,躲到手持凶器的人身后。我们不敢动弹。他们慢慢后撤,眼睛始终盯住我们,用刀威慑我们不要轻举妄动。他们看看拉开了相当大的距离,便转身飞快逃掉,而我们仍然定在太阳地儿上,雷蒙紧紧握住还在滴血的手臂。

马松立刻说道,正巧有一位大夫,每星期天都来这里度过,就住在高地上。雷蒙想马上去见大夫,可是他开口说话,伤口就流血,弄得满嘴血沫。我们搀扶着他,先尽快回到木屋。到了屋里,雷蒙说他的伤口很浅,能够去看大夫。马松陪他去了,我留下来向两位女士解释所发生的事情。马松太太流下眼泪,玛丽也脸色煞白。向她们解释这事,我也挺烦的,结果干脆沉默不语,望着大海抽烟。

约莫一点半钟,雷蒙同马松回来了,他手臂包扎了绷带。嘴角贴上橡皮膏。大夫告诉他轻伤没什么,但是雷蒙脸色很难看。马松还试图逗他乐,可他就是一声不吭。过了一会儿,他说下去到海滩走走,我问他去哪儿,他回答说只想出去透透气。马松和我都表示要陪他出去。他一听就火了,不干不净地骂了我们。马松直言千万别违拗他。然而,我还是跟着他出去了。

我们在海滩上走了很久。现在烈日炎炎,照在沙滩和海面上,碎成无数闪亮的金块。我感觉雷蒙知道要去哪儿,不过,这恐怕是错误的印象。一直走到海滩尽头,绕过一大块岩石,终于来到岩石后面在沙地流淌的一小股泉水。我们就在那儿找见了那两个阿拉伯人。他们穿着油污斑斑的司炉蓝工装服,躺在地上,那神态完全平静下来了,甚至带有几分喜色。我们的出现,丝毫没有改变那种局面。用刀伤了雷蒙的那个家伙一声不吭,眼睛盯住雷蒙。另一个家伙则用眼角余光瞟着我们,同时不停地吹着一个小芦苇哨子,反反复复只发三个音。

这段时间自始至终,只有阳光和这种寂静,以及泉水淙淙和芦苇哨子的三个音。继而,雷蒙伸手插进放手枪的兜里,但对方还是一动不动,他们一直四目对视。我注意到吹芦苇哨子的那小子脚趾劈得特别开。这时,雷蒙目光没有离开对方,问了我一句:"我撂了他吗?"我心里合计,我若是说不,他反而不听那一套,一发火准会开枪。我只是对他说:"他连话还没有对你说,这样就开枪,会显得有点卑劣。"在这寂静和炎热的中心,还能听见淙淙的水声和芦苇的哨音。"那好,我就辱骂他,等他一回嘴,我就把他撂倒。"我回答说:"就要这样,不过,他要是不拔出刀来,你也不能开枪。"雷蒙开始有点儿恼火了。另一个小子一直吹芦苇哨,两个人都注意观察雷蒙的一举一动。"不行,"我对雷蒙说道,"你还是得跟他单挑,把你的手枪给我。如果另一个上手,或者这个拔出刀来,我就把他一枪撂倒。"

雷蒙把手枪给我的时候,阳光在枪上晃了一下。然而,双方仍然待在原地不动,就仿佛我们周围的一切封闭起来了似的。我们相互对视,谁也不肯垂下眼睛,这里一切全停顿下来,停在大海、沙滩和阳光之间,停在芦苇哨和泉水的双重寂静之间。此刻我想到,可以开枪,也可以不开枪。这时,两个阿拉伯人猛然往后退,一下子溜到大岩石后面去了。于是,雷蒙和我原路返回。他的情绪显得好些了,还提起回城的公共汽车。

我陪伴他一直走到木屋,在他上木阶梯时,我却停在最下面的台阶上,脑袋让太阳晒得嗡嗡作响,看着眼前要吃力登上的木阶梯,上去还要吃力应付两位女士,就不免气馁了。可是酷热难耐,刺眼的阳光雨注一般从天而降,站在原地不动同样难受。待在原地还是走开,反正是一码事儿。迟疑片刻,我又掉头走向海滩。

海滩也是红彤彤的,阳光耀眼。大海气喘吁吁,呼吸急促,细浪爬上沙滩。我缓步走向岩石,顶着太阳,只觉得脑门儿发涨。全部暑热都扑向我,阻止我往前走。每次感到热风袭面而来,我就咬紧牙关,握紧插在裤兜里的拳头,我全身绷紧,以便战胜太阳,战胜太阳倾注给我的这种参不透的醉意。从沙砾上,从变白的贝壳上,从碎玻璃上,每投出一把光剑来,我的牙关都不由得紧咬一下。我就这样走了许久。

我远远望见岩石下有一小片幽暗之地,周围由阳光和海上尘雾所形成的耀眼光晕笼罩。我想到岩石后面清凉的泉水,渴望再次聆听淙淙的流水,渴望逃避太阳,逃避费神以及女人的哭泣,渴望再次找到阴凉与休息。可是,我走近时却看到雷蒙的对头又回来了。

他独自一人,双手放在后脖颈儿下面,躺在那里休息,额头置于岩石的阴影里,而全身晒着太阳。他那身司炉蓝工装服冒着热气。我颇感意外。对我而言,这件麻烦事已经了结,我连想也没有想就来到这里。

他一看见我,就微微欠起身,手插进兜里。而我呢,放在外衣口袋里的手,也自然而然握紧雷蒙的手枪。这时,他又仰身倒下,但是手没有从兜里抽出来。我离他比较远,约有十来米。我不时猜测他半眯缝着的眼神。不过,他那副形象,更经常在我眼前火焰般空气中舞动。海浪的声音,比起中午来,更加懒散,更加平稳了。在这里依旧延伸的沙滩上,太阳依旧,光焰依旧。白昼已经有两个小时不再进展,两个小时抛了锚,固定在一片沸腾着的金属的海洋中。远远驶过一艘小船,我是从我的视觉余光的小黑点推测的，因为我正眼一直紧盯着那个阿拉伯人。

我心中暗想，只要我掉过头去，就万事大吉了。然而，一整片从烈日下颤动的海滩，从我身后涌来。我朝泉水走了几步。那个阿拉伯人没有动弹。不管怎么说，相距还挺远。也许是他脸上阴影的效果，他那样子似乎在笑。我仍在等待。太阳烧灼我的面颊，我感到汗滴聚在我的眉眼上。还是我安葬妈妈那天的大太阳，还像那天一样，我的额头特别难受，肌肤下的脉管都一齐跳动。正是由于我再也忍耐不了的灼热，我又朝前动了动，我知道这种动作很愚蠢，挪动一步也躲避不了太阳。然而，我就是跨进一步，仅仅一步。这回，那个阿拉伯人虽未起身，却抽出了刀，在阳光中对我晃了晃。钢刀反射的阳光，犹如闪亮的长刃刺中我的脑门儿。与此同时，聚在眉头的汗水一下子流到眼皮上，形成一道厚厚而温暖的水帘，遮住了我的双眼。在这道泪水和盐的帘幕后面，我的眼睛全花了，只觉得太阳好似铙钹一般扣到我的头顶，那把刀射出的闪光利刃，影影绰绰，一直在我面前晃动。这把灼热的利剑，损坏了我的睫毛，刺入我的疼痛的双眼。恰巧这时，天穹万物都摇晃起来。海洋呼出一股厚重而滚烫的气息。天穹也好像整个儿开裂，降落下来天火。我的周身紧绷了，手紧紧抓住那把枪。不觉扳机扣动了，我触碰到了枪柄上光滑的扳机圆洞，正是触碰那儿，在震耳欲聋的一声脆响声中，一切都开始了。我一下子抖掉汗水和阳光。我明白自己打破了这一天的平衡，打破了海滩异乎寻常的寂静，打破了我曾觉得幸福的平衡和寂静。接着,我对着那不动的躯体又连开四枪,子弹打进去而没有穿出来,这正如我在厄运之门上急促地敲了四下。

第二部

一

我被捕之后,立即接连几次受审。但是,审讯时间都不长,只为查清身份。第一次是在警察分局,我的案子似乎没人感兴趣。八天之后,情况则相反,预审法官打量我,显得很好奇。不过开头,他也只是问我的姓名和住址、我的职业、我出生的日期和出生地。随后,他想了解我是否选定了律师。我承认没有,并且问他是不是非得请律师。他说:"为什么这样问?"我回答说,我认为自己的案子非常简单。他微微一笑,说道:"这是一种看法。然而,法律就是法律。如果您不找律师,我们就会给您指派一位。"我认为这样就太方便了,连这些具体问题司法机关都负责给解决。我向他说了这种想法,他也赞同,并得出结论,法律制定得很完善。

起初,我并没有认真对待他。他接待我的房间拉着窗帘,只有办公桌上点着盏灯,灯光对着他让我坐的扶手椅,而他本人则坐在暗地儿里。我在书里读过类似的描写,觉得全都是做戏。

谈完了话，我端详了他，反而看到的是一个面目清秀的人，一双深陷的蓝眼睛，个头儿很高，蓄留长长的灰胡须，一头浓发几乎花白了。他的面部肌肉不时因神经性抽搐而拉动嘴角，尽管如此，他给我的印象是个非常通情达理的人，总之善气迎人。我走出审讯室的时候，甚至要同他握手，但是我及时想起我还有命案在身。

第二天，一位律师来狱中探视。他是个矮胖子，还相当年轻，精心梳理的头发贴在头皮上。天气很热（我没有穿外衣），他却穿一身深色正装，戴上活动硬折领，扎的领带也很奇特，是黑白相间的粗条纹花色。他把腋下夹的公文包放到我的床上，做了自我介绍，对我说他研究了我的案卷。我这案子很棘手，但是，如果我信任他的话，他不怀疑能够胜诉。我向他表示感谢，他对我说："现在就谈谈问题的要害。"

他坐到我的床上，向我解释说，他们已经调查了我的私生活，了解到我母亲在养老院去世不久。于是，他们又去马伦戈做一次调查。预审法官们都获悉，妈妈葬礼那天，"我表现出了无动于衷的态度"。"要知道，"我的律师对我说道，"问您这种情况，我实在有点儿难以启齿，但是这又非常重要。如果我找不出理由答辩，这就将成为指控您的一个重要证据。"他希望我能协助他。他问我，那天我是否感到难过。听到这样一问，我十分惊讶，如果是我不得不提出这个问题，我都会感到非常尴尬。不过我还是回答说我多少丧失了扪心自问的习惯，很难向他提供这方面的情况。自不待言,我很爱妈妈,但是这并不能表明什么。所有精神正常的人,都或多或少盼望过自己所爱的人死去。说到这里,律师当即打断我的话,他显得非常焦躁。他让我保证,无论到法庭上,还是在预审法官那里,都不要讲这种话。可是,我却向他解释道,我天生如此:生理的需要往往会扰乱我的情感。安葬妈妈那天,我疲惫不堪,又非常困倦,也就没有留意当时发生了什么情况。我所能肯定说的是,我真不愿意妈妈死了。但是,我的律师还是一脸不高兴。他对我说:"这样讲还不够。"

他思考了一下,问我可不可以说那天,我控制住了自己的自然感情。我就对他说:"不可以,因为这是假话。"他以古怪的方式看着我,就好像我引起他几分反感。他几乎幸灾乐祸地对我说,不管怎样,养老院院长和工作人员,都会作为证人到法庭上做证,"这可能将我置于一种极其难堪的境地"。我则提请他注意,这段事情跟我的案子无关,而他仅仅反驳了我一句:显然我从未跟司法机构打过交道。

他走时面带愠色。我很想留下他,向他说明我渴望得到他的同情,但不是为了获取他更好的辩护,而是……可以这么说,而是自然而然的事情。尤其是我看出来,我让他很不自在。他没有理解我的意思,对我产生了一点儿怨恨。我真想明确告诉他,我跟所有人一样,跟所有人绝对一样。然而,费一番口舌,其实没有多大用处,我也懒得讲,干脆放弃了。

过了不久,我又被带去见预审法官。这次是下午两点钟,他的办公室只拉着薄纱窗帘，满室通明透亮。天气很热。他让我坐下，彬彬有礼地向我说明，我的律师"因临时有事"，未能前来。但是，我有权不回答他提出的问题，等我的律师到场来帮助。我说我可以独自回答。他用手指按了桌上一个电钮。一个年轻的书记员来了，差不多就坐到我的身后。

预审法官和我，我们二人都端坐在扶手椅上。开始审讯了。他首先对我说，按照别人的描述，我是个性格内向、寡言少语的人，他想了解对此我有何想法。我回答说："事出有因，我从来没有什么重要的话要讲，于是就保持沉默。"他还像上次那样，微微一笑，承认这是最好的理由，随即又补充一句："况且，这也无关紧要。"预审法官住了口，瞧了瞧我，接着，颇为突然挺了挺身，语速极快地对我说："我所感兴趣的，是您这个人。"我不大理解他这话是什么意思，也就没有应声。他又说道："在您的行为中，有些事情匪夷所思。我相信您会说透，帮助我理解。"我说一切都很简单。他催促我向他复述一遍我那一天的情况。于是，我向他复述了我已经讲过的全过程：雷蒙、海滩、海水浴、殴斗，又是海滩、小水泉、烈日，以及打出的五发子弹。我每讲一句，他都说："好的，好的。"我说到横躺在地上的尸体时，他附和一声："好。"而我呢，实在厌烦这样重复讲述同一故事，就觉得我从未讲过这么多话。

沉吟片刻之后，他站起身，对我说道，他想要帮助我，说我引起他的兴趣，再加上有上帝保佑，他就能为我做点儿事情。不过,他还先要向我提几个问题。他开门见山,问我是否爱妈妈。我说:"爱呀,跟所有人一样。"此前,书记员打字一直很有节奏,这时一定是按错键盘,不免有点儿慌乱,只得倒回来重打。预审法官所问的事,表面上始终没有逻辑关系,他又问我是否连续开了五枪。我想了想,明确说先头我只开了一枪,过了几秒钟,又开了四枪。于是他问道:"您开了一枪之后,为什么等了一会儿才打第二枪呢?"那一片火红的海滩,再一次展现在我眼前,我感到额头让太阳晒得火辣辣的。不过这回,我什么也没有回答。接着冷场了,这工夫预审法官显得有些烦躁。他又坐下,抓了抓头发,臂肘支在办公桌上,身子微微倾向我,一副怪怪的样子:"为什么,为什么您朝地上的横尸开枪呢?"这个问题,我还是无从回答。预审法官双手捂住脑门儿,声音有点儿变调,又重复他的问题:"为什么?您必须告诉我。为什么?"我始终沉默不语。

他霍地站起身,大步走向办公室的另一头,从文件柜拉出一个抽屉,取出一只银质耶稣受难十字架,高举着返身走向我。他的声调完全变了,几乎发颤,提高嗓门儿问道:"这个,您可认得?"我回答:"认得,当然认得。"于是他急速地、满怀激情地对我说,他信仰上帝,坚信无论什么人,也不管罪恶有多大,总能得到上帝的宽恕,但是为此目的,人就必须通过悔罪,又复归童年状态,心灵空虚、纯净了、准备迎接一切。他整个身子都俯在桌子上,几乎就在我的头顶摇晃着耶稣受难十字架。老实说,他这番论证,我的思想很难跟得上,首先因为热得很,他这办公室里又有几只大苍蝇,不时落到我脸上,同时还因为他那样子让我有点怕。我也承认这未免可笑,因为归根结底,我才是罪犯。他还仍然滔滔不绝。我差不多听明白了,在他看来,我的供词只有一处模糊不清,即我等了片刻才开第二枪这个事实。其余的情节,都很清楚,唯独这一点,他搞不明白。

我正要对他说,他不该抓住一点不放,最后这一点并不那么重要。但是他打断了我的话,整个儿挺直了身子,最后一次劝告我,问我是否信仰上帝。我回答说不信。他气呼呼地坐下来,对我说这不可能,人人都相信上帝,即使是那些背弃上帝的人。这正是他的信念,他一旦对此有所怀疑,那么他的生活就再也没有意义了。他高声诘问:"您就想要我的生活丧失意义吗?"依我之见,这事与我无关,我的想法对他讲了。可是,他隔着办公桌,将十字架上的基督像送到我眼下,毫不理智地嚷道:"我,我可是基督教徒。我请求基督宽恕你的过错。你怎么能不相信他是为你而受了苦呢?"我明显地注意到,他用"你"来称呼我了,但是我已经听烦了。房间里越来越热了。我还一如既往,渴望摆脱一个不想听他说话的人,就装出同意的样子。令我深感意外的是,他立刻欢欣鼓舞,说道:"你瞧,你瞧,你相信上帝,要向上帝讲心里话,对不对呀?"自不待言,我再次说了"不"。他一屁股又跌坐到椅子上。

他那神情十分疲惫,半晌沉默不语,而打字机没有跟上谈话,一直没有停,还继续打出最后几句话。继而,他凝视了我片刻,神色里透出一点伤感。他喃喃说道:"像您这样冥顽不化的灵魂,我还从未见过。罪犯来到我的面前,看到这个受难像,总要痛哭流涕。"我正要回答,恰恰因为他们是罪犯,但是转念又一想,我也是罪犯,跟他们一样。这种念头,我实在无法适应。这时,预审法官站起身,仿佛示意审讯结束了。他还是同样有点儿厌烦的神态,只问我是否悔恨自己的行为。我想了想,回答说算不上悔恨,倒是在一定程度上厌烦了。我觉得他没有听明白我的话。但是那天,事情就再也没有进展了。

后来,我经常面见预审法官,不过每次都由我的律师陪同。谈话也局限于跟我核对我先前几次供词中的一些疑点。再就是预审法官同我的律师讨论控告我的罪名。不过老实说,在这种时候,他们从来就不把我放在心上。不管怎么说,审讯的口气逐渐变了,我感到预审法官对我没有兴趣了,他已经把我的案子以某种方式归类了。他不再向我提上帝,我再也没有见到他像头一天那样冲动。结果便是我们的谈话变得更加亲热了。提几个问题,同我的律师谈一谈,一次次审讯就这样结束了。拿预审法官的话来说,我的案子进展正常。有时候谈到一般性问题,也让我参加讨论。我的心情开始轻松了,在这种时刻,谁对我都没有恶意。一切都显得那么自然,那么按部就班,表演得那么有板有眼,我甚至产生了"亲如一家"的可笑印象。预审持续了十一个月之久,可以说在这期间,我几乎感到惊讶的是,让我高兴的事没有别的,只有那么几次屈指可数的瞬间,预审法官把我送到他的办公室门口,拍拍我的肩膀,亲热地对我说一句:"今天就这样吧,反基督先生。"随即重又把我交到警察手里。

二

有些事情,我从来就不愿意提起。我入狱没过几天,就明白了事后我不可能爱提这段经历。

过了些日子,我就觉得这种厌恶情绪实在无足挂齿。其实最初几天,我还算不上真正坐牢,我隐隐约约在等待发生什么新的事件。直到玛丽第一次,也是唯一一次来探视,完全意义的监狱生活才开始。从我收到她的信那天起(她在信上告诉我,只因她不是我妻子,就不准她再来探监了),从那天起,我才感到牢房就是我的家,我的生活就停留在这里了。我被捕的那天,先是把我关进一间大牢房,里面已经关了好几名囚犯,大部分是阿拉伯人。他们看见我,都嘻嘻哈哈笑起来,随后就问我犯了什么事。我说打死了一个阿拉伯人,他们就都不吱声了。过了一会儿,天就黑下来了,他们倒是向我解释如何铺睡觉的席子,将席子一端卷起来,就能当枕头用了。整整一夜,臭虫都在我的脸上爬来爬去。过了几天,就把我换进单人牢房,睡木板床,还配备一只木质马桶和一个铁脸盆。监狱建在城市的制高点,从一扇小铁窗,我能够望见大海。有一天,正巧我抓住铁窗的柱子,扬着脸张望阳光世界,一名看守走进来,对我说有人来探视。我想准是玛丽。果然就是她。

要到探视室,先得穿过一条长长的走廊,接着上楼梯,再穿过另一条走廊。我走进一个特别宽敞的大厅,由一扇大窗户射进来的阳光照得非常明亮。横着安了两道大栅栏,将大厅隔成三段,栅栏之间相距八到十米,把探监者与囚犯隔开。我看见玛丽就在我的对面,她身穿带条纹的连衣裙,那张脸晒成了棕褐色。我旁边还有十来名囚犯,大多是阿拉伯人。玛丽那面也都是摩尔人,身边探视的两个人,一个是矮小的老太婆,穿着一身黑袍,紧紧抿住嘴唇;另一个是没戴头巾的胖女人,说话嗓门儿很大,伴随着各种手势。由于两道铁栅相隔较远,探视者和囚犯说话,都不得不大声叫喊。我一走进大厅,就充耳一片嘈杂声,在光秃秃的四面大墙壁之间反响、回荡,而从天空直泻到玻璃窗上的强烈阳光,又反射到大厅里,一时间我感到头昏眼花。我的单人牢房要安静得多,也昏暗得多。过了好几秒钟,我才开始适应。最终,我还是看清了突显在明晃晃的阳光中的每一张脸。我注意到在两道铁栅之间,靠过道一侧坐着一名看守。阿拉伯囚犯和探视他们的家人,大部分都面对面蹲着,这些人说话就不叫喊。尽管周围一片嘈杂声,他们低声对话彼此照样听得见。他们低沉的话语声,从低处响起,形成持续不断的低音部,汇入在他们头顶上交错回环的谈话声浪。所有这一切,全是我朝玛丽走去的工夫快速观察到的。她的身子已经紧紧贴在铁栅栏上,竭尽全力冲我微笑。我觉得她非常美,但是我不知道该如何向她表明。

"怎么样?"她高声问我。"怎么样,就这样呗。""你还好吧,什么也不缺吧?""还好,什么也不缺。"

我们住了声,玛丽一直在微笑。那个胖女人也一直冲着我身边人喊叫,这个目光坦诚、金发高个子的家伙,一定就是她丈夫了。他们那是接续已经开始的一场谈话。

"雅娜就是不愿意要他,"胖女人扯着嗓子嚷道。"是啊,是啊。"男人应声说话。"我还对她说,你一出狱,就要雇用他的,可是她就是不愿意要他。"

玛丽也喊叫起来,说雷蒙向我问好,我接口说:"谢谢。"不过,我的话音被旁边的男人盖住了,那人高声问道:"他近来可好。"他妻子笑着说:"好着哪,他的身体比什么时候都好。"我左边这个矮个子青年,有一双秀气的手,他一句话也没有说。我注意到他面对的是一个矮个子的老太婆,他们二人都定睛地凝视对方。我没有时间进一步观察他们了,忽听玛丽冲我高声说,一定要满怀希望。我应了一声"对",同时盯着看她,真想隔着衣裙搂住她的肩膀。我真想抚摩她那身细布料,而且除此之外,我实在不知道还能抱有别的什么希望。恐怕这也正是玛丽想要说的,因为她一直在微笑。我只顾看她明亮的牙齿和笑眯眯的眼睛。她又喊道:"你一定能出来,一出来咱俩就结婚!"我回答说:"你相信吗?"不过,我这主要还是为了说点儿什么,于是,她语速非常快,声音始终很高,说她相信,我一定能获释,两个人还去游泳。这时,另一个女人又吼叫起来,说她的篮子丢在书记室里,当即列举放在篮子里的所有东西,那些东西都很贵,必须清点一下。另一个挨着我的那个青年,一直同他母亲相视无语。蹲在地上的那些阿拉伯人,仍在我们下面窃窃私语。户外的阳光撞到大玻璃窗,似乎更加膨胀了。

我感到身体不大舒服,很想离开。聒噪声让我难受。可是另一方面,我也愿意跟玛丽多待一会儿。不知道过了多长时间了。玛丽跟我谈起她的工作,她那脸上始终挂着笑容。絮语、喊叫和谈话的声音交织在一起。唯一寂静的孤岛就在我身边,即相互对视的这个矮个儿青年和这个老太婆。阿拉伯人一个个被带回牢房。第一个人刚一带走,几乎所有人都住了声。矮小的老太婆又靠近铁栅栏,与此同时,一名看守向她儿子打了个手势。那儿子说了一句:"再见,妈妈。"母亲把手从铁条之间探进去,向儿子轻轻挥手,动作缓慢而悠长。

老太婆离开探视厅,一个手拿帽子的男人随即走进来,占据了空出来的位置。一名囚犯被带来,二人便热烈交谈起来,但是声音压得很低,只因大厅又恢复了肃静。又有人来要带走我右边的那个人,他妻子仿佛没有注意到说话不用大喊大叫了,她仍然没有降低声调:"照顾好你自己,多加小心。"接着就轮到我了。玛丽做出了抱吻我的手势。临出门时,我又回过头去望望,她一动未动,脸压在铁条上,始终挂着那种苦撑着的僵硬微笑。

探视之后不久,她就给我写信来了。正是从这一刻起,出现了我绝不爱提起的那些事。不管怎么说,什么事也不应该夸张,讲讲自己不爱提起的事，我做起来还比别人更容易些。受羁押初期，最艰难的倒是我仍有自由人的思维。例如，我还渴望去海滩，下海游泳。还想象我的脚掌刚踏着波浪的声响，全身浸入水中所感受的解脱，可我却猛然感到我的牢房四壁多么贴近。而且，这种感觉持续了数月。后来，我就完全换了囚犯的思维了。我等待放风的时间，到院子里走走，或者等待我的律师来访。余下的时间我也安排得很好。我甚至常常想，如果让我生活在一棵枯树的树干里，无所事事，终日观赏天空浮云的花样，我也能逐渐适应。我会等待鸟儿飞越、云彩聚合，就像我在这里等待我的律师扎上奇特的领带，或者在另一个世界耐心地等待星期六，得以拥抱玛丽的肉体。况且，仔细想想，我总还没有落到枯树树干里的那种境地。还有比我更加不幸的人呢。其实这也是妈妈的想法，她一再反复讲，人到头来什么都能适应。

此外，平时我也没有想得那么远。头几个月度日如年。然而，我总得咬咬牙，也就挺过来了。譬如说，我辗转反侧想女人。我年轻，这是很自然的事。我从来没有特意想玛丽。但是我苦苦想一个女人，想所有女人，想我所认识的所有女人，想我曾经爱过她们的种种情景，结果我的牢房充塞了这些女人的形象，布满了我的欲念。一方面，这让我躁动不安；另一方面，这也帮我消磨时间。我终于赢得了看守长的同情。每天开饭时，他都陪着厨房伙计前来，正是他首先向我谈起了女人。他告诉我，这是其他囚犯抱怨的头一件事。我就对他说，我同他们一样，觉得这样对待实在不公道。"然而,"他接口说道,"正是为了这一点,才把你们关进牢房。""怎么,正是为了这一点?""当然了,自由,正是为此,才剥夺了你们的自由。"我从未想到这一层。我赞同他的说法:"不错,"我对他说道,"否则惩罚什么?""对呀,这种事儿,您能想通。其他人不行。不过,最终他们总能想法儿自行解决问题。"说罢,看守长就走了。

还有抽烟也是问题。我入狱那天,我的腰带、鞋带、领带、我口袋里的所有物品,尤其是我的香烟,统统让监狱人员搜走了。一转到单人牢房,我就要求把香烟还给我。可是,看守对我说,监狱禁止吸烟。头些日子特别难熬。这也许是给我最大的打击。我从床铺的木板上掰下木块,放进嘴里咀嚼。恶心不止,一整天我都想呕吐。我无法理解,吸烟又不危害任何人,为什么剥夺我吸烟的权利。后来我才明白,这也是惩罚的一项内容。不过,从那时候起,我逐渐习惯不吸烟了,对我来说,这种惩罚也就徒有其名了。

除开这些烦心事,我还算不上太不幸。再说一遍,问题全在于消磨时间。从我学会回忆的时刻起,我就终于有了营生,一点儿也不感到烦闷了。有时,我就回想,我的房间,在想象中从一个角落出发,走一圈儿回到起点,在头脑里计数一路上所碰到的所有物品。起初,很快就计数完毕。可是,每次我重新开始,花的时间就长一些。因为,我要回忆每件家具,回忆每件家具中所装的每件物品,回忆每件物品的详细情况,包括每个镶嵌、每道裂纹、每个边角的毁损,以及涂什么颜色,是什么纹理。与此同时,我又力求这个清单次序不乱,毫无遗漏。这样回忆几个星期下来,我只要历数一下我那房间里的东西,时间也就打发过去了。我越这样追忆,更多被忽略和已被遗忘的东西,就从我的记忆中发掘出来。于是我省悟到,一个人哪怕在世上仅仅生活过一天,进了监狱也不难度过百年。他有足够的记忆可供追寻,不会感到烦闷。从某种意义上讲,这也是一种特权。

还有睡眠的问题。开头,夜间睡不好觉,白天根本不睡。后来逐渐好转,夜晚睡得着,白天也能睡一睡。可以说在最后几个月,每天我能睡上十六至十八小时。因此,我也就剩下六小时要打发了,用在吃喝拉撒上,用来回忆和阅读那个捷克斯洛伐克人的故事。

说起来,我在草垫和床板之间,发现了一张旧报纸,几乎粘贴在草垫的衬布上,已经发黄,差不多透明了。报上刊登一则社会新闻,开头部分缺失,故事看来发生在捷克斯洛伐克。一个男子离开一座捷克村庄,要去发财致富。过了二十五年,他发了财,带着妻子和一个孩子回家乡。他母亲和妹妹在家乡的村子里开了家客店,他想给母亲和妹妹一个惊喜,就把妻子和孩子留在另一家旅馆,只身回家,进了门,母亲没有认出来。他想取乐,还要了一间客房,亮出了自己身上带的钱财。为了夺取他的钱财,到了深夜,他母亲和妹妹用铁锤将他打死,尸体扔进河里。次日早晨,他妻子登门,还不知道发生了变故,讲出了这个旅客的真实身份。母亲自缢身亡。妹妹投井而死。① 这个故事,我反复看了有几千遍。一方面,这种事很怪诞,令人难以置信;另一方面,却又极其自然。不管怎样,我觉得那名旅客有点儿咎由自取,人生绝当不得儿戏。

就是这样,困了就睡觉,回忆,阅读我这则社会新闻,昼夜交替,日复一日,时光不断流逝。我早就在书中读过,人关在监狱里,久而久之便丧失了时间的概念。然而,这对我没有多大意义。我还不明白在多大程度上,一天天可能既漫长又短暂。生活起来当然漫长,可是漫漫无边,最终又相互浸透了,从而混杂起来而丧失各自的名称。只有"昨天"或"明天"这样的字眼,对我还保留一点儿意义。

且说有一天,看守对我说,我入狱已有五个月了,他这话我相信,可又不理解。在我看来,不断涌现在我牢房里的,无疑是同一天,而我所做的也是同一件事。那天,看守走后,我对着铁饭盒照了照脸,觉得即使我强颜笑一笑,我在饭盒上的形象也依然很严肃。我拿着饭盒在眼前摇晃。我笑一笑,饭盒上映现的还是那副严肃而忧伤的样子。白天结束了,到了我不愿意谈论的时刻,这是没有名称的时刻,在一片寂静中,从监狱各楼层升起暮晚的嘈杂声。我走近天窗,借着最后的亮光,再一次凝视自己的形象。总那么严肃,有什么奇怪的呢?既然此刻,我本人也

---

① 这正是加缪的一部剧作《误会》的故事梗概。

很严肃。恰好这时候,几个月以来第一次,我清晰地听见自己说话的声音。我听出来了,这声音在我耳畔已经回响了好多日子,我这才明白,在这么长时间里,我一直在自言自语。于是,我想起了妈妈葬礼那天,女护士说过的话。是的,真叫人无所适从,谁也想象不出监狱里的夜晚是怎样的情景。

三

其实真可以说,刚过了夏天,很快又到了夏天。我知道天气乍热,气温升高,我会有新情况发生了。我的案子安排在重罪法庭最后一轮庭审来审理,这一轮庭审将于六月内结束。案子开始公开辩论时,户外骄阳似火。我的律师向我保证说,辩论多不过两三天。他还补充道:"况且,法庭也得加速审理,因为您的案子不是这轮庭审中最重大的案件。紧接着还要审一桩弑父案。"

早晨七点半钟,就来提我了,由囚车将我押送到法院。两名法警把我带进一个有阴凉感的小房间。我坐在一道房门旁边等待,隔着房门听得见谈话声、呼唤声、挪动椅子的声响,以及一片骚乱的嘈杂声,让我联想到街区的节庆:音乐会结束之后,大家一齐上手搬开坐椅,大厅里腾出地方好跳舞。法警告诉我,必须等待开庭,一名法警还递给我一支香烟,让我谢绝了。过了片刻,他问我"是不是心里胆突突的",我回答说"不"。从某种意义上讲,我甚至挺感兴趣,要看一看审案的场面,我这一辈子从来没有这种机会。"不错,"另一名法警说道,"但是,看多了也就烦了。"

又过了一会儿,审判厅里响起小铃声。于是法警给我卸下手铐,他们打开房门,把我带上被告席。审判大厅爆满,座无虚席。尽管拉着窗帘,有些地方还是透进了阳光,空气已经很憋闷了。窗户全关上了。我坐下来,法警守在我的两侧。这时候我才看见面前有一排面孔,他们都盯着我,我明白了,他们就是陪审员。但是我说不清他们之间有什么差异,当时我只产生一种印象:我上有轨电车,面对一排乘客,所有这些不相识的乘客都窥视新来者,以便看出他身上的可笑之处。现在我深知,当时那种联想十分幼稚,因为这是法庭,他们寻找的不是可笑之处,而是罪行。不过,看起来区别不大,反正我就萌生了这种想法。

大厅门窗紧闭,又坐满了人,我也不免感到有点昏头涨脑。我又扫视一眼法庭,任何面孔也辨认不清。现在想来,我是一开始没有意识到,所有这些人蜂拥而至,都是来看我的。平时,根本没人注意我这个人。必须动动脑筋我才想明白,我正是这种热闹场面的缘起。我对法警说:"人真多呀!"他回答我说,这是报纸连篇报道的效果;他还指给我看在陪审员下方,聚在一张桌子旁边的一伙人,并且对我说:"他们在那儿呢。"我便问道:"谁呀?"他又重复一遍:"报社的人。"他还认识其中一名记者。这工夫,那名记者看见他了,便朝我们走来。此人已经有了一把年纪,样子挺和善,那张脸不时做个怪相。他特别热情地同法警握手。这时我注意到。大家都在相互见面,彼此打招呼,交谈起来,仿佛到了一家俱乐部,同一个圈子里的人又相聚,都非常兴奋。我也弄清了自己何以产生这种奇特的感觉:我在这里是个多余的人,有点儿像个不速之客。然而,那名记者却笑呵呵地跟我说话,对我说他希望我的事儿都会顺利解决。我向他表示感谢,他还补充道:"告诉您说吧,您这案子,我们还稍微炒作了一下。夏天,是报纸的淡季。只有您这个事件,还有那个弑父案,还能够吸引人。"然后,他指给我看,在他刚离开的那伙人里,一个活像一只肥胖的白鼬、戴着黑边大墨镜的矮个儿的家伙。他告诉我,那人就是巴黎一家报社的特派记者:"不过,他可不是专为您来的。但是,报社既然派他来报导那桩弑父案,就要求他兼顾您的案子。"说到这里,我差一点儿又要向他表示感谢,可是忽然想到,这样未免显得可笑了。他亲热地向我打个手势,便离开了我们。我们又等待了几分钟。

我的律师身穿律师袍,由许多同仁簇拥着到庭了。他朝那些记者走去,同他们握手,一起打趣,说说笑笑,那样子真可谓无拘无束,直到法庭上响起铃声为止。于是,所有人各就各位。我的律师走过来,同我握手,嘱咐我回答问题要简短,不可主动发言,余下的都由他来替我打理。

我听见左侧有人往后挪动椅子的声响,扭头看到一个细高挑的男人,戴着夹鼻眼镜,仔细搂起红色法袍坐下去。他就是检察官。执达员宣布开庭。与此同时,两台大电扇开了,嗡嗡转起来。三位法官,两位身着黑袍,另一位身披红袍,拿着案卷走进法庭,快步走向俯瞰大厅的审判台。身披红袍的法官居中坐到扶手椅上,摘下直筒无边高帽,放到面前,拿手帕拭了拭他那窄窄的秃脑门儿,这才宣布开庭审案。

记者们已经执笔在手了,他们人人都是同样一副冷漠的,略带嘲讽的神态。不过,他们当中有一个年轻得多,身穿灰色法兰绒制服,扎条蓝色领带,他把笔放在面前,目光凝视着我。从他那张五官不很端正的脸上,我只看见一双非常明亮的眼睛:那双眼睛聚精会神地审视我,却丝毫没有流露出明确的表情。于是,我产生一种奇特的感觉:我这是自我观照。也许正因为如此,还因为我不懂得审案程序,我就不大理解随后所发生的一切了,譬如什么陪审员抽签,庭长向律师提问,向检察官提问,向陪审团提问(每次提问,陪审员的头都转向审判台),快速宣读起诉书,我倒听出了一些地方和人名,然后再次向律师提问。

这时,庭长说要传唤证人。执达员念了几个人的名字,引起了我的注意。从刚才还一片模糊的旁听席人群里,我看见一个一个证人站起来,由边门出去,有养老院院长和门房、托马斯·佩雷兹老头、雷蒙、马松、萨拉马诺、玛丽。玛丽还微微向我打了个焦虑的小手势。我尚在奇怪怎么没有早些发现他们,忽听又念到最后一个名字。塞莱斯特站起身,我认出坐在他身边的那个矮小的老太婆,在饭馆里见过。她仍然穿着那件收腰上衣,仍然一副干脆而果断的样子。她目不转睛地盯着我。但是,我没有时间细想,庭长就发话了。他说真正的庭辩即将开始,他认为无须要求听众保持安静。他声称自己在这法庭上,就是以不偏不倚的态度,引导一个案件的辩论,并且愿意客观地审查这个案件。陪审团将按照正义的精神做出判决,不管怎样,哪怕出现极其微小的干扰,他也要休庭静场。

审判大厅里越来越热,我看见旁听的人都用报纸扇风。这就形成持续不断的沙沙的纸张摩擦声响。庭长打了个手势,执达员立刻拿来三把草编的扇子,三位法官接到手便扇起来。

随即开始审问我了。庭长向我发问,语气很平和,甚至让我觉得带着几分亲切感。他还是让我报出姓名、身份,我虽然颇为恼火,但是心想,其实这是相当自然的,因为把一个人错当另一个人来审判,那后果就太严重了。接着,庭长开始复述我的供词,每念三句话就问我一声:"是这样吧?"每次我都回答:"是的,庭长先生。"完全按照律师对我的指导。这个过程时间很长,因为庭长复述的内容十分详尽。这段时间自始至终,记者们都在记录。我感觉到那个最年轻的记者,以及那个自动木偶式的矮小女人注视我的目光。有轨电车上一排座的陪审员,脑袋都转向庭长。庭长咳嗽一声,翻阅案卷,摇着扇子转身面朝我。

庭长对我说,现在他要涉及几个问题,表面上看似同我的案子无关,而实际上,很可能关系密切。我明白他又要提起我妈妈,同时感到这事儿让我烦透了。他问我为什么要把妈妈送到养老院。我回答说,那是因为我没钱雇人看护并服侍她。他又问我这样做是否有损个人感情,我便回答,无论妈妈还是我本人,都不再期待从对方得到什么了,也不期望于任何人,况且我们母子二人都已经习惯了各自的新生活。于是庭长说他无意揪住这一点不放,又问检察官是否还有问题要向我提出来。

检察官朝我半转过身,并不正眼瞧我,声称他得到庭长允许,想要了解,我独自一人回到那泉水边,是否蓄意杀害那个阿拉伯人。我答道:"不是。""那么,被告为什么带着枪,为什么偏偏又回到那个地点呢?"我回答说那完全是巧合。检察官便阴阳怪气,着重说了一句:"暂时就问这些。"随后的情景有点儿杂乱,至少给我这种印象。不过,庭长小声同各方商榷之后,宣布休庭,推迟到下午听取证人证词。

没容我时间考虑,就把我带走,押上囚车,送回监狱吃饭。时间安排得很紧,我刚要喘口气,觉得自己累了,就又来人提我了。一切又重新开始,我又回到原来的大厅,又面对原来那些面孔。只有一点不同,大厅里气温要高得多,仿佛发生了奇迹:每位陪审员、检察官、我的律师,以及几名记者,也都人手一把草编扇子。那名年轻的记者和那位矮小的女士仍坐在原位。但是,他们二人没有扇子,仍旧一言不发地注视着我。

我擦了一把满脸流的汗水,直到听见传唤养老院院长上庭做证时,我才对这地点和自身恢复一点儿意识。有人问他,我妈妈是否抱怨过我,他回答是的,但是他又说,他那里的老人都有点儿这种怪癖,抱怨自己的亲人。庭长请他说具体点儿,妈妈是否指责过我把她送进了养老院。院长还是回答说是的,不过这次,他没有补充什么。他回答另一个问题时,说葬礼那天,他对我的平静态度深感意外。庭长又问他所谓平静是什么意思。这时,院长低头看着自己的鞋尖,说我不愿意看看妈妈的遗体,我一次也没有哭过,下葬之后马上离去,也没有在墓前默哀。还有一件事令他很惊讶,殡仪馆的一名职工曾对他说过,我不知道妈妈的年纪。一时间,大厅里静下来,庭长问养老院院长,他所讲的是不是我。院长没听明白问题,庭长就对他说:"这是法律规定。"接着,庭长又问检察官,还有没有什么要问证人的,检察官便朗声说道:"噢!没有了,这就足够了。"他的声音极其响亮,朝我瞥来的目光得意扬扬,以致多少年来,我第一次产生了想哭的愚蠢念头,因为我感到我多么受所有这些人的憎恶。

这时,庭长又问陪审团和我的律师是否还有问题,然后听取了养老院门房的证词。同其他所有证人一样,门房做证也重复了同样的程序。他从我面前走过时,瞥了我一眼,随即移开了目光。他回答了向他提出的问题。他说我不想见妈妈最后一面,说我抽了烟,睡了觉,还喝了牛奶咖啡。这时候,我感到升起某种情绪,逐渐弥漫整个大厅,我第一次领悟自己是有罪的。庭长要求门房把喝牛奶咖啡和吸烟的情形再讲一遍。检察官看着我,眼睛里闪着嘲讽的亮光。这时,我的律师问门房,是否同我一起吸烟了。可是,检察官却猛地站起身,强烈反对这个问题:"这里究竟谁是罪犯?而这种方式又多么卑劣,蓄意污蔑案件的证人,贬低证词,但是证词照样不稍减其巨大威力!"庭长说反对无效,要求门房回答问题。老人神态窘迫,说道:"我完全清楚,当时不该那么做。可是,我不好拒绝先生递过来的香烟。"最后,庭长问我有没有什么要补充的。我回答说没有,只想说证人是对的。当时的确是我递给他一支香烟。门房于是瞧了瞧我,略显惊讶,又带着几分感激。他犹豫了一下,然后才说道,是他请我喝的牛奶咖啡。我的律师闻听此言,立刻得意得大呼小叫,声明陪审员自会做出判断。检察官岂能容得,在我们头顶响起雷鸣般的吼声:"是的,陪审员先生们定会做出判断。他们也会得出结论,一个不相干的人可以请喝牛奶咖啡,但是一个儿子,在生身之母的遗体跟前,就应该谢绝。"门房回到自己的座位。

轮到托马斯·佩雷兹做证时,一名执达员不得不搀扶着,一直把他送到证人席。佩雷兹说,他主要是认识我母亲,只见过我一面,就是在葬礼那天。法官问他,那天我的所作所为,他回答说:"各位应该理解,当时我痛不欲生,什么也没有看到。是过分伤心,才顾不上看什么。因为,当时我肝肠痛断,甚至还昏厥过去。因此,我不可能看到先生。"检察官问他,至少是否看到我哭过。佩雷兹回答说没有。于是检察官也同样来了一句:"各位陪审员先生自会做出判断。"我的律师一听便火了,用一种我都觉得颇为夸张的语气问佩雷兹:他是否看见过我没有哭。佩雷兹回答说"没有。"引得哄堂大笑。我的律师撸起一只衣袖,以不容置辩的语气说道:"这就是本案审理的形象,什么都真实,什么也不真实!"检察官板着面孔,拿铅笔连连戳着他案卷上的一个个标题。

庭审暂停五分钟,我的律师趁机对我说,一切都往最好的方向发展,然后就听见传唤塞莱斯特出庭为辩方做证。辩方,就是我。塞莱斯特不时朝我瞥来一眼,手上不停地卷动一顶巴拿马草帽。他身穿一套新装,仅仅有几个星期天跟我一起去看赛马时才穿过。但是现在想来,这次他没有戴活领,衬衫的领口只用一个铜纽扣扣住。庭长问他,我是不是他的顾客,他当即回答说:"是啊,而且还是朋友呢。"又问他如何看我这个人,他回答说我是个男子汉;问他这话是什么意思,他就声称人人都晓得这是什么意思;问他是否注意到我这个人很自闭,而他仅仅承认我从不讲废话。检察官问他,我是否总能按时付饭钱。塞莱斯特笑了,明确说:"这是我们之间鸡零狗碎的事儿。"庭长又问他如何看我所犯的罪行。这时,他双手按住栏杆,看得出来他事先有所准备。他说道:"在我看来,这是一件不幸的事。一件不幸的事,大家都知道是怎么回事。这让人无法辩解。没错!在我看来,这是一件不幸的事。"他还要接着讲下去,但是庭长对他说,这样就可以了,并向他表示感谢。然而,他仍站在原地,有点儿发愣,终于声称还有话要讲。庭长要求他简短。他又重复说,这是一件不幸的事。于是庭长对他说:"对,当然了。而且我们在这里,正是为了审理这类不幸的事。我们感谢您。"于是,塞莱斯特朝我转过身来,就好像他已经尽心尽力,表现出了极大的善意。我觉得他眼睛放光,嘴唇在颤抖,那样子似乎要问我,他还能做些什么。我呢,什么也没有说,也没有表示什么,但是我有生以来第一次,萌生了要拥抱一个男人的愿望。庭长再次请他离开证人席,塞莱斯特这才回到旁听席坐下。在随后的庭审过程中,塞莱斯特一直坐在那里,身子微微往前倾,臂肘撑在膝盖上,双手拿着草帽,专心听所有的发言。玛丽进来了。她戴着帽子,还是那么美丽。不过,我更爱她长发披肩的样子。从我所在的位置,我能看出她那乳房的轻盈,也熟识她那微微鼓起的下嘴唇。她显得非常紧张。庭长开口就问她是从什么时候认识我的。她说明那是她在我们这家公司工作时认识的。庭长还要了解她跟我是什么关系,她回答说是我的女友。她回答另一个问题时,说她的确要跟我结婚。正在翻阅一份材料的检察官突然发问,她是什么时候同我发生关系的。她说出了日期。检察官若不经意地指出他觉得那正是妈妈下葬的第二天。接着,他就以讥讽的口气,说他不愿意追问一种微妙的境况,非常理解玛丽的廉耻,然而(说到这里,他的语调更加严厉),他职责在身,不得不超脱世俗之见。因此,他请求玛丽概述我们发生关系那天的经过。玛丽不肯讲,但是顶不住检察官的逼问,就说那天我们去海滩游泳,去看了电影,又回到我的家中。检察官说,他看了玛丽在预审中提供的证词之后,便察看了那天电影院放映的影片,随即又说玛丽可以亲口说出那场放映的是什么电影。玛丽声音几乎低沉地,如实说了是费尔南德尔主演的一部影片。她讲完了,全场一时间鸦雀无声。这时,检察官便站起身,神情十分严肃,抬手指向我,以一种让我觉得动了真情的声音,一板一眼沉稳地说道:"各位陪审员先生,此人在自己的母亲下葬的次日,就去下海游泳,开始不正常的男女关系,还去看滑稽电影寻欢作乐。我不必再对你们说什么了。"检察官坐下了,全场始终鸦雀无声。突然间,玛丽放声大哭,她说事情不是这样的,还有别的情况呢,有人迫使她说了违心的话,她说非常了解我这个人,没有干过任何坏事。这时,执达员在庭长的示意下,将玛丽带走了,庭审继续。

接下来马松出庭做证,几乎没人听了:马松明确说我是个正派人,他"甚至要说,是个老实人"。待到萨拉马诺出庭做证,也同样没人注意听了:他回顾说,我对他的狗很好,在回答关于妈妈和关于我的问题,他说我跟妈妈已无话可说,出于这种缘故,我就把她送进了养老院。"应当理解,"萨拉马诺说道,"应当理解。"然而,似乎谁也不理解。他也被人带下去了。

接着,就轮到雷蒙出庭做证了,他也是最后一名证人。雷蒙向我打了个小手势,他开口就说我是无辜的。但是庭长明确一句:法庭要他讲事实,而不是下判语,请他等着回答问题。法官要他说明他同被害人的关系。雷蒙趁机就说,被害者恨的是他,自从他扇了那家伙姐姐的耳光就恨上他了。庭长却问他,被害者是不是没有理由恨我。雷蒙说我去海滩,完全是一种偶然。于是检察官问他,酿成这个事件的缘起,那封信出自我的手笔,又该如何解释。雷蒙回答说,这也是偶然的。检察官反驳道,在这个事件中,偶然对良心已经犯下累累罪行。他想了解,当雷蒙打他情妇的时候,是不是出于偶然,我才没有出面劝阻,是不是出于偶然,我才去警察分局为他做证,而我做证时所讲的话显然是纯粹的偏袒,是否也是偶然的呢。最后,他问雷蒙靠什么谋生,雷蒙回答说当"仓库管理员",检察官立刻向陪审团声明,众所周知,这名证人是个拉皮条的,以色情行当为业,而我正是他的同谋和朋友。这个案件是一个极其卑鄙下流的悲惨事件,更因为有一个道德魔鬼做帮凶而尤其严重。雷蒙想要申辩,我的律师也表示抗议,但是庭长制止他们,要让检察官把话讲完。检察官又说道:"我没有多少话要补充的了。他是您的朋友吗?"他问雷蒙。"对,"雷蒙回答,"是我的好哥们儿。"于是,检察官也问了我同样的问题。我瞧了瞧雷蒙,他并没有移开目光。我便回答:"是朋友。"检察官这才转过身去,面对陪审团朗声说道:"正是这个人,在母亲下葬的第二天,就过起放荡的生活,无耻到了极点,只为微不足道的原因就杀了人,以便摆平一种伤风败俗的纠纷。"

检察官说罢便坐下了。我的律师早已按捺不住,高举起双臂,袍袖滑落下来,露出上了浆的衬衣的皱褶,他高声嚷道:"究竟控告他埋葬了自己的母亲,还是杀了一个人?"一语引起哄堂大笑。检察官随即又站起来,身披着法袍,宣称这位可敬的辩护律师一定是太天真了,都感受不到这两件事之间有一种深刻的、悲怆的本质关系。他用力高声说道:"是的,我控告这个人怀着一颗罪犯的心,埋葬了一位母亲。"这样一声宣判,似乎大大震撼了全场听众。我的律师耸了耸肩膀,擦了擦满额头的汗水。看来他也动摇了,立即我就明白,我这案子情况不妙。

庭审结束。我走出法庭上囚车的片刻时间,又领略了夏天暮晚的气息和色彩。在我这流动的监狱的幽暗中,我恍若从疲惫的深渊,一一听出我所喜爱的城市在我偶尔开心的时刻所有熟悉的声响。报贩在已经放松的气氛中的叫卖声,街心花园最后一批的鸟鸣,兜售三明治的小贩吆喝声,有轨电车在高坡街道拐弯时发出的呻吟,夜幕降临港口之前天空的这种喧闹,所有这些声响,对我重新构成一条盲人路线,是我入狱前所熟识的路线。不错,正是这种时刻,我曾感到开心,那是很久以前的事了。那时候,等待我的总是连梦也不做的轻松睡眠。可是,情况有所变化,我等待第二天到来时,还是回到我的单人牢房。此情此景,正如夏季天空中划出的熟悉的道路,既可通向监狱,也能通向安眠。

四

即使坐在被告席上,听着别人谈论自己,也总归是很有趣的事。检察官和我的律师进行辩论时,可以说他们滔滔不绝地谈论我,也许更多涉及的是我这个人,而不是我的罪行。然而,控辩双方的言论,真有那么大差异吗?律师举起双臂,做有罪辩护,但认为情有可原。检察官伸出双手,揭发罪行,但认为罪不可赦。不过,有一件事,让我隐隐感到别扭。虽然我心事重重,有时我还真想插言,可是我的律师总对我说:"您不要讲话,这样对您的案子才有利。"在一定程度上,大家好像撇开我来处理这个案件,整个过程都没有我参与。他们并不征求我的意见,就在那里决定我的命运。我不时就想打断所有人的话头,明确说道:"请问,谁是被告呢?成为被告,这是重大的事情。我有话要讲!"但是思虑再三,我又觉得无话可说。况且,也应当承认,把心思放在别人身上的兴趣不会持续很久。譬如说,检察官的控词,很快就让我听腻了。真正打动我的。或者引起我的兴趣的,也只有脱离整体的一些片段、一些手势,或者几段议论。

如果我理解对了的话,检察官思想的深处,就是认为我是预谋杀人。至少,他千方百计要证明这一点。正如他本人所说:"先生们,这一点我会证明的,我会从两方面证实,首先要以事实的耀眼的光芒,其次要借用这颗罪恶灵魂的心理向我提供的微光。"他概述了妈妈死后的一连串事实,历数了我丧母时的冷漠态度,不知道妈妈的年岁,下葬的次日就同一个女人去游泳,又去看电影,看费尔南德尔的片子,最后又带着玛丽回家。检察官总说"他的情妇",当时我还没有听明白,对我来说,她就是玛丽。随后,他又说到雷蒙的事件。我认为他看事件的方法不乏清晰,他讲的话也挺靠谱。我先是同雷蒙合谋写了那封信,以便把他的情妇引出来,交到一个"品行不良"的男人手里去虐待。在海滩上,是我向雷蒙的对头挑衅,结果雷蒙受了伤。于是,我向雷蒙讨来了手枪,又只身回去使用。我按照心中的盘算,一枪打死了那个阿拉伯人。我等了片刻,"为确保活儿干得漂亮",我又连开了四枪,从容不迫,万无一失,可以说经过深思熟虑。

"事实就是这样,先生们。"检察官说道。"我在诸位面前重新勾画出事件的线索,此人沿着这条线走下去,在完全知情的状态中杀了人。我要强调这一点,"他说道,"只因这不是一桩普通杀人案,不是一种不假思索、你们认为有些情节可以减轻罪责的行为。此人,先生们,此人很聪明。你们听到他的发言了,对不对?他善于答辩。他深知词语的分量。真不能说他行动的时候还不清楚自己在干什么。"

我听他讲,并且听到他认为我聪明。可是我又不大理解了,一个普通人的优点,怎么就能变成控告一名罪犯的重大罪状呢。至少,这让我深感诧异,我也就不再听检察官讲什么了,直到听他说:"他是不是稍微表示出悔意呢?从来没有,先生们。在预审过程中,此人对他的令人发指的罪恶没有一点儿痛心的表示,一次也没有。"说到这里,他转向我,用手指着我,继续对我大张挞伐,弄得我实在不明白为什么会这样。当然了,我却不能不承认他说得对。我对自己的行为并不怎么痛悔。但是如此激烈的指控却令我骇怪。我很想好言好语给他解释,几乎怀着些许友爱,说是任何事情,我都从来做不到真正后悔过。我的心思总是牵挂着即将发生的事情,牵挂着今天或明天。只是他们把我置于这种境地,我当然不能以这种口吻跟任何人说话了。我没有权利表现出友爱,没有权利表现出善意。因此,我还是尽量听听,因为检察官开始谈论我的灵魂了。

他说他曾仔细观察了我的灵魂,应该告诉陪审员先生们,他什么也没有发现。其实,我根本就没有灵魂,毫无人性,而维系人心的道德准则,也没有一条能为我所接受。"毫无疑问,"他补充道,"我们也无法谴责他。既然他接受不了,我们就不能怪他缺乏。然而,在这法庭上,宽容的任何消极作用,都应当化为正义的功用,这不大容易,但是更为高尚。尤其在这个人身上发现的这种心灵黑洞,正转变成社会可能堕入的深渊。"正是在这节骨眼儿上,他又提起我对妈妈的态度,重复他在辩论中所讲过的话。但是,他谈论这个话题,比谈论我的罪行要冗长得多,简直太长了,最后我已经毫无感觉,只觉得这天上午酷热难耐。这种状况,至少一直到检察官停下为止。他沉吟了片刻,接着又说道,这次声音低沉而又坚信不疑:"还是这个法庭,先生们,明天就将审判一桩滔天大罪,一件弑父凶案。"依他之见,这样穷凶极恶的谋杀,完全超出了人类的想象。他敢期望人类的正义定会严惩不贷。而且,他要直言不讳,这桩罪恶所引起他的憎恶,几乎不逊于他面对我丧母的冷漠态度所感到的憎恶。同样依他之见,一个在精神上杀害了自己母亲的人,比起一个亲手杀害生身之父的人,都是以同样罪孽自绝于人类社会。不管怎样,前者为后者的行为做好准备,在一定程度上宣告后者的行为,并且使之合情合理。他提高声音又说道:"先生们,如果我说坐在被告席上的这个人,跟这个法庭明天要审判的弑父案同样罪不可赦,我确信你们不会认为我的想法大胆得过分了。他也必须受到应有的惩罚。"说到这里,检察官擦了擦汗水反光的脸。最后他说,他的职责履行起来很痛苦,但是坚决恪尽职守。他断言我不承认这个社会的基本准则,也就跟社会毫无瓜葛了,我不懂得人心的起码反应,更不可能求助于人心。"我向你们要求这个人的首级,"检察官说道:"而我怀着轻松的心情,向你们提出这个要求。因为这种职业生涯,我从事已久,如果说有时而要求处死罪犯的话,那么今天非同以往,我感到这种艰难的职责获取了报偿,得以平衡,并受到双重启迪:一方面意识到要遵从一种不可抗拒的神圣命令;另一方面,我面对一张除了残暴、什么也看不出来的面孔所产生的深恶痛绝。"

检察官重又坐下,全场肃静了好半天。我又闷热又惊愕,正自昏头涨脑。这时,庭长轻咳了两声,语调非常低沉地问我,是否有什么要补充说明的。我是很想说几句,站起身来,一开口就没头没脑,说我不是有意要打死那个阿拉伯人。庭长回答说,这是一种表述,可是到现在他也抓不住为我辩护的要领,因此在听取我的律师陈述之前,最好先听听我来说明我的行为的动机。我说得很快,有点儿语无伦次,并且意识到自己挺出丑,我说当时的行为是阳光引起的。大厅里有人笑起来。我的律师耸了耸肩膀,庭长随即就让他发言了。可是,他却声称时间已晚,而他要讲好几小时,请求推迟到下午。法庭同意他的请求。

下午,大电扇还一直搅动着大厅里浊重的空气,而陪审员手上的五颜六色的小扇子,则全朝一个方向摇动。我的律师的辩护词,在我听来似乎永远也讲不完。不过,有一段时间,我听他讲了,只因他说:"不错,我杀了人。"接着,他继续以这种口气,每当说到我时,就总讲"我"如何如何。我感到非常奇怪,便朝一名法警俯过身去,问他这是为什么。他让我别说话,过了一会儿,他才解释说:"所有辩护律师都这样做。"可是我想,这又是力图把我排除在案件之外,把我压缩成零,在一定意义上取而代之。不过,现在想来,当时我离开那座审判大厅已经很远了。况且,我觉得我的律师未免滑稽可笑。他为挑衅的行为辩护,很快就讲过去,然后也大谈起我的灵魂。但是,他给我的感觉,远不如检察官那么能言善辩。"我也同样,"他说道,"仔细观察了这颗灵魂,然而跟检察院的这位杰出代表截然相反,我却有所发现,可以说我读到了一部翻开的书。"他从中看出我为人正派,按时上班,工作任劳任怨,忠于聘用我的公司,受到所有人的喜爱,而且同情别人的苦难。在他看来,我是一个模范儿子,尽心尽力长期赡养自己的母亲。最后,我把老母亲送进养老院,希望她能过上我的经济条件达不到的舒服生活。"先生们,我实在奇怪,"他又说道,"竟然围绕着这家养老院大做文章。因为归根到底,如果必须证明这类机构的功能与重大价值,那只须指出正是国家本身予以资助。"他独独不提葬礼的事儿,我就感到这是他辩护词的一个缺失。所有这些长篇大论,所有这些时日,这样一个小时又一个小时,一天又一天,没完没了地谈论我的灵魂,让我产生一种印象：一切都变成我看着眩晕的无色无臭的水流。

到头来，我只记得，在我的律师继续发言的时候，一个卖冰的小贩所吹的喇叭声，穿过法院的一个个厅室，从大街一直传到我的耳畔，引起如潮的回忆涌入我的脑海：在一种不再属于我的生活中，我曾经找到我那些极其可怜、极难忘怀的欢乐，诸如夏天的气味、我喜爱的街区、黄昏时分的某种天色、玛丽的欢笑和衣裙。于是，我在这里所做的无用功，便从心头涌上来，堵住我的喉咙，我只盼望尽快结束，以便回到牢房睡大觉。因此，我的律师最后高声呼吁，我都没有怎么听见：他说一个诚实的劳动者因一时糊涂而失足，陪审员先生们不会不给他留一条活路，他请求考虑减刑的情节，说我已经背负着这桩罪过，要悔恨终生，这是对我最可靠的惩罚。法庭宣布休庭。我的律师坐下来，一副精疲力竭的样子。可是，他的同仁都纷纷走过来，同他握手。我听见他们说："真精彩，亲爱的。"其中一位甚至拉我做证："嗯，怎么样？"他对我说。我表示赞同，不过，我的恭维言不由衷，只因我实在太累了。

这工夫，外面天色渐晚，也不那么火热了。我听见街上传来的一些声响，就能推断出薄暮的温馨。我们所有人，都在那里等待。而我们一起所等待的事，仅仅涉及我一人。我再次扫视了审判庭。一切如旧，跟头一天相同。我又同那个身穿灰色外衣的记者，以及那位自动木偶式女人的目光相遇。这让我想到在审案过程中，自始至终我没有用目光寻找玛丽。我并不是把她忘记了,只是事情应付不过来。我瞧见她坐在塞莱斯特和雷蒙中间。她向我打了个小手势,仿佛表示:"总算完了",我看到她那略显不安的脸上挂着笑容。但是,我感到自己的心扉已关闭,甚至未能回应她那微笑。

全体审判人员回来就座。庭长快速地向陪审团念了一系列问题。我听到有"犯有杀人罪"……"预谋犯罪"……"可减轻罪行的情节"。陪审员都出去了,我也被带到一间小屋等待。我的律师前来看我,他的话特别多,跟我说话表现出空前的信心和亲热的态度。他认为整个案件会完事大吉,我坐上几年牢,或者服几年苦役,事情也就了结了。我问他,万一判得太重,是否有机会上诉撤销原判。他回答说不可能。他的策略是辩方不提出结论性的意见,以免引起陪审团的反感。他还向我解释说,不能随随便便不服判决,提起上诉。我觉得这是显而易见的,也就接受了他的观点。冷静地考虑一下,这也是理所当然的事。不如此,那又得无谓耗费多少公文状纸。"不管怎样,"我的律师又对我说道,"上诉的路是通的。但是我确信,一定会从轻判决。"

我们等了很久,估计有三刻钟,终于响起了铃声。我的律师同我分手时说道:"陪审长要宣读对控辩双方辩论的评语。要等宣读判决词的时候,才会让您进去。"一阵开关房门的声响。一些人奔跑着上下楼梯,听不出离我远近。继而,我听见审判庭里一个低沉的声音宣读了什么。铃声再次响起,隔离室的门已然打开,迎面袭来的是法庭的寂静,一片沉寂,我看到那个年轻记者避开目光时所产生的奇异感觉。我没有朝玛丽那边望去。时间不容许,因为庭长用一种怪异的方式对我说,以法兰西人民的名义,我将在广场上斩首示众。我这才觉得明白了我在所有人脸上所看到的表情。我相信那是一种敬重。法警对我的态度格外和蔼。律师的手按住我的手腕。我再也不想什么了。庭长却问我,有没有什么话要讲。我想了想,随后便答道:"没有。"于是,就把我带出法庭了。

五

我拒绝接见神甫,这已经是第三回了。我跟他无话可说,也不想说话了,反正过不了多久就能见到他了。眼下我所关心的,就是如何逃脱上断头台的命运,弄清楚能否绝处逢生。我调了牢房。躺在这间牢房里,我能望见天空,也只能看见天空。我就整天整天观望天空的脸色,从白昼到黑夜色彩的衰变。我头枕双手等待着。我心里不知道琢磨了多少回,那些死刑犯中是否有这样的例子:他们在无情的断头机启动之前,忽然逃脱了,冲破了警戒线,消失得无影无踪。于是我责怪自己,当初怎么就没多注意看看描写处决人犯的作品。人生在世,总应该关心这些问题。人有旦夕祸福,真难说会出什么事儿。我同所有人一样,倒是读过报纸上刊登的报道。但是肯定有专著,我却从来没有兴趣找来看看。我在那类书中,也许能看到讲述越狱的章节。那么我就会了解,在转动的轮子至少停止的情况下,在这种不可抗拒的预谋中,偶然与运气,仅此一次,就改变了某种事态。仅此一次!在一定意义上,我认为这对我就足够了。余下的事,由我的心去摆平。报纸经常讨论一种亏欠社会的债,主张必须偿还。然而,这并不能启发想象力。一种越狱的可能性才是重要的,要跳出害人的常规,要狂奔,给希望提供全部机会。自不待言,希望,就是在奔跑中,被一颗飞来的子弹击倒在街头。可是,想来想去,这种奢望连一点点可能性都没有,一切都禁止我有这种非分之念,断头台又把我牢牢钳住。

我再怎么善良,也不可能接受这种草菅人命的确认。因为,这种确认所依赖的判决,与判决自宣读之时起坚定的执行之间,却存在着一种荒唐的不相称。事实上,判决词不是在十七点钟,而是拖延到二十点钟才宣读的,这就很可能大变样了,而这一判决是由一些更换了内衣的男人做出来的,并且基于法兰西人民(或者德国人民、中国人民)这样一种模糊的概念,我就明显感到,这一系列事实大大削弱了如此重大决定的严肃性。然而我又不得不承认,这种决定一旦做出来,就变得确定无疑了,就跟我的身体狠狠撞击的这面墙壁同样真实存在。

在这种时候,我想起了妈妈给我讲过的关于我父亲的一段往事。我没有见过父亲。我对这个人所了解的全部具体情况,也许只有当时妈妈给我讲的这段往事:他去看处决一个杀人犯的场面。他有了这种想法,就感到不舒服了,但他还是去了,回来便呕吐,吐了上午大半天时间。因此,我有点儿讨厌父亲。现在我才明白,去观看处决犯人是极其自然的事。我怎么就没有看出来,还有什么比处死人更重要的呢,而归根结底,这是一个男人唯一真正感兴趣的事!我若是能有出狱的那一天,只要有执行死刑的场面,一定全去观看。现在我认为,我不该想到这种可能性。因为,这样一种念头,看到自己悠闲自在,一天早晨站在警戒线的外边,也可以说站在另一侧,成为围观者,看了之后就可能呕吐,一想到这些,一种掺了毒的喜悦便涌上心头。当然,这样想并不理智。我不该浮想联翩,做出这类假设,因为片刻之后,我就感到冷彻骨髓,赶紧钻进被窝里,蜷缩成一团,牙齿咯咯打战,怎么也抑制不住。

自不待言,人不可能总那么理智。譬如说,也有那么几回,我还制定起法案来。我改革刑罚制度,特别注意到,关键是给被判极刑的人一次机会。一千次机会哪怕只给一次,这就足以能理顺许多事情。因此,我认为可以造出一种化合药剂,死囚(我想到的是死囚)服下去便可毙命,这是十拿九稳的。囚犯了解这一点,这也是条件。因为,我考虑再三,心平气和地权衡,还是看到断头台的缺陷,就是不给受刑者任何机会,绝对不给。总之,一旦判处死刑,就必死无疑了。这便是铁案,一锤定音,公认的协议,不能再翻案。如果断头机意外失灵,那就得重新执刑。因此,令人讨厌的是,受刑者还得祝愿机器运转正常。这就是我所说的缺陷。从某种意义上讲,的确如此。然而,从另外一种意义上看,我又不能不承认,一种好的组织的全部奥秘正在于此。总而言之,死刑犯不得不在精神上进行合作。不出事故,一切正常运转,才符合他的利益。

我也不得不指出,在这些问题上,此前我的看法并不正确。有很长一段时间,我以为——也不知道是何缘故——要上断头台,必须一级一级登台阶上去。我想这是受1789年大革命的影响,我是指在这些问题上,别人教给我或者让我看到的一切影响了我。但是,有一天早晨,我忽然想起报纸上刊登的一幅照片,报导一次引起轰动的处决场面。其实,设施特别简单,断头机就直接放置在地面,要比我想象的窄小得多。也真够怪的,我怎么没有早点儿想起来。照片上的断头机给我印象很深,像一台精密机器,做工完美,亮晶晶的。人对不了解的东西,总要产生夸张的想法。相反,我就不应该看出,一切都很简单:断头机和走过去的人,处于同一水平上。他走到断头机前,就像同一个人会面。这也是令人烦恼的事。登上断头台,仿佛是登天,想象力可以紧紧抓住这种幻觉。然而,又是断头机毁掉这一切:不声不响就被处死了,未免有点丢脸,但是非常精准。

还有两件事,时刻萦绕在我的心头,即黎明和我的上诉。但我还是保持理智,尽量不去多想。我躺在床上,凝望天空,竭力对天空产生兴趣。黄昏时分,天空变成绿莹莹的。我再次克制一下,以便扭转思路。我倾听心跳声,实在无法想象这心跳声伴随我这么久,竟会戛然而止。我从未有过名副其实的想象力,但我仍然设想,心跳声不再延伸到我的头脑的瞬间情景。然而徒劳。黎明或者我的上诉还是挥之不去。到头来我便心中暗道,最理智的做法就是不要强迫自己了。

我知道,他们通常黎明时分来提人。总之,我这些夜晚,总是专心等待这样一天的黎明。无论什么事,我向来不喜欢猝不及防。一旦出事儿,我更愿意有所准备。因此,除了白天睡一会儿,最终我就不睡觉了,整夜整夜耐心等待天窗上诞生曙光。最难熬的就是天将亮而未亮的时分①,我知道这正是他们采取行动的时间。午夜一过,我就等待并窥伺着。我的耳朵从未捕捉过这么多声响,从未辨别出如此细微的声音。在一定程度上,我甚至可以说,在这段时间里,我的运气还算不错,始终没有听见脚步声。妈妈经常说,人走背字,也绝不会事事倒霉。我身陷囹圄,对妈妈的说法深以为然,只因天空出现了彩霞,新的一天溜进了我的牢房。本来我可以听见脚步声逼近,我就可能紧张得心脏爆裂。即使有最细微的窸窣声,我也急忙冲到门口,耳朵甚至贴在门上,气急败坏地等待,直到听见自己的呼吸,又不免惊恐,听出声音那么嘶哑,活像一条狗在喘息,好在我的心脏没有爆裂,我又赢得了二十四小时。

整个白天,就由我的上诉占据。现在想来,我是充分发掘了这个念头。我估量所能取得的效果,从我的思考中获取最大的收益。我总好做出最坏的设想:我的上诉被驳回。"好吧,我就

---

① 法国司法惯例,凌晨六点,警察到家里拘捕嫌疑犯,这也是突审犯人的时间。

死定了。"比别人早死,这是显而易见的。然而,众所周知,这样活在世上也不值得。说到底,我岂不晓得,活三十岁还是活七十岁,这都无所谓,因为不管是哪种情况,还有别的男男女女将活在世上,几千年就是这样过来的。总之,这再清楚不过了。不管是现在还是再过二十年,反正死的是我。此时此刻,我这样推理思考,让我稍微感到局促不安的是,想到还有二十年要生活,我所感到自身上的这种大跨度的跳跃。不过,这种跳跃我只好遏止,不去想象二十年后还得到死期,我又会有什么想法。既然必有一死,那么如何死,什么时候死,也就无关紧要了,这是显而易见的。因此(难办的就是不要疏忽"因此"这个词所表达的推理的整个逻辑),我就应该接受我的上诉被驳回的事实。

这时,唯有这时,才可以说我有了权利,能以某种方式谈论第二种假设了:我获取了减刑。麻烦的是,我的血液和肉体一阵狂喜,刺痛我的双眼,必须克制一点儿这样剧烈的冲动。我必须竭力压抑这声欢叫,竭力规劝自己。即使做出这种假设,也必须保持放松自然的态度,以便在第一种假设中,我更可能认命顺从。我还真抑制住了冲动,从而赢得了一小时的平静。这毕竟不可小觑。

恰恰在这样的时刻,我再次拒绝接待神甫。我正躺在床上,看天空变成淡淡的金黄色,就猜出临近夏日的黄昏,我刚把上诉抛置脑后,得以感受全身血流正常流动了。我没有必要见神甫。好长时间以来,我第一次想到了玛丽。已有好些日子,她没有给我写信来了。那天晚上，我思考这事儿，心中不免暗想：也许她厌烦了，不想做一名死刑犯的情妇了。我倒是也想到，也许她病倒了，或者死掉了。这样想也符合事物的规律。我们二人的肉体关系，现在已然断绝，除此之外别无任何联系，彼此也不思念，我怎么可能知道她的近况呢。况且，从这一刻起，我再回忆玛丽，也就与己无关系了。她已经死了，我也不再关心她了。我觉得这很正常，我也同样完全理解，我死后就会被人遗忘。他们跟我再也没有任何关系了。我甚至不能说，想到这种情况心里会难受。

恰巧这时候，监狱神甫走了进来。我一看到他，浑身不由得打了个冷战。他发觉了，对我说不要害怕。我对他说，他平常不是这个时候来。他就回答说，这次是完全友好的探视，同我的上诉毫无关系。他坐到我的小床上，请我坐到他的身边。我谢绝了。不过，我感到他的态度非常和蔼。

他的两只小臂搁在膝上，坐了好一会儿，低头注视着自己的双手。他那双手纤细，但结实有力，让我联想到两只敏捷的野兽。他慢悠悠地搓着双手，头始终垂着，就这样待了许久许久，一时间我恍若忘记他的存在了。

突然，他抬起了头，目光直视我，对我说道："您为什么拒绝我来探望呢？"我回答说我不信上帝。他想了解我对此是否有把握，我便说我没有必要考虑，在我看来这不算个重要问题。于是，他身子朝后一仰，背靠到墙上，双手平放在大腿上。他那样子几乎不是在同我说话,指出人有时候自以为有把握,其实则不然。我却一言不发。他瞧着我,问道:"您是怎么想的?"我回答说是有这种可能。不管怎样,也许我把握不准自己真正感兴趣的事,但是,自己不感兴趣的事却完全有把握。他跟我谈的,恰恰是我不感兴趣的事。

神甫移开目光,但始终没有改变坐姿,他问我是不是因为过分绝望,才这样讲。我向他解释我并不绝望,只是害怕,这也非常自然。"那么上帝会帮助您的,"他指出,"落到您这样境地的人,凡是我认识的,最后全皈依了上帝。"我承认这是他们的权利。这也表明他们有时间去那么做。至于我,我不需要帮助,也恰恰没有时间去关心我并不感兴趣的事。

这时,他有点儿恼火,双手摆了一下,又挺直身子,抚了抚教袍的皱褶。他整理完了,就对我说话,并以"我的朋友"相称:他这样同我交谈,并不是因为我被判处了死刑;依他之见,我们世人无不被判处死刑。然而,我却打断了他的话,对他说这不能同日而语,而且,无论如何,这不可能成为一种安慰。"当然了,"他表示赞同,"但是,您今日不死,他日也必死无疑。到那时,还是面对同一个问题。您要如何应付这种可怕的考验呢?"我回答说:"到那时,我也会丝毫不差地像此刻这样应付。"

听到这话,他当即站起身,直视我的眼睛。这种把戏我领教多了。我经常跟埃马努埃尔或者塞莱斯特以此取乐,总的来说,是他们先移开目光。神甫也擅长此道,我立刻就明白了这一点:

他的眼睛一眨也不眨,他对我说话时,声音也毫不颤抖:"难道您就不抱任何希望了吗?难道您活着的时候,就想着您要完完全全死去吗?""对。"我回答道。

于是,他垂下脑袋,重又坐下。他对我说,他是可怜我。他认为一个人这样生活,是不可能忍受的。而我仅仅感到,我开始烦他了。我也移开目光,走到天窗下面,肩头倚在墙上。我不大注意听他讲话了,只听见他又开始问我了。他讲话的声音显得不安而急切。我明白他动了感情,也就多用心听了。

神甫对我说,他确信我的上诉能够获准,但是我必须卸掉一桩罪孽的重负。在他看来,人类的正义微不足道,而上帝的正义才至关重要。我则指出,正是前者判处了我死刑。他回答我说,即便如此,也并不能洗刷我的罪孽。我就对他说,我不晓得什么是罪孽,他们只告诉我,我是罪犯了。我犯了罪,就付出代价,别人就不能再向我提出任何要求了。这时,他又站起来,我便想在如此狭小的牢房里,他若想活动,别无选择,要么坐下,要么站起身。

我两眼盯着地面。他朝我走了一步,又停住了,仿佛不敢往前走了。他那目光透过铁窗望着天空。"您错了,我的儿子,"他对我说道,"可以向您提出更多的要求。也许可以向您提出这样的要求。""什么要求呢?""可以要求您瞧一瞧。""瞧什么?"

神甫扫视一下四周,他回答的声音,让我突然听出十分疲惫了:"我知道,所有这些石头都渗出痛苦。每次看到这些石头,我都深感惶恐不安。然而,我从内心深处了解,你们当中最悲惨的人,也看见过从石头的幽暗出来一张神圣的面孔。要求您瞧的就是这张面孔。"

我上来一点儿情绪,说一连几个月,我都瞧着这些石墙,我所熟悉的程度,远远胜过世上任何人、任何东西。很久以前,也许我曾在这上面寻找过一张面孔。但是那张脸闪耀着阳光的色彩、欲望的火焰:那正是玛丽的面孔。我寻找过,但是徒劳无益。现在,已经结束了。不管怎样,这石墙只渗出汗来,我没有看见出现任何东西。

神甫一脸忧伤地看了看我。现在我干脆背靠墙壁,额头接住流泻下来的阳光。他讲了什么话,我没有听清,他又急速地问我是否允许他拥抱我。"不。"我答道。他转过身去,走向另一面墙壁,缓缓地抬手按在上面,喃喃说道:"您就如此热爱这片大地吗?"我一言不发。

神甫背向我站了许久。有他待在眼前,我感到压抑和恼火。我正要请他离开,不要管我,他却转过身来,突然爆发,冲我高声说道:"不,我不能相信您说的话。我确信您一定盼望过另一种生活。"我回答说这是自然,不过,这比起盼望发财,盼望游泳速度快些,或者有一张更好看的嘴来,也不见得更为重要。都可以归为同一类事。可是,他截住我的话头,想要问问我怎么看另一种生活。于是我冲他嚷道:"就是我在那种生活里,能够回忆这种生活。"紧接着又对他说,我已经烦了。他还要跟我谈上帝,可是,我却走到他跟前,试图最后一次向他解释,我剩下的时间不多了。我不愿意把这点儿时间耽误在上帝身上。他还尽量转移话题,问我为什么称他"先生",而不称他"我的父亲"。这话又把我的火儿拱起来,我回答说他不是我的父亲;他到别人那里充当父亲去吧。

"不,我的儿子,"他把手放在我的肩上,说道,"我和您在一起。但是,您有一颗迷失的心,还认识不到这一点。我将为您祈祷。"

这时候,也不知道为什么,我心中有什么东西爆破了。我开始扯着嗓子叫喊,我还辱骂他,告诉他不要祈祷。我揪住了他那教袍的领口,将我内心里的东西全倾泻到他身上,同时连蹦带跳,掺杂着痛快和气恼。他那样子那么确信无疑,对不对?然而,他确信的那些事,任何一件也不如女人的一根头发。他甚至不能确定自己活在世上,既然他活着跟个死人一样。我呢,看样子两手空空,但是我能掌握住自己,掌握住一切,比他有把握,我能把握住自己的生命,把握住即将到来的死亡。对,我只有这种把握了。可我至少把握了这一真理,正如这一真理掌握了我一样。从前我是对的,现在还是对的,我总是对的。我以某种方式生活过,也完全可以换一种方式生活。我干过这事儿,而没有干过那事儿。我没有做某件事儿,却做了另一件事儿。还怎么样呢?我生活的整个过程,就好像在等待这一时刻和这个黎明:终将证明我是对的。无论什么,什么都不重要,我也完全清楚为什么。他也同样了解为什么。在我所度过的这荒诞的一生中,一种捉摸不定的灵气,从未来的幽深之处朝我冉冉升起,穿越尚未到来的岁月,而这股灵气所经之处,便荡平了我生活的模样,不,真实的那些年间别人给我的各种建议。其他人死亡,一位母亲的爱跟我有什么大关系,神甫的上帝,别人选择的生活,他们选中的命运,跟我又有什么大关系,既然唯一的命运注定要遴选我本人,并且随同我也遴选像他那样自称我兄弟的千千万万幸运者,他是否明白呢?所有人都是幸运者。其他人也一样,有朝一日会被判处死刑。他也同样会被判处死刑。如果说他被指控杀了人,却因为他在母亲的葬礼上没有流泪而被处决,这又有什么关系呢?萨拉马诺的狗抵得上他的妻子。那个自动木偶式的矮小女人,跟马松娶的那个巴黎女人,或者跟渴望我娶她的玛丽,都同样有罪。雷蒙和比他更好的塞莱斯特,都同样是我的好哥们儿,这又有什么关系呢?玛丽今天把嘴递给另一个默尔索,又有什么关系呢?他这个也被判处了死刑的人,究竟明白不明白,从我未来的幽深之处……这番话我喊叫出来,已经喘不上气了。不过,看守们已经从我的手中拉开神甫,并且向我发出威胁。神甫则让他们冷静下来,并且默默地注视我片刻,满眼都是泪水。接着,他转身离去了。

他一走,我就恢复了平静。我筋疲力尽,扑倒在小床上。想必我睡着了,因为醒来时满脸映着星光。乡野的万籁一直传到我耳畔。夜的气味、大地的气息和海水的盐味,清凉了我的太阳穴。这沉睡的夏夜美妙的静谧,如潮水一般涌入我的心田。这时候,黑夜将尽,汽笛阵阵鸣叫,宣告航船启程,驶往现在与我毫无关系的世界。很久以来,我第一次想到妈妈。我似乎明白了,为什么她到了生命末期还找了个"未婚夫",为什么她还玩起重新开始的游戏。在那边,在那边也一样,在一些生命行将熄灭的养老院周围,夜晚好似忧伤的间歇。妈妈临死的时候,一定感到自身即将解脱,准备再次经历这一切。任何人,任何人都无权为她哭泣。我也同样,感到自己准备好了,要再次经历这一切。经过这场盛怒,我就好像净除了痛苦,空乏了希望,面对这布满征象的星空,我第一次敞开心扉,接受世界温柔的冷漠。感受到这世界如此像我,总之亲如手足,我就觉得自己从前幸福,现在仍然幸福。为求尽善尽美,为求我不再感到那么孤独,我只期待行刑那天围观者众多,都向我发出憎恨的吼声。

李玉民　译

堕 落

先生,我可以不揣冒昧,为您效劳吗?我怕您不知道如何让掌管这家企业的大猩猩明白您的意思。事实上,他只讲荷兰话。除非您允许我为您办这一案子,否则,他是猜不出您要刺柏子酒的。看,我敢说他听懂了我的话;他这一点头,该是表示他对我的论据是折服了。果然,他去了,以一种适度的迟缓来加快脚步。您真运气,他没有嘟囔。当他拒绝服务的时候,嘟囔一声就行了:没有人再坚持。纵情使性,这是大型动物的特权。我告退了,先生,为您效劳,我感到荣幸。谢谢,若是果真不惹人生厌的话,我就接受您的邀请。您太好了。我就把我的杯子放在您的杯子旁边吧。

您说得对,他的沉默轰然震耳。这是种原始森林的寂静,笼罩一切,包括嘴巴。我们的寡言朋友对文明语言表示不满,其顽固程度有时令我吃惊。他的职业是在这家阿姆斯特丹的酒吧间里接待各国海员,不知何故,他称这间酒吧为墨西哥城。对如此尊敬这间酒吧的人来说,您不认为他们要为他的无知会使人不快而担心吗?请想象一下那个住在巴别塔①里的克罗马尼翁人②吧!至少,他会感到离乡背井之苦。啊不,此人并无流落之感,他走他的路,什么也加害不了他。我从他嘴里听到的为数不多的话里有一句是"要就要,不要就拉倒"。该要什么不要什么呢?无疑的,指的是我们这位朋友自己。我承认,这些铁板一块似的生灵吸引着我。当人们或是出于职业需要,或是出于天性,就人这类生灵沉思良久之时,往往会怀念起灵长类来。它们是不打小算盘的。

不过,说真的,我们的主人却是有一点小算盘的,尽管相当模糊。由于听不懂人们当他面说的话,他就养成了一种多疑的性格。由此而产生这副满腹狐疑的庄严气派,至少他好像对人和人之间有什么事不对劲起了疑心。这种态度使那些与他的职业无关的谈话不太容易进行。您看,比方说,在他背后墙上,他头顶上方的那块长方形的空白,那是一幅被摘掉的画的位置。事实上,那里原有的一幅画特别引人注目,是一幅真正的杰作。您猜怎么样,主人收到它,又把它让出的时候,我都在场。两次都是同样的疑虑重重,反复思考了几个星期。从这一点看,社会也是有些,应该承认,多少有些败坏了他率直、淳朴的天性。

请注意,我并不在审判他。我认为他的疑心有根据,而且,

---

① 据《圣经·创世记》,人类曾拟修高塔通天,上帝为破坏计划,使之发生语言上的分歧,卒因彼此不能互通思想而失败,此塔名巴别塔。
② 公元前三万年左右,生活在欧洲的一种晚期智人。

如您所见，如果我的喜怒形于色的天性对此不加反对的话，我将乐于赞同他的疑心。我爱说话，唉！但也随和。尽管我知道要保持适当的距离，但是，一有机会，我就要交换看法。我在法国时，每逢遇见有才智的人，我就不能不立即与之结交。啊！我看见您在对虚拟式未完成过去时①皱眉头。我承认我对这种语态有癖好，一般地说，我对高贵的语言有癖好。请相信，我自己也责备这种癖好。我知道爱好精致的袜子并不一定意味着有一双肮脏的脚。尽管如此，风度却和常常掩盖着湿疹的府绸衬衣相似。我对自己说，无论如何，聊以自慰的是，说话结结巴巴的人也并非纯洁无瑕。对，还是喝酒吧。

您在阿姆斯特丹逗留许久吗？一座美丽的城市，是不是？迷人？这个形容词我很久没听到了。我离开巴黎已经有好几年了。然而，记忆犹新，对我们美丽的首都，还有它的滨河路，我什么也没有忘记啊。巴黎是个真正的假象，是个壮丽的舞台，住着四百万具人形的生灵。据最近一次调查，接近五百万了？当然。他们该生下小的了。这不足为怪。我总觉得我们的同胞有两大狂热：思想和通奸。乱七八糟，姑且这样说吧。不过，我们不要谴责他们；不独他们如此，整个欧洲也这样。我有时梦想着未来的历史学家将如何评说我们。对于现代人，一句话足矣：通奸和读报。我敢说，下了这个有力的断语之后，文章就做尽了。

---

① 在极讲究的书面语言中使用的一种语态。使用这种语态，表明使用者有很高的文化修养，但有时也表明使用者近乎冬烘的学究气。

荷兰人,啊不,他们远非那么现代化。您看看他们,优哉游哉。他们干什么?这些先生靠那些妇人工作为生。这是些公的和母的,非常资产阶级化的家伙,他们来这儿,像平时一样,或是出于说谎癖,或是出于愚昧。总之,是由于想象力过于丰富或缺乏想象力。这些先生们不时地玩刀弄枪,然而,别以为他们认为有必要。角色要求这样,如此而已,他们放出最后几发子弹,害怕得要死。除此而外,我觉得他们比其他人更有道德,后者是慢慢地整家整户地杀人。您没有注意到我们的社会就是为了这种灭绝而组织起来的吗?您自然是听说过巴西河流中那些极小的鱼,它们成千上万地一齐攻击粗心大意的游泳者,小口小口地,飞快地清扫他,一会儿工夫,就只剩下一具完整干净的骨架。您看,这就是它们的组织。"您想过一种干净的生活?像大家一样吗?"您自然回答说是。怎么能够说不呢?"同意。人家于是就来清扫您。这是一门职业,一个家庭,一种有组织的娱乐。"小小的牙攻击肉体,直至骨头。我不公正了。不应该说这是它们的组织。这是我们的:争先恐后地清扫别人。

终于给我们拿来了刺柏子酒。祝您健康。是的,大猩猩张嘴叫我博士。在这个国家里,人人都是博士或教授。他们喜欢尊敬,这是出于好意或是出于谦逊。在他们这里,至少恶毒的言行不是一种国家制度。无论如何,我不是医生①。您若想知道的

---

① 法文中,医生称为"docteur"。与博士(docteur)是一个词。

话,我来到此地之前是律师。现在,我是法官—忏悔者。

请允许我介绍一下我自己。若望-巴蒂斯特·克拉芒斯。为您效劳。很高兴认识您。您大概经商吧?差不多?回答得妙!也很确切:我们什么事情都是差不多。这样吧,允许我扮演侦探。您差不多同我一般年纪,有着差不多是饱经世故的四十岁人的深明底细的眼神,您差不多是衣着讲究,也就是说,像我们那里的人一样,而且,您有一双光滑的手。因此,您是个资产者,差不多!是一个讲究的资产者。对虚拟式未完成过去时皱眉头,事实上就证明了您的文化程度,首先是因为您知道它,然后是因为它又使您厌恶。最后,我使您开心,不是自夸,这说明您的脑筋在某种程度上是开通的。因此,您差不多……但这又有什么关系?职业不如宗派那样令我感兴趣。请允许我向您提两个问题,您只需在不觉得唐突的情况下再回答我。您拥有财产吗?有一些?好。您与穷人分享吗?不。那么,您是我称之为保守的犹太人的那种人。我认为,如果您未曾奉行过《圣经》的教导,您是不会晋升得更快的。这使您晋升?那您知晓《圣经》喽?您真使我感兴趣。

至于我……还是您自己来判断吧。从身材、肩膀、人家常说是凶恶的脸来看,我更像个橄榄球员,是不是?但是,如果从谈吐看,应该说我还有些高雅之处。向我的大衣提供毛的骆驼肯定是长了疥;然而,我的指甲修剪得干干净净。我也很世故,但现在却不加提防地,只根据您的模样就讲了心里话。最后,尽管我举止得体,谈吐优雅,我却是滨海区海员酒吧间的常客。算了,别打听了。一句话,我的职业是双重的,和人这类生灵一样。我已对您说过,我是法官—忏悔者。在我身上只有一件事很简单,即我一无所有。是的,我曾经富有过,不,我从未与人分享过什么。这证明了什么?证明了我也曾是一个保守的犹太人……啊!您听见港口的汽笛了吗?今夜,须德海上要起雾了。

您要走?原谅我拖住了您。如果您允许,我来付账。您在墨西哥城,就是在我家里,我在这儿接待您感到非常高兴。我明天晚上一如既往,肯定在这儿,我感激地接受您的邀请。您的路……那么……最简单的是,我陪您一直到港口,您认为有所不便吗?从那儿,绕过犹太区,您就会找到那些漂亮的大街,街上驶过摆满鲜花、音乐声震耳欲聋的电车。您的旅馆就在其中的一条街上,当拉克街。您先走,请。我嘛,我住在犹太区,直到我们的希特勒兄弟们打扫地盘的时候一直这样叫法。什么样的大清洗啊!七万五千犹太人被关进集中营或被屠杀,这是真空清扫。我欣赏这种专心致志,这种有条不紊的耐心!如果没有魄力,就该有方法。这儿,这种方法其效如神,没说的,我住在发生了历史上最大的罪行之一的地方。也许正是这个帮助我理解大猩猩和他的戒心。这样我就可以同我的天性作斗争,它使我身不由己地滑向同情。当我看见一张陌生的面孔时,我上的某一个我就在敲警钟。"减速。危险。"甚至在同情心最为强烈的时候,我还是保持警惕。

您知道吗?在我小小的故乡,有一次在镇压时,一个德国军官彬彬有礼地请一位老太太在两个儿子中选择一个作为人质枪毙。选择,您想象一下吧。那个?不,这个。眼睁睁地看着他走了。您别坚持,相信我,先生,任何意想不到的事都是可能发生的。我认识一个心地纯良的人,他不愿意怀疑。他是个和平主义者,绝对自由主义者,他以同样的感情爱全人类和所有的动物。一个优秀的灵魂,是的,这是肯定的。在欧洲的最后几次宗教战争中,他归隐田园了。他在门槛上写道:"不管您来自何方,请进,欢迎您。"您说,谁答复了这盛情的邀请呢?民兵[①],他们如同进了自己的家,开膛掏了他的内脏。

噢!对不起,太太!原来她什么也没懂。这么多人,嗯,这么晚了,还下着雨,几天都没有停!幸好,有刺柏子酒,黑暗中唯一的光明。您感到了投在您身上的金色的、紫铜色的光亮吗?我喜欢趁着刺柏子酒的热力,在晚上穿过城市。我整夜整夜地走着,冥想着,无休止地自言自语着。像今天晚上一样,是的,我怕有些使您厌烦了吧,谢谢,您真是彬彬有礼。然而,话真是太多了,我一张嘴就要说。何况,这个国家激发起我的灵感。我爱这里的人民,他们挤满了街道,夹在房屋和水之间的狭小空间里,被雾、冰冷的土地以及像洗衣盆一样冒着气的大海包围着。

[①] 第二次世界大战中,法国维希政府的军事组织,致力于与德国法西斯合作,破坏抵抗运动。

我爱他们,因为他们是双重的,他们在这里,同时又在别处。

真的,听着他们沉重的、走在油腻的路上的脚步声,看见他们在店铺中间笨重地走过,那里面摆满了金色的鲱鱼和枯叶色的首饰,您一定以为他们今天晚上会在这里吧?您像众人一样,把这些老实人当成一些顾问和商人,怀着长生不老的希望去数他们的钱,而他们唯一的雅兴就在于有时戴着宽大的帽子听讲解剖学?您错了。的确,他们在我们身边走着,但是,看看他们的脑袋在哪儿吧:在那红绿色招牌下由霓虹、刺柏子酒和薄荷酒组成的迷雾中。荷兰是个梦,先生,一个黄金和烟雾的梦,白天烟雾弥漫,夜晚金光闪烁,日日夜夜相继如斯,这梦里充塞着洛汉格林①,如同那些心不在焉地骑着车把高高的黑色自行车的人一样,像一群阴郁的天鹅,不停地盘旋在全国各地,大海周围,运河两岸。他们想入非非,头裹在紫铜色的云中,在迷雾的金色的香烟中打着旋儿,高高飞起,睡眼惺忪,他们不在这里了。他们向几千公里外进发,去爪哇,遥远的岛屿。他们向印度尼西亚的那些做鬼脸的神祇祈祷,用它们装点所有的窗户。它们此时正在我们头顶徘徊,然后作为庄严的表征,附在招牌和梯形的屋顶上,提醒这些思乡的移民,荷兰不仅仅是商人的欧洲,而且是大

---

① 欧洲民间传说中人物。他被选中保卫爱尔索·德·布拉邦女公爵。他使她摆脱了敌对的臣属,并与她结婚。他许下诺言,绝不询问她的身世。后来,他未能信守诺言,于是就乘天鹅拖曳的飞舟出走。

海,通向扶桑国①的大海,在那些岛屿上,人们死的时候疯狂而幸福。

我信口说下去,我在辩护啊!对不起。这是习惯,先生,是天赋,也是我想让您了解这座城市,事物的心脏!因为我们正处在事物的中心。您注意到阿姆斯特丹的同心的运河好像地狱之圈?资产阶级的地狱,自然是纠缠着噩梦。当人们从外圈开始,一圈深似一圈,生活,亦即罪恶,变得越来越浓厚,越来越阴暗。这儿,我们正处在最后一圈。是……啊!您知道?见鬼,您变得更难于确定等级了。然而,您因此而明白为什么我能说事物的中心正在这里,尽管我们处在大陆的边缘。敏感的人理解这些怪事。无论如何,看报的人和通奸的人不能走得更远了。他们来自欧洲各地,在内海周围黯然无色的沙滩上停下。他们听着汽笛,徒然在迷雾中寻觅船舶的轮廓,然后,再度越过运河,冒雨返回。他们在这里中转,用各种语言到墨西哥城要刺柏子酒喝。我在那儿等着他们。

明天见吧,先生,亲爱的同胞。不,您现在找得到路了;我在这座桥边同您告别。我夜里从来不过桥。这是许了一次愿的结果。反正,您设想某人投水吧。二者必居其一,或者您跟着跳下去救起他,在严寒的季节,您将冒最大的危险!或者您丢下他,逃回家去,有时会感到莫名其妙的酸疼。晚安!怎么?玻璃窗

---

① 原文为 Cipango,是中世纪末欧洲人对日本人的称呼,似可译为扶桑国。

后面的那些女人？梦，先生，廉价的梦，神游印度！这些人涂抹着香料。您进去，她们拉上窗帘，航行于是开始。裸体之上，有神降临，岛屿癫狂，随波逐流，棕榈覆盖，如临风之乱发。不妨一试。

什么是法官—忏悔者？啊！您对我的这个称呼感到奇怪。请相信，其中并无任何戏谑，我可以解释得更清楚些。从某种意义上说，这甚至是我的职务的一部分。但是，我应该首先摆出一定数量的事实，这有助于您更好地理解我的叙述。

几年前，我在巴黎当律师，真的，还颇有名气哩。当然，我没有向您说出我的真实姓名。我专门承揽所谓高尚的诉讼，为寡妇和孤儿辩护。我不知道那是为什么，反正也有行为过分的寡妇和凶恶残忍的孤儿。但是，只须在被告身上闻到一点儿受害者的气味，就足以使我挥动衣袖投入行动。怎样的行动啊！简直是一场风暴！我的心全在那衣袖上了。人们简直真会相信正义每夜都与我同眠。我肯定，您会钦佩我的语气恰当，感情确切，辩护有说服力，还有我的热情以及适度的愤激。身体方面，我也是得天独厚，能随时表现出一种高贵的仪态。再者，有两种真诚的感情支持着我：为站在法庭上代表正义的栏杆的这一方面感到的满足，以及对于所有法官的一种本能的轻蔑。说到底，这种轻蔑也许不是出自本性。现在我知道了它有它的道理。但是，从外表看。它毋宁像一种激情。人们不能否认，至少是眼下，还需要法官，是不是？然而，我不能理解人可以指派自己去担任这种令人惊奇的职务。既然我看见了他,我还是容忍了,有点像我容忍蝗虫一样。区别在于,这种直翅目昆虫的入侵从未给我带来过一文钱,而我却是以和被我蔑视的人对话来谋生的。

这样,我就站在了正义的一方,这足以使我良心安宁。法律的观念,因有理而感到的满足,自尊自重的喜悦,亲爱的先生,这是我得以站住或前进的强大动力。相反,如果您剥夺了人的这些东西,您就把人变成了疯狗。仅仅是因为人因缺少这些东西而忍受不了,就犯下多少罪行啊!我过去认识一个工业家,他有一个十全十美的妻子,人人都钦佩她,可是他却欺骗她。此人的确因为自己理亏而恼火,因为得不到或不能给予自己有德的证明而恼火。他的妻子越是显得完美,他越是恼火。最后,他的理亏变得不能忍受。您想他干了什么?停止欺骗她?不。他杀了她。这样我才和他有了往来。

我的情况更值得羡慕。我不仅没有触犯法网之虞(特别是,我绝无杀妻的运气,因为我是独身),而且我还为他们辩护,唯一的条件是他们是些好杀人犯,如同某些人是些好野蛮人一样,我进行辩护的方式本身给予我极大的满足。我在职业上的确是无可指责的。我从未受贿,这自不待言,我也从未屈尊去找门路。更为罕见的是,我从未同意去奉承任何一位新闻记者,为了使他对我有利;以及奉承任何一位官员,他的友谊可能会有用处,我曾有幸两次或三次被授予荣誉勋位,而我以一种谨慎的尊严拒绝了,我从这种尊严中得到了真正的奖赏。最后,我从未让穷人付钱,也从未就此自我宣扬。亲爱的先生,请不要以为我是自吹自擂。我仍旧是无所作为:在我们的社会里,贪婪代替了宏图大志,这始终引我发笑。我的志向更远大,您将会看到,这种用语对我是贴切的。

然而,您已经在说我自满了。我由着自己的天性,任其发展,我们都知道幸福即在于此,尽管我们为了彼此相安无事,有时以自私自利为名装模作样地谴责这些乐趣。至少,我天性中的这一部分我任其发展,对寡妇、孤儿我必然产生共鸣,日久天长,这一感情终于驾驭了我的全部生活。例如,我特别喜欢帮助盲人过马路。远远地,我看见一根手杖在路的拐角犹豫,我就奔上去,抢先一秒钟,伸出仁慈的手,让盲人只接受我的帮助,用我温暖而有力的手引导他走上人行横道,穿过往来的车辆,走向安全的地带,然后,彼此激动地分手。同样,我总是喜欢回答问路的行人,借给他们火,助推车的人一臂之力,推抛锚的汽车,买救世军的报纸,或买老妇人的鲜花,虽然我知道那是从蒙巴纳斯公墓里偷来的。还有,啊,这更难于启齿了,我还乐善好施。我的朋友中有一个大基督徒,他承认,当人们看见一个乞丐走近家门时的第一个感觉是很难受。而我,却喜出望外。我们且不谈这个吧。

还是谈谈我的礼貌吧。那是出了名的,而且不容置疑。礼貌的确给了我巨大的欢乐。如果我有幸,早晨在公共汽车里或地下电车里,给一些看起来应该坐着的人让座,拣起一个老妇人掉在地上的东西,然后带着我惯有的微笑还给她,或仅仅是把我叫的出租汽车让给更急需的人,这样,我的一天就充满了光明。应该说,在这样的日子里我也很快活,在公共交通罢工时,我有机会在我的汽车里拉上几位回不了家的不幸的同胞,在剧场里,让出我的座位好使一对男女坐在一起,在旅途中,把一个姑娘的提箱放在她够不着的架子上,这都是我比别人更经常做的事,因为我更留神这种机会,更会品味其中的乐趣。

我也被认为是慷慨大方的,我也的确如此。公开或私下,我都有赠予。当我该拿出一件东西和一笔钱时,我所感到的远远不是痛苦,而是经久不衰的快乐,有时我看到这些赠予毫无回报以及有可能变成忘恩负义,不免产生某种伤感,但是这与我所获得的哪怕最微不足道的快乐相比也是不可同日而语的。我乐善好施甚至到了这种地步,我憎恶被迫而为。金钱方面的锱铢必较使我厌烦,我容忍了它,但心绪恶劣。我应该有权决定我的赠予。

这是些小事,但是,它们将使您理解我在我的生活中,尤其是在我的职业中发现的持久的乐趣。例如,在法院的走廊上,被一个被告的妻子叫住,该被告之得到辩护仅仅由于我出自正义和怜悯,我是说免费辩护,听这个女人喃喃地说,什么也不能表达对我为他们所做的事的感激之情,我回答说这是很自然的,谁都会这样做,甚至帮他们一把以度过未来的艰难日子,然后,为了打断这种感情的流露,让他们保留一种正义的共鸣,我就吻吻那可怜女人的手,就此停住,相信我,亲爱的先生,这就超脱庸俗的野心而上升到顶点,在那里,存在的确实只有道德。

我们停留在这些顶峰上吧。您现在明白了我说更远大的志向的意思了吧。我说的正是这些顶点,我只能在那上面生活。是的,我从来只是在高尚的境界中才感到怡然自得。哪怕是生活中的细节,我也需要处于高境界中。公共汽车与地下电车,我更喜欢公共汽车;马车与出租汽车,我更喜欢马车;平台与夹楼,我更喜欢平台。我喜欢运动性质的飞机,在那上面,可以把头伸向广阔无垠的天空;我也是船尾楼上的不知疲倦的散步者。在山里,我逃避那山口高地间纵横交错的山谷,我至少还是个准平原上的人。如果命运迫使我选择一种体力劳动的职业,车工或屋面工,请放心,我选择屋顶上干活,与眩晕为侣。船舱、船台、隧道、山洞、深渊,都令我厌恶。我甚至对洞穴学家怀有一种特别的仇恨,他们居然胆敢占据报纸的头版,他们的活动令我作呕。努力达到负八百米的标高,冒着把脑袋夹在乱石嶙峋的狭窄入口(这些糊涂虫称为虹吸管)中的危险,我觉得这是性情败坏或受了刺激的人在逞能。那底下隐藏着罪恶。

恰好相反,一个自然形成的阳台,高耸于海面五六百米之上,可以俯视明亮的大海,那是我呼吸最畅快的所在,尤其是当我独自一人,高踞于人类这蚁群之上时。我很容易讲清楚,布道、重要的说教、拜火的仪式为什么要在人迹可至的高山上进行。我认为,在地窖和囚室里,人们是不能沉思冥想的(除非囚室设在塔里,有着广阔的视野),而只是在里面消磨岁月。我理解这个人,他当了教士又还俗,因为他的房门不是如他所愿朝向一片广阔的风景。而是朝向一堵墙壁。请您相信,至于我,我可不消磨岁月,一天里每时每刻,我都在自身中和众人中向高处攀登,在那里点燃有目共睹的火焰,于是,一阵欢乐的致敬声朝我升起。这样,我至少是热爱生活,对我的优秀品质感到满意。

我的职业成功地完成了这种攀登高峰的志愿。它使我摆脱了任何辛酸之感,对那些我总是施恩而从不欠他们什么的人的辛酸之感。它使我高踞于法官之上,该我来审判他们,高踞于被告之上,迫使他们认罪。任何审判都与我无涉,我不在法庭的舞台上,而在某个地方,在舞台的上空,如同人们不时借助机关使之降临,以使情节面目一新、并赋予它应有的意义的神明一般。总之,超然在上的生活依然是被大多数人景仰和礼拜的不二法门。

在我的好罪犯中,有几个在杀人时也都是听命于这种感情的。有人阅读描述他们的悲惨处境的报纸,无疑是给予他们一种不幸的奖赏。如同许多人一样,他们对默默无闻感到厌烦,这种焦躁有时也能使他们令人不快地铤而走险。说到底,杀了门房,足以使人出名。不幸的是,这是一种转瞬即逝的名声,因为有那么多理当并且已经挨刀的门房。罪行不断地占据着前台,而杀人犯却是昙花一现,随后即被代替。这些短暂的胜利最后要付出太高的代价。相反,为我们不幸的希望出名的人辩护,才真正是被人承认,是在同一时刻、同一地点而且是通过更为经济的手段被人承认。这也就鼓励我施展理应得到嘉奖的努力,为使他们付出尽可能少的代价:他们付出的,多少也是代我而付。作为回报,我表现出的义愤、才智和激情偿还了我欠他们的一切。法官惩罚,被告赎罪,而我,除去一切义务,即避免了审判,又避免了惩罚,自由地生活在一片伊甸①之光中。

亲爱的先生,伊甸园不就是直接驾驭的生活吗?这就是我的生活。我从来就不需要学会生活。在这一点上,我是生而知之。有一些人,他们的问题是防备他人,或至少是与他人合拍。对于我,合拍是天生的。需要的时候不拘礼节,必要的时候三缄其口,既能玩世不恭又可庄重凛然,这一切我都得心应手。因此我深孚众望。在上流社会的成功不可胜数。我的仪表也不错,既是一个不知疲倦的舞客,又是一个审慎小心的学者,我能够,谈何容易,同时爱女人和正义,我搞体育运动和美术,打住吧,免得您疑心我骄傲自满。不过,请您想象一个人正在盛年,体魄强健,天赋极厚,体力活动和智力活动一样敏捷,不穷不富,睡得香甜,对自己由衷地满意,而表现出来的却是极其随和。您得承认,我尽管谦虚,但仍可以说我的生活是成功的。

的确,比我更自然者罕有其人。我与生活的和谐是完全彻底的,我全部溶化进去,从上到下,不拒绝生活中任何讥讽、伟大

---

① 据《圣经·创世记》,上帝在东方设一花园,令人类的祖先亚当和夏娃居住,名伊甸园。

和束缚。尤其是,肌肉,物质,一句话,身体,它使那么多人在爱情中,在孤独中狼狈不堪,灰心丧气,却给我带来了同样的乐趣,并且没有使我奴化。我生来就是为了有一躯体。由此而产生我身上的和谐,这种轻松的控制,人们感觉到它,有时并且承认它有助于生活。因此,人们刻意求我为友。譬如说,人们经常以为早已见过我了。生活,其存在和赠予,迎面而来;我以一种善意的自豪感接受此种敬意。事实上,由于这样充实、淳朴地做人,我觉得自己有些超人的味道了。

我生于正经人家,但并不显赫(我父亲是军官),然而,某个早晨,我谦卑地承认,我感到自己是王子,或者是燃烧的荆棘①。务请注意,这是我确信自己比所有的人都聪明之后的又一种认识。不过,这种信念并无结果,因为那么多笨蛋都有这种信念。不,由于志得意满,我感到,真是不知道该不该承认,感到被选定了。众人之中,唯独我被选定去获得这漫长而稳定的成功。一句话,这是我谦逊的结果。我拒绝将这一成功归于我个人的功劳,我不认为集如此不同而极端的优点于一人是纯粹偶然的结果。这就是为什么,我以某种方式感到,我之有权如此幸福地生活,是出于某种上天的旨意。如果我对您说我没有任何宗教信仰,您就会更觉得这种信念所具有的异常之处了。不管这种信念是否平常,它却长期使我超脱于日常琐事之上,我的的确确翱

---

① 据《圣经》,上帝在一片燃烧的荆棘中向摩西显形。

翔于空中许多年，说真的，我由衷地怀念那些岁月。我一直翱翔到晚上……不，那是另一码事了，应该忘掉它。况且，也许我夸大其词。我各方面都舒舒服服，真的，然而，同时又对什么都不满足。每一种快乐都驱使我追求另一种快乐。我参加了一个又一个晚会。有时通宵跳舞，越来越对人和生活入迷。有时，我在这些晚会上滞留很晚，跳舞、低度烧酒、我的发作、众人粗暴的放纵，将我投入到既厌倦又满足的沉醉之中，仿佛在疲倦到极点的一刹那间，我终于知道了人和世界的奥秘。然而，第二天，疲倦消失了，奥秘亦随之而去；我又重新扑了进去。我就这样跑啊，总是心满意足，从不乐极生厌，不知在何处停住，直到那一天，不如说直到那一晚上，音乐中止，灯光熄灭。曾使我幸福过的那些晚会……但是，请允许我招呼我们的原始人朋友。点点头谢谢他，尤其是，请跟我喝酒吧，我需要您的同情。

　　我看出来这番表白使您惊讶。您从未突然地需要同情、帮助和友谊吗？不，当然。我嘛，我学会了只满足于同情。这更容易得到，又不承担任何义务。"请相信我的同情，"心里这样说，紧接着就是"而现在，咱们谈别的事吧"。这是一种议会议长的感情：廉价地得到，然后就是灾难。友谊，就不那么简单了。需要长时间的、艰苦的努力才能得到，一经得到，就无法摆脱，必须正视。尤其是不要以为您的朋友每天晚上都给您打电话，他们本该如此，这是为了想知道您是否正好那天晚上决定自杀，或更简单些，您是否需要有人做伴，是否不能出门。不，如果他们打电话,请放心,肯定是那晚上您不是独自一人,而生活又是美好的。自杀,倒不如说是他们把您推向它,据他们说,是出于您对您自己所承担的义务。亲爱的先生,上天使我们免于被朋友抬得过高!至于那些出于职责而爱我们的人,我想说父母们,他们算亲属(什么样的用语啊),所以又当别论了。他们有"必须"这一字眼,但是,不如说这个词成了子弹;他们打电话犹如打冲锋枪。而他们瞄得很准。啊!巴才纳①之流!

什么?哪天晚上?我回头再谈,跟我要有耐心。再说,从某种意义上讲,我谈朋友和亲属,恰恰是正题。您看,人家跟我谈起过一个人,他的朋友被关进监狱,他就每天晚上在房里席地而卧,为了不再享受他所爱的人被剥夺了的舒适。谁,亲爱的先生,谁会为了我们而睡在地上呢?我自己能吗?听着,我愿意如此,我也将会如此。是的,有一天我们大家都能够,而普天下也将获得拯救。然而,谈何容易啊,因为友谊朝三暮四,至少是无能为力。它愿意的事,它做不到。也许,说到底,它的愿望还不够强烈?也许我们爱生活还爱得不够?您注意到唯有死亡才能唤醒我们的感情吗?如同我们爱刚刚离开我们的朋友,是不是?如同我们钦佩主人的朋友,他们不说话了,嘴里塞满黄土!于是,尊敬自然而然地来了,他们也许一生都在等待我们的这种尊敬。您知道为什么我们总是对死人更公正、更宽宏大量吗?原

---

① 法国元帅。一八七三年因叛国罪被判死刑,后改为二十年监禁,服刑期间越狱,后逃至西班牙。此处所指不明。

因很简单!对他们没有义务。他们让我们自由,我们可以从容不迫,把尊敬穿插在鸡尾酒和可爱的情妇之间,一句话,在闲暇之中。如果他们强迫我们什么,那就是怀念他们。然而我们却是健忘的。不,在我们的朋友中,我们爱的是刚刚死去的人,痛苦的死者,我们的悲恸,最后是我们自己。

我有这样一个朋友,我尽量躲避他。我有点儿讨厌他,再加上他还有道德。不过,您放心,他临死时又看见了我。我那一天没有白过。他死了,对我感到满意,握着我的手死了。有一个女人,老是死缠着我,但终属徒劳,她也很知趣,年纪轻轻就死了。我的心中立刻感到空了一块!再加上又是自杀!上帝啊,多么美妙的骚乱啊!电话畅通,心潮澎湃,语句有意简短,然而大有弦外之音,抑制着痛苦,甚至,是的,有点自我谴责!

人就是如此,亲爱的先生,有两副面孔:既爱别人又爱自己。如果碰巧公寓里有一宗丧事的话,请观察一下您的邻居吧。他们沉睡在自己的小日子中,突然,比方说,门房死了。他们醒了,骚动起来,打听消息,有了恻隐之心。一桩死讯正待发布,戏剧终于开场。他们需要悲剧,有什么办法,天性如此,这是他们的开胃饮料。再说,难道是出于偶然我才跟您谈门房吗?我曾有过一位,真是不讨人喜欢,简直是恶毒的化身,一个分文不值而心怀怨恨的怪物,就是一个方济各会①修道士也会对他失望。我

---

① 天主教托钵修会之一,效忠教皇,反对异端,提倡过清贫生活,衣麻跣足,托钵行乞。

甚至不理他了。然而,仅仅因为他的存在,我平日的兴致就被败坏了。他死了,我参加了他的葬礼。您愿意跟我说说这是为什么吗?

葬礼的前两天颇有意思。门房的老婆病了,躺在那间唯一的屋子里,她身旁的架子上放着箱子。房客得自己取信。他们开开门,说一声:"您好,太太。"他们听她手指着死者颂扬他,然后拿走他们的信。这没有任何令人高兴之处,是不是?所有的房客都从这间散发着石炭酸味的屋子里走过。他们不派仆人前去,不,他们自己来享用这桩意外的收获。仆人亦然,不过是偷偷地。下葬的那一天到了,箱子太大出不了门。"噢,亲爱的,"门房的老婆躺在床上,带着一种又悲又喜的惊讶说道,"他是多么高大啊!""别担心,太太,"安排葬礼的人回答道,"就会出去的,让他站着。"于是,让他站着出去,然后再让他躺倒,只有我一个人(和一个当过酒馆侍者的人,死者生前每晚都和他喝开胃酒)去公墓,往一具豪华得令我吃惊的棺材上撒鲜花。然后,我去看门房的老婆,为了得到女戏子的道谢。告诉我,这一切有何道理呢?什么也没有,开胃酒而已。

我还安葬过律师团里的一个老同事。他是一个颇受轻蔑的办事员,我总是同他握手。再说,我在哪儿工作,都同那里的一切人握手,能握两次就不握一次。这种平易近人的作风使我廉价地获得所有人的同情,这对我的发展是必要的。安葬我们的办事员,首席律师是不屑一顾的。我却不然,虽然第二天还要出门,并且是一次重要外出。正因为如此,我知道我的在场会引人注目,得到有利的评价。于是,您明白,那天下着大雪也未能使我后退。

什么?我就要说到,别担心,何况我并未离题呀。不过,先让我提请您注意,那个女门房因想更好地感受自己的激动,买了个上好橡木、手把镶银的基督受难像而倾家荡产,一个月之后,她搅上了一个嗓音动听、神气活现的家伙。他打她,人们听见可怕的叫喊,随即,他打开窗户,唱出心爱的歌:"女人啊,你们多么漂亮!""活该。"邻居们说。请问活该什么?好,表面上众人都反对这个男中音,女门房也反对他。然而无从证明他们不相爱。也无从证明她不爱她的丈夫。最后,嗓子和胳膊都累了,那个神气活现的家伙飞了,她又颂扬起死者,好一个忠实的女人!反正我还认识别人,表面上众人都拥护他们,他们却并不更忠实,也不更真诚。我认得一个人,他把一生的二十年奉献给一个轻薄女子,他为她牺牲了一切,友谊、工作,甚至一生的体面,却在一天晚上发现自己从未爱过她。他厌倦了,一句话,像大部分人一样地厌倦了。他为自己硬造了一个复杂悲惨的一生。应该发生点什么事,这就是在大多数情况下人类承担义务的原因。应该发生点什么事,哪怕是没有爱情的奴役、战争或者死亡。丧葬万岁!

我至少没有这种托辞。既然我支配着生活,我就不厌倦。我跟您说起的那天晚上,我甚至可以说比任何时候都不厌倦。

不,真的,我不想有什么事情发生。然而……您看,亲爱的先生,那是个美丽的秋夜,城里倒还温和,塞纳河上已经水汽氤氲了。入夜,天色暗淡下来,西方却依然明亮,路灯微弱地闪烁着。我沿左岸的路朝艺术大桥走着。河水在旧书店关闭的书箱中间闪闪发亮①。路上的行人寥寥,巴黎已是晚餐时分。我踩着落叶,那枯黄、沾满尘土的落叶还让人想起刚刚逝去的夏天。我走过一杆杆街灯,倏忽闪过眼帘的星辰渐渐缀满天空。我品味着失而复得的寂静、夜晚的温馨和空荡荡的巴黎。我心满意足。这一天过得很好:一个盲人,我所希望的减刑,我的主顾的热烈的握手,下午的几桩善举,在几个朋友面前发表了一篇精彩的即兴演说,评论我们的领导阶级心肠之冷酷和我们的优秀分子之虚荣。

我登上此时空无一人的艺术大桥,想要看看深夜中依稀难辨的河水。我面对着弗尔加朗②,俯视着河心小岛。我感到周身涌起一种强大的,怎么说呢,功德圆满的巨大感情,我的心膨胀起来。我挺了挺腰,正要点燃一支香烟,点燃一支满足的香烟,这时,一阵笑声在我背后响起。我大为惊异,猛一转身,悄然无人。我一直走到桥的栏杆旁,既无驳船,亦无小舟。我朝小岛走去,又听见背后的笑声,稍微远了些,似乎正顺流而下。我站在

---

① 塞纳河畔的书商们多将旧书放在若干铁箱内,置于露天。
② 巴黎塞纳河中斯德岛西端的名称,呈三角形,其上树木掩映,芳草如茵。

那儿,一动不动。笑声渐渐微弱,但我还是在背后听得清清楚楚,除了从水里,这声音不会来自任何地方。同时,我感到心在急速地跳动。您听明白,这声音没有任何神秘之处,这是一种善意的、自然的、几乎是友好的笑声,它使事情重新变得正常。况且,我很快就什么也听不见了。我又上了滨河路,步入多非那街,买了包我根本不需要的香烟。我昏头昏脑,呼吸紊乱。那天晚上,我打电话找一个朋友,他不在家。出门还是不出门,我犹豫不决,突然,我听见有人在窗户底下笑。我打开窗户,人行道上,果然有些年轻人在快活地告别。我关上窗户,耸了耸肩;无论如何,我还有份卷宗要研究。我进了浴室想喝杯水。我的脸在镜子里微笑,可是,我的微笑似乎具有双重性了……

怎么?原谅我,我刚才想到了别的事情。我们明天见,当然。明天,是的,是这样。不,不,我不能留下。再说,棕熊找我商量事情,您看见他在那边。他肯定是个正直的人,警察卑鄙地捉弄他,是出于纯粹的邪恶。您认为他有个杀人犯的脑袋?您放心,这是一个专干这一行的人的脑袋。他溜门撬锁也同样出色,您若知道这个穴居人也善于倒卖绘画,一定会感到惊奇。在荷兰,人人都是绘画和郁金香方面的专家。此人态度谦虚,是最著名的一次绘画盗窃案的作案者。哪一次?我也许会对您说。别对我的学问感到吃惊。尽管我是法官—忏悔者,我还是这儿的业余小提琴手:我是这些老实人的法律顾问。这并非易事,但是我引起别人的信任,是不是?我的笑声爽朗,握手有力,王牌就在这里。再有,我解决了几宗难案,首先是出于利益,其次是出于信念。如果鸨儿和小偷永远、处处都被定罪,那么正经人就会全部地、不断地自认为无罪。而据我看——您看,您看,我说到了!——这尤其应该避免。否则,就会贻笑大方了。

真的,亲爱的同胞,我感激您的好奇心。不过,我的故事毫无异常之处。既然您坚持,您该知道,几天之内我还有点在想那笑声,随后就忘了。逐渐地,我好像在我身上某处听见了它。不过,大部分时间里,我不费劲就想到了别的事情。

但是,我应该承认,从那以后,我再也不涉足滨河路了。当我乘汽车或公共汽车路过的时候,在我身上出现了某种沉默。我想我是在等待。然而,我过了塞纳河,什么事也没有发生,我松了口气。那时,我身体也有些不好。什么确切的病也没有,只是感到虚弱,难以恢复好兴致。我去看医生,他们给了我一些兴奋剂。我的精神振奋起来,然后又消沉下去。生活变得不那么容易了:当身体不适的时候,心就萎靡不振。我好像忘了一部分我不学而会的东西,然而我原来却知道得那么清楚,我这是想说,我知道如何生活。是的,我的确认为一切都是那个时候开始的。

今天晚上,我也不感到精力充沛。我甚至说话都费劲儿。好像我说得不那么好了,推理也不那么有把握了。无疑,和天气有关。喘不过气来,空气沉闷,压着胸脯。我亲爱的同胞,如果我们出去在城里走一走,您看有所不便吗?谢谢。

晚上,运河多美啊!我爱发霉的水的气息,爱浸泡在运河里的落叶的气味,爱那从摆满鲜花的平底驳船上升起的阴郁的气味。不,不,这口味毫无病态可言,相信我。相反,这在我是一种先入之见。事实是我竭力喜欢这些运河。世界上我最爱的,是西西里①,您听清楚,而且还要在埃特纳火山②上,俯视岛屿和大海。还有刮信风时的爪哇。是的,我年轻时去过那里。一般地说,我爱所有的岛屿。在那儿更容易处于主宰地位。

一座精致的房子,是不是?您看见的是两个奴隶的脑袋。一块招牌。房子原来属于一个奴隶贩子。啊!不,那时这种把戏并没有人想隐瞒!人们高声谈论,说:"看,我临街有幢房子,我运奴隶,卖黑肉!"您能想象今天会有人公开地声称这是他的职业吗?多大的丑闻啊!我从这儿就听见我的巴黎同行了。他们在这个问题上的态度是多么顽固啊,他们毫不犹豫地发出两三份宣言,甚至更多!经过考虑,我在他们后面签了名。奴隶制度,啊,那可不行,我们反对!要是不得不在自己家里,或是工厂里建立奴隶制度,那好,顺理成章,可是大吹大擂,那才糟糕透顶。

我很知道人们离不了统治别人和被别人服侍。每个人都需要奴隶,如同需要纯洁的空气一样。统治,就是呼吸,您同意这

---

① 地中海中的大岛,位于意大利半岛的西南方。
② 西西里岛上东北部的活火山,为欧洲最高的活火山。

个观点吗？甚至命运最不济的人也能够呼吸。社会阶梯底层的人还有其配偶和孩子呢。如果他是光棍，他还有条狗。一句话，能够发怒而另一个不能顶撞，这是根本的。"人不能顶撞他父亲"，您知道这句话吗？从某种意义上说，这句话不可解释。在这个世界上，不顶撞他爱的人顶撞谁呢？但是从另一种意义上说，它又是令人信服的。应该由一个人说了算。否则，任何一种道理都可以有另一种道理与之对立，这样就会没完没了。相反，实力解决一切。我们花了时间，明白了这一点。例如，您该注意到，我们古老的欧洲终于用正确的方法来推究问题了。我们不再像幼稚时代那样说："我这样想。您如何反驳？"我们表达得清晰了。我们用通告代替了对话。"这就是真理，我们说，你们尽可以讨论，这我们不感兴趣。但是，几年以后，将有警察，它将向你们表明我有理。"

啊！亲爱的地球！现在一切都清楚了。我们有自知之明，知道我们自己能干什么。听着，我换个例子，主题不变，我总是喜欢被微笑着服侍。如果女仆神情忧郁，她就毒化了我的日子。无疑，她完全有权不高兴。但是，我想，笑着服务比哭着服务对她更好。事实上，这对我更好。不过，我的推理虽不精彩，也不完全愚蠢。同样，我总是拒绝去中国饭馆吃饭。为什么？因为亚洲人，当他们不说话，而又在白人面前的时候，经常带着一种轻蔑的神气。这样怎能品味烧鸡呢，又怎能一边看着他们，一边想自己有理呢？

这完全是句知心话,奴役,最好是微笑的奴役,实在不可避免。但是我们不能承认。不能没有奴隶的人,他们称奴隶为自由人不是更为有利?首先是为了原则,其次是为了不使他们失望。的确应该给他们这种补偿,不是吗?这样,他们将继续微笑,而我们也良心安宁。否则我们将被迫反躬自省,我们将痛苦得发疯,甚至将变得谨慎,什么都得小心害怕。因此,不要挂招牌,招牌会引起公愤。再说,如果所有的人都坐在桌旁,嗯,亮出其真实的职业、身份,人们将不知如何是好了!请想象一张名片吧:杜邦,胆小鬼哲学家,或基督徒业主,或通奸的人文主义者。真的,人们可以选择。但那将是地狱了!是的,地狱应当这样的:街道挂着招牌,但无法解释。人们一经划定等级,终生不变。

比方说您,我亲爱的同胞,想想您的招牌将是什么吧。您不说话?算了,您以后再回答我吧。反正我知道我的:两副面孔,是个可爱的雅努斯①,上面写着家传的格言:"别相信。"我的名片上写着:"若望－巴蒂斯特·克拉芒斯,伶人。"听着,我跟您说的那晚上以后不久,我出了点事。我帮助一个盲人过马路,当我在人行道上离开他的时候,我向他致敬。这一脱帽致敬显然不是为了他,因为他看不见。那是对谁而发的呢?对公众。演完角色后,致敬。不错吧,嗯?在这一时期的另一天,对一个开车的,他感谢我帮助了他,我回答他说没有人会这样做的。当然,

---

① 罗马神话中的古老神祇,具有阴阳两副面孔。

我想说,任何人都会这样做的。但是,这个不幸的口误一直使我耿耿于怀,的确,说到谦逊,我是无与伦比的。

应该谦卑地承认一点,我亲爱的同胞,我总是虚荣得要死。我,我,我,这就是我宝贵的生命之歌,不管我说什么,都听得见它。我永远是一边说话,一边自我吹嘘,特别是以一种我深谙其中奥妙的吵吵嚷嚷的谨慎来自我吹嘘。的确,我总是自由地、强有力地生活。只是,面对所有的人我感到自由,其最充分的理由是我不承认有与我平等的人。我总是自视比所有的人都聪明,这我已经说过,但我以为自己更敏感,更机灵,是个优秀射手,无与伦比的司机,最好的情人。甚至在那些很容易检验出我的劣势的领域中,比如说网球,我只是个差强人意的球伴,我也很难不相信,如果我有时间训练,我会超过最高的等级。我只承认我的优越,这就解释了我的善意和坦然。当我照顾他人的时候,那是纯粹的屈尊低就,我有完全的自由,而全部功劳又回到我的手上:我在我的自爱中又升高了一级。

在我同您说起的那天晚上以后的一段时间内,根据其他几件事实,我渐渐发现了这些显而易见的东西。不,不是立刻,也不是十分清楚。首先我需要重获记忆。逐渐地,我看得越来越清楚,我学会了一些我过去知道的东西。在那之前,总是有一种惊人的遗忘能力在帮助我。我忘了一切,而首先是忘了我的决心,实际上,什么都不算数,战争、自杀、爱情、苦难,当环境迫使我去关心,我当然关心了,然而是以一种彬彬有礼,浮光掠影的方式去关心。有时,对一宗与我日常生活无关的案子我装作充满激情。但我的心并未参与进去,当然了,除非我的自由受到妨碍。怎么跟您说呢?悄悄地溜了。是的,一切都悄悄地从我身上溜了。

说句公道话:有时候,我的遗忘还是值得称赞的。您注意到有些人,其信仰在于原谅一切侮辱,他们也的确原谅了,然而却永远不能忘怀。我不是那种原谅侮辱的人,但是我最后总是忘得一干二净。以为被我憎恨的人看到我笑盈盈地向他致敬而感到惊讶不止。根据他的天性,他或者钦佩我精神之博大或者蔑视我的怯懦,却想不到我的理由更为简单:我连他的名字都忘了。于是,使我冷漠或不讨人喜欢的同一种弱点却使我成了一个高尚的人。

因此,过一天算一天,我的生活只有一种持续性,即我,我,我。过一天算一天,搞女人;过一天算一天,行善或作恶;过一天算一天,如同狗一样;但是,每一天都是我,坚守岗位。我就这样浮上了生活的表面,某种程度是在口头上,从来也不是真的。所有那些几乎没有读过的书,那些几乎没有爱过的朋友,那些几乎没有游览过的城市,那些几乎没有占有过的女人!我出于厌倦或出于消遣,有过一些行动。人们跟着,他们想依附,然而一无所有,而这就是不幸。那是对他们来说。因为对我来说,我已经忘了。我从来只记着我自己。

渐渐地,记忆回到我的脑海。或不如说我回到了记忆中,我在那儿发现了回忆,它在等着我。在同您说之前,请允许我,亲爱的同胞,给您举几个例子(我确信它们会对您有用),谈谈我在探索中的发现。

一天,我驾着汽车,在绿灯前起动迟了一秒钟,我们有耐心的同胞立即在我背后发疯似的按喇叭,正在这时,我突然想起了一桩发生在同样情况下的遭遇。一辆摩托车超了我,驾驶的人是干瘪的小个子,戴着夹鼻眼镜,穿一条高尔夫球裤,遇到红灯,停在我前面。停下的时候,小个子将发动机熄了火,他竭力再打着,可是白费力气。绿灯亮了,我以习惯的礼貌请他把摩托车让一让,我好过去。小个子还在为扑哧扑哧的发动机恼火。于是,他根据巴黎礼节的通例,让我一边歇着去。我坚持着,一直彬彬有礼,只是在声调中有点轻微的焦急。人家立刻让我明白,不管怎么说要把我带走。这时,我背后有几只喇叭开始响了。我的口气更加坚决,要求对方有礼貌和承认自己阻碍了交通。这个暴躁的家伙无疑是由于发动机明显的作对而恼羞成怒,告诉我,如果我想尝尝老拳的话,他称之为松松筋骨,他很乐于奉送。如此的厚颜无耻使我义愤填膺,我出了车子,想要教训教训这个嘴里不干不净的家伙。我不想当胆小鬼(但愿别人也别这么想),我比对方高出一头,我的肌肉一直为我好好地效劳。我现在还认为与其给人松筋骨还不如被人松筋骨。我在马路上还未站稳,从越聚越多的人群中出来一个人,向我直奔而来,他让我明白我是卑鄙之尤,他不允许我揍一个因骑摩托而处于劣势的人。

我面对这位侠客,实际上,我甚至没看清他。我刚一回头,几乎是同时,我听见摩托车又砰砰地响了,耳朵上也狠狠地挨了一下子。我还没有记下这一切,摩托已经走远了。我昏头昏脑,木然地朝达达尼昂①走去,这时,一场愤怒的合奏从一长串汽车的喇叭中发出,越来越响。绿灯又亮了。我还有些迷迷糊糊,没有去揪住那个截住我的蠢货,乖乖地回到车子里。我开动了车子,经过那蠢货身旁的时候,他向我致敬,说了句"可怜的家伙",这句话我现在还记着。

您说这是小事一段?当然。只是我很长时间才忘掉,这是其重要性。然而,我毕竟有自慰的理由。我挨了打而没有回击,人们却不能指责我怯懦。我从两方面遭到袭击和制止,两方面我都闹翻了,最后喇叭又使我糊里糊涂。可是,我感到不幸,仿佛我失去名誉一样。我重新看到自己,上了车,在那群人的一片讥讽的目光下毫无反应,我还记得,我穿了一身极高雅的蓝衣服,那群人因此更加开心。我听见说"可怜的家伙",我觉得这一称呼毕竟是对的。总之,我当众丢了脸。的确,当时的情况也不作美,但永远是当时的情况啊。事后,我清楚地看到我当时应该怎么办。我看到我给那达达尼昂兜头一拳,将他打倒,然后上车去追那打我一拳的肮脏家伙,追上他,把他的摩托车扔在人行道上,把他拖到一边,理所当然地痛打一顿。我在想象中,上百次

---

① 法国作家大仲马小说《三个火枪手》的主人公。

地,但脚本略有更动,拍摄这小电影。但是太晚了,有几天,我心怀一种卑鄙的仇恨。

瞧,又下雨了。您愿意在这门洞里停一会吗?好。我说到哪儿了?啊!对,名誉!当我又想起这段遭遇时,我明白了它意味着什么。总之,我的梦想没有经得起事实的考验。现在清楚了,我曾经梦想成为一个完人,在人格上和职业上都受到尊敬。如果您愿意的话,半是塞尔当①,半是戴高乐。一句话,我愿意在一切事情上都占优势。这就是为什么我摆架子,装模作样,更多地显示身体的灵巧而不是智力的禀赋。可是当众挨打而无反应之后,再想望这种美好的形象于我已是不可能了。如果我曾经是真理和智慧之友的话,如同我自许的那样,这桩已被看客遗忘了的遭遇对我又有什么呢?我差一点承认我无缘无故地生气,既已生气,又差一点承认我由于缺乏机智而不知如何面对我的愤怒所引起的后果。我没有那样做,却急切地希望报复,痛打和战胜对方。好像我真正的愿望不是成为人世间最聪明,最仁慈的人,而只是想打谁就打谁,成为最强大的人,而且还是以一种最粗鄙的方式。事实上,您清楚地知道,任何聪明的人都梦想着当强盗,只以暴力支配社会。由于这不像阅读某类题材的小说那样容易使人相信,一般地说人们就转向政治,投向最残酷的政

---

① 塞尔当(1916—1946),法国拳击运动员,曾获一九三八年法国次中量级拳击冠军。

党。如果能够统治所有的人，使自己的思想变得卑鄙又有何妨呢，是不是？我发现自己正做着压迫人的甜梦。

至少，我知道只有罪人以及被告的罪过对我毫无损害时，我才站在他们一边。他们的犯罪使我雄辩，因为我并不身受其害。当我受到威胁时，我不仅变成法官，更有甚者，变成一个狂暴的主人，要不顾一切法律，痛责罪人，使其屈服。在此之后，我亲爱的同胞，就很难再郑重其事地认为自己有奉行正义的使命，充当孤儿寡妇的天然保护者了。

既然雨大了，我们还有时间，我敢向您披露不久以后在我记忆里的一个新发现吗？我们坐在这凳子上避避雨吧。数百年来，抽烟斗的人观赏着同样的雨落进同一条运河里。我要向您讲述的却更加困难些。这一次，事关一个女人。首先应该知道，我总是不费力地在女人身上获得成功。我不是说成功地使她们幸福，也不是说我因她们而幸福。不，仅仅是成功而已。我愿意的时候，差不多总能达到目的。想象一下吧，人家觉得我有魅力。您知道什么是魅力，那是一种会不提出任何明确的问题而得到肯定的回答的方法。我当时就是这样。这让您感到惊讶？算了吧，别否认这一点。我是心血来潮，这是很自然的。唉！过了一定的年龄，任何人都对自己的面貌负有责任。我的面貌……管它呢！事实如此，人家认为我有魅力，我且利用一下。

然而，我并没有任何小算盘，我是善意的，或差不多。我和女人的关系是自然的，轻松的，如同人们所说，是容易的。其中不掺杂诡计,或仅仅只有诡计,然而是公开的,她们认为是一种敬意。用通行的话说,我爱他们,这就是说,我从未爱过其中任何一位。我一直认为讨厌女人是庸俗的、愚蠢的,而且我认为,几乎所有我认识的女人都比我好。不过,这有什么关系?我把她们抬得这样高,更经常的是利用她们而不是为她们效劳。

当然,真正的爱情是例外,那是百年之中只有两三次的。余下的时间里,只有虚荣或厌倦。至于我,不管怎么说,我不是葡萄牙修女①。我的心并不干枯,差得远呢,相反,却充满了温情,还容易流泪。只是我的热情总是转向我自己,我的温情也是为了我自己。无论如何,说我从未爱过是不对的。至少在我的一生中是有一种伟大的爱情,其对象一直是我本人。根据这一观点,经过了青年时代不可避免的麻烦之后,我很快就打定主意:好色,我的爱情生活中唯有它才存在。我只是寻求作乐和征服的对象。我的体格帮了我的忙,自然待我不薄。我对此颇感自豪,我得到很大的满足,简直不知道该说是感官的满足还是威望的满足。好,您要说我又吹牛了。我不否认,当我把真实的事胡吹一通时,我就更加无法自豪了。

在任何情况下,我的好色,姑且只谈好色吧,都是那么实在,哪怕为了一次十分钟的艳遇,我也会不认爹娘,不顾事后会辛酸地后悔。我说什么来着!尤其是为了一次十分钟的艳遇,更有

---

① 意思是说,我并非心如古井。语出何典,不详。

甚者,尤其是我确信这艳遇好景不长。当然,我有原则,比方说,朋友的妻子是神圣的。只不过是,在几天之前,我会完全真心实意,中止了对丈夫的友谊。也许我不该称这为好色?好色并不令人厌恶。让我们宽容一些,让我们谈谈缺陷,一种生来的无能,是我们在爱情生活中所看到的另一种表现。这种缺陷,说到底,令人惬意。它与我的健忘配合,对我的自由有利。同时,由于某种疏远,由于它所给予我的顽强的独立神气,它提供给我新的成功机会。由于竭力不存幻想,我给予幻想家的食粮是实实在在的。事实上,我们的女友们与波拿巴①有共同之处,她们总是想在别人都失败的地方成功。

此外,在这种交易中,我还满足了好色以外的东西:我对游戏的爱好。我把女人看成某种游戏中的伙伴,她们起码对天真无邪特别喜爱。您看,我受不了厌烦,我在生活中只看重娱乐。任何一种团体,哪怕是出类拔萃的,很快就使我厌倦,而我对喜欢的女人却从不厌烦。我简直难于承认,我会去拿十次与爱因斯坦的谈话去交换与一个漂亮的女配角的初会。真的,在第十次幽会的时候,我就希望与爱因斯坦谈话了,或是去做艰难的阅读。总之,我从来只是在我的短暂的放纵的间隙才关心大问题。有多少次,我站在人行道上,与朋友讨论方酣,却听丢了人家提出的推理的线索,因为一个迷人的女人正穿过马路。

---

① 指拿破仑·波拿巴。

于是，我就做戏。我知道她们不喜欢朝目标走得太快。如她们所说，首先应该是谈天，温存。作为律师，我娴于辞令，在军队里，我学过演戏，亦颇知温存之道。我经常改变角色，但总是同一场戏。比方说，不可理解的吸引力这一类的节目："我不知道为什么"，"没有理由，我并不想被吸引，我对爱情感到厌倦，等等"。这些节目永远有效，尽管这是最老的节目之一。还有神秘的幸福，任何别的女人也没有给过您，这幸福可能好景不长，甚至肯定不长（因为人们太不能保证了），而它正是不可替代的。特别是我改良了一小段台词，总是受到欢迎，我肯定您也会鼓掌的。这段台词的基本意思是痛苦地、无可奈何地表明，我一无是处，不值得倾心相许，我的生活在别的地方，它不需要通常的幸福，也许我本该热爱这种幸福胜于其余的一切，然而，已经太晚了。这种晚是决定性的，至于其原因，我保守秘密。从某种意义上说，我还是相信我所说的，我生活在我的角色中。于是，毫不足怪，我的伙伴们也热烈地演起戏来。我的女友中最敏感者竭力理解我，她的努力使她愁肠寸断，委身于我。其余的，满意地看到我尊重游戏的规则，因为我具有行动之前先说话的委婉，也就毫不拖延，走向现实。我赢了，而且是双重的胜利，因为除了我对她们的欲望之外，我还每次都通过检验我的魅力而满足了我对自己的爱。

这一切是如此的真实，尽管有时候，某些女人只给予我一些粗俗的快乐，我却努力日渐疏远地和她们重修旧好，无疑是由于分离和随即突然恢复的默契产生了独特的欲望,同时,也是为了验证我们的关系一直保持着,而这种关系的加强却取决于我。有时,我甚至让她们发誓不再属于其他的任何男人,为了一劳永逸地平息我的不安之感。心灵,甚至想象,都与这不安无涉。某种奢望那么深地体现在我身上,我竟不顾明显的事实,难以想象一个曾经委身于我的女人还能够属于他人。她们向我立下的誓言拴住了她们,却解放了我。因为她们不属于任何人,我于是可以决心断绝,否则,这对我几乎是永远不可能的。对她们的检验从此完成,而我的权力亦长久地得到保障。奇怪,不?然而就是这样,我亲爱的同胞。一些男人喊:"爱我吧!"另一些则喊:"别爱我吧!"但是,某种最坏的,最卑劣的人说:"别爱我,但要忠于我!"

只是,唔,验证永无终止,每逢新人即应重新开始。由于不断地重新开始,人们就习以为常。不假思索,话就来了,随后就是下述反应:有朝一日会处于占有却不真正有欲望的境况之中。相信我,对于某些人来说,不占有自己没有欲望的东西是世界上最难的事。

这正是有一天发生的事,无须跟您说她是谁,只消说她以其萎靡的、贪婪的神气吸引了我,但并未引起我真正的骚乱。坦率地说,这件事平庸无奇,早在意料之中。但是,我从来没有过麻烦,我很快就将她置诸脑后,不再相见。我想她毫无觉察,我甚至没有想到她会有看法。再说,她的消极的神气在我看来使她与众不同。几个星期以后,我却得知她向第三者泄露了我的缺点。我立刻觉得有点被欺骗了,她不像我以为的那样萎靡,她并不缺乏判断力。然后,我耸了耸肩,装作一笑置之。我甚至还确确实实笑了起来;很清楚,这件意外之事并不重要。如果有那么一个领域,在那里谦虚应该成为习惯,这个领域难道不就是性欲及其一切不可预料之事吗?否,即使在孤独之中,也是双方争着要占便宜。尽管我耸肩膀,但事实上我是如何行动的呢?不久以后,我又看见这个女人,为了引诱她我做了该做的事,又重新真正地占有她。那并不困难:她们也不甘失败。从这时起,我也并不很明确地愿意,然而事实上我却开始百般污辱她。我丢弃她,又重新获得她,强迫她在不适当的地点和时刻委身于我,我在各方面都待她如此粗暴,最后竟倾心于她,如同我想象狱卒系于囚徒一样。直到那一天,在一阵痛苦、压抑、狂乱的快乐中,她高声赞颂奴役她的这一切。那一天,我开始疏远她。以后,我就忘了她。

尽管您出于礼貌而沉默,我还是同意您的意见,这场艳遇不太光彩。但是,考虑考虑您的生活吧,我亲爱的同胞!挖掘您的记忆,也许您会发现某个类似的故事,您以后会讲给我听的。至于我,当我想起这件事时,我还发笑呢。但这是另一种笑,相当像我在艺术大桥上听到的那种笑。我笑我的话和我的辩词。比笑我对女人说的话还要厉害地笑我的辩词。对她们,起码,我的谎话少。在我的态度中,本能说话清清楚楚,毫不拐弯抹角。爱的举动,比方说,是一种供词。其中自私在大喊大叫,明目张胆,虚荣则昭然若揭,或者真正的仁慈也在其中显露出来。最后,在这桩令人遗憾的故事里,和我在其他故事里相比,我比自己原先想的还直率,我说了我是谁,我如何才能生活。不管外表如何,我在私生活中,尤其是当我像我跟您说的那样做人的时候,这要比我在论及无罪和正义时表现出来的职业的感情奔放更值得尊敬。至少,可以看到我的为人,我不能弄错我的天性。没有一个人在寻欢作乐中是虚伪的,我这是读到还是想到的呢,亲爱的同胞?

这样,当我考虑到我与一个女人彻底分离的困难时,这种困难使我同时有着那么多的关系,我并不遣责我心中的温情。当我的一个女友等待情欲的辉煌胜利等得厌倦,谈起分离的时候,并不是温情使我行动。我立刻前进,后退,变得口若悬河。我在她们身上唤起温情和甜蜜的柔肠,而我所感到的也仅是一种表面现象,我只是为这一拒绝所激动,也为可能失去感情而不安。有时候,我认为我确实感到了痛苦,真的。但是,只要那不听话的女人真的走了,就足以使我轻易地忘掉她,如同她在我身边,而她决定还再来的时候,我忘掉她一样。不,当我面临被抛弃的危险时,唤醒我的不是爱情,也不是仁慈,而仅仅是希望被爱,得到据我看来属于我的东西。我一被人爱上,而我的相好重又被我忘却,我就高兴,我就舒服,我就变得讨人喜欢。

请记住,这种感情,一旦我重新获得,我就感到它的重量。

在我恼火的时候,我就想理想的出路可能是为我感兴趣的人去死。一方面,这一死终于能固定我们的关系;另一方面,也会对她解脱束缚。然而,人们不能希望所有的人都去死,无论如何,也不能为了享受一种非如此不能想象的自由而使地球灭绝人迹。我的感觉反对,我对人的爱也反对。

当一帆风顺,当人们在给我安宁的同时,又给我刚刚离开一个女人的床就同另一个女人更温柔、更快活地来去自由的时候,我在这些艳遇中所体验到的唯一深刻的感情是感激,好像我把刚刚欠下其中一位的债扩展到所有其他女人身上一样。此外,不论我的感情表面上如何混乱,我获得的结果是明确的:我把我周围所有的爱情都维持着,以便随意使用。我承认,我能够生活的唯一条件是,在地球上,所有的人,或者尽可能的大多数,都转向我,他们永远是无人占有的,没有独立的生活,随时准备回答我在任何时候发出的召唤,对毫无结果心甘情愿,直到我屈尊,以我的光明恩赐他们的那一天。总之,为了我生活幸福,我选出的人就该不生活。他们就该越来越只是从我的好兴致中讨生活。

啊!务请相信,我在向您讲述这些时毫无满意之感。我想到那段时期,我要求一切而自己一无所付,我动员了那么多人为我服务,我在某种意义上把他们置于冰箱里,为了使自己某一天可以随手可取,用起来方便,这时候,我不知如何称呼涌上我心头的那种奇怪的感情。不会是羞耻吧?告诉我,亲爱的同胞,羞耻不是有点儿灼人吗？是吧？那么，也许是它，或者是那些与名誉有关的可笑的感情里的一种。尽管我脱离本题，竭力杜撰，但愿您公正地对待这种杜撰，反正我觉得自从我在记忆中发现了那桩艳遇之后，这种感情就再也没有离开过我，我也再不能延宕下去而不去讲它了。

瞧，雨停了！劳驾陪我回家吧。我累了，奇怪，不是因为我说多了，而是因为想到了我还得讲的事情。好吧！要讲我的基本发现，三言两语就够了。为什么要讲更多呢？为了让雕像纤毫毕露，应该抛弃华丽的辞藻。事情是这样的。那天夜里，是在十一月份，在我以为听到背后的笑声的那天晚上前两三年，我到了左岸，通过王家大桥回家。半夜一点钟，下着小雨，说毛毛雨更合适，行人寥寥。我刚刚离开一个女友，此时她肯定已经睡了。我走得兴致勃勃，还有些懒洋洋，周身平和，血液缓缓地流着，如同小雨一般。上了桥，我从一个俯在栏杆上的人后面走过，他好像正在望着流水。走得更近些，我认出了那是个身腰纤细的女人，穿着黑衣服。在深色头发和大衣领子之间，只看见后脖颈，新鲜而湿润，我对此是敏感的。然而，我犹豫了一下，又继续往前走。过了桥头，上了滨河路，朝圣米谢尔走去，我住在那儿。我已经走了大约五十米远，听见身体跃进水里的声音，尽管距离这么远，但在夜的寂静中，我觉得那声音非常宏大。我立即站住了，但未回头。几乎同时，我听见一声呼叫，重复了好几次，顺流而下，然后戛然而止。夜色突然凝固，我觉得那随之而来的寂静无边无际。我想跑,却仍伫立不动。我认为,我因寒冷和惊恐而瑟瑟发抖。我心想应该快快行动,我感到一种不可抗拒的软弱占据了我的全身。我忘了当时我想些什么。"太晚了,太远了……"或诸如此类的东西。我一直在倾听,纹丝不动。然后,我轻移小步,冒着细雨,走远了。我没有告诉任何人。

我们到了,这是我住的房子,我的掩蔽所。明天?好,如您所愿。我将乐意带您去玛尔肯岛,您将看到须德海。十一点在墨西哥城见面。什么?那个女人?啊!我不知道,真的,我不知道。第二天和以后的日子里,我都没有读报。

一个玩偶般的小村子,您不觉得吗?不乏秀丽之处。但是,我领您到这小岛上来不是为了看美景,亲爱的朋友。谁都可以让您欣赏女人的帽子,木套鞋,在装饰过的房子里,渔夫们在木器蜡的气味中抽着上等烟草。不,我这样的人为数不多,但却可以向您指出此地所具有的重要性。

我们上了堤坝。顺着堤坝,就可以尽可能远地离开这些过于美丽的房子。坐坐吧,请。怎么样?您看,不是吗,最美的否定之景!左边,那一堆灰烬,人们称之为沙丘;右边,灰色的长堤,脚下是苍白的海滩;前面,大海的颜色有如稀薄的洗衣水,广阔的天空反射着灰白的水光。的确是个了无生气的地狱!一切都是水平的,没有任何光彩,天地无色,生命已死。难道不是普遍的消亡、刺眼的虚无吗?没有人,尤其是没有人!只有您和我,存在于这个终于荒芜了的世界面前!天有生命吗?您说得对,亲爱的朋友。它变厚,然后又稀薄起来,打开的是气的阶梯,关上的是云的大门。那是鸽子。您没注意到吗,在荷兰的天空中,充塞着几百万只鸽子,当它们飞在高空中时,无影无踪,它们扇动羽翼,齐上齐下,发灰的羽毛充满空中,犹如一排排宽厚的波浪随风来去。鸽子在高空中等待,成年累月地等待。它们在大地上空盘旋,观望,想落下来。然而除了大海、运河、铺满招牌的屋顶之外,一无所有,没有一个脑袋上可以落脚①。

您不明白我的意思?我承认我累了。我语无伦次,朋友们乐于向我表示钦佩我的思想的清晰,现在没有了。我说朋友们,当然,是从原则上说的。我没有朋友了,我只有同谋。作为抵偿,他们的数目在增加,他们是人。在人类中,您是第一个。在这儿的总是第一个。我怎么知道我没有朋友了?这很简单:有一天我发现了这一点,那天,为了开玩笑,多少是为了惩罚他们,我想自杀。但是,惩罚谁呢?某几位可能会感到惊讶,但没有人会感到受了惩罚。我明白我没有朋友了。再说,即便还有,我也觉得于事无补。如果我能自杀而后又看见他们,那么,自杀倒也值得。然而,大地昏黑,木头又厚,葬衣也不透明。灵魂的眼睛,是的,当然,如果有灵魂的话,如果它也有眼睛的话!可问题就在这儿,人们没有把握,从来就没有把握。否则就有了出路,就终于能够让人认真对待自己了。只有您的死,才能使人们相信

---

① 指鸽子寻找城里所竖的雕像,然后落其头上。

您的理智、真诚和您的痛苦之沉重。只要您一息尚存,您的情况就可疑,您就只能受他们怀疑。那么,只要确信可以看到那种场面,就值得向他们证明他们不相信的东西,使他们惊讶。然而,您自杀了,他们相信与否又有何干:您不能获得他们的惊讶和他们的悔恨,何况这悔恨又是短暂的,您终于不能根据每个人都有的梦想参加自己的葬礼。为了不再被怀疑,应该不再活着,千真万确。

再说,这样不是更好吗?他们的冷漠使我们感到太痛苦了。"你要为我付出代价!"一个姑娘对她父亲说,他不让她与一个过分讲究的求爱者结婚·于是她自杀了。然而,那父亲根本没付出什么代价。他非常喜欢甩钩钓鱼。过了三个星期天,他下河了,说是为了忘掉那件事。他算得准,他是忘了。说实话,如果相反,那才奇怪呢。人们以为死是为了惩罚他老婆,反而还了她自由。最好是不见这种事为妙。且不说还有可能听到人们为您的行动提供理由。关于我的,我已经听到了:"他自杀是因为他受不了……"啊!亲爱的朋友,人是多么不善于虚构啊!他们总是以为人为了一个理由而自杀。然而,自杀完全可以有两个理由。不,他们不懂这一点。那么,自愿地死有什么用?为自己愿意有的关于自己的看法而轻生有什么用?您死了,他们则加以利用,对您的行动赋予一些愚蠢或庸俗的动机。亲爱的朋友,殉道者应当在被遗忘,被取笑或被利用之间进行选择。至于被理解,绝不可能。

然后,让我们开门见山吧,我爱生活,这是我唯一的弱点。我是那样地热爱它,对此外的一切毫无想象力。这样的渴望有种平民味儿,您不觉得吗?贵族总是稍稍离开本人,离开本人的生活来想象自己。需要死的时候去死,宁折不弯。我呢,我弯,因为我还继续爱我自己。喂,我跟您讲了这一切之后,您认为我怎么了?厌恶我自己?哪里,主要是别人厌恶我。肯定,我知道我的过失,我感到遗憾。但是,我继续忘却它们,那种顽强劲儿是颇值得赞扬的。与此相反,针对他人的诉讼却不断地在我心中进行。这肯定使您不快吧?您大概想这不合逻辑吧?但问题不在于合乎逻辑。问题在于从中间滑过去,特别是,噢!对了,问题在于逃避审判。我不说逃避惩罚。因为不经审判的惩罚是可以忍受的。况且,有一个词可以保证我们的无辜:不幸。不,相反,问题在于中止审判,避免总是被审判而总是不宣读判词。

然而,中止谈何容易。今天,我们随时都准备进行审判,正如随时都准备通奸一样。至于过失的区别,则毋庸担心。如果您表示怀疑,请您在八月份,留神听听海滨旅馆餐桌上的言谈,我们的仁慈的同胞到那儿去医治厌倦。如果您还犹豫不决,读读我们那些时髦的大人物所写的东西吧。或者观察一下您自己的家庭,您就会明白了。亲爱的朋友,我们别给他们借口来审判我们,一点儿也别给!否则,我们就会粉身碎骨。我们被迫要同驯兽者一样谨慎。如果他在进入兽笼之前不幸用剃刀把脸刮破,那对野兽来说将是一顿怎样的美餐啊!有一天,我犯了疑,也许我不是那么值得钦佩,于是我恍然大悟。从此,我变得满腹狐疑。既然我已经流了点血,我就会全部流尽:它们要吞食我了。

我和同时代人的关系看起来也是这样,但是变得微妙地不协调。我的朋友们没有变。一有机会,他们总是吹嘘在我身边感到的和谐与安全。但我却只感到不协调和充满我全身的混乱,我觉得自己有弱点,并在公众的控告之下暴露出来。在我看来,我的同类不再是我习以为常的那种毕恭毕敬的听众了。以我为中心的圈子破裂了,他们站成一排,如在法庭上一样。自从我悟出我身上有可以受审的地方之后,我终于明白了,在他们身上有一种不可抵抗的审判别人的倾向。是的,他们还在那里,一如既往,然而在笑。或不如说我觉得他们每个人都看着我,暗自窃笑。那段日子里,我甚至觉得人们对我下绊子。事实上,有两三回,我去公共场所时,不明不白地绊了脚。有一次,我竟然跌倒了。作为一个笛卡儿主义的法国人,我立刻镇定起来,并将一切意外归咎于唯一讲得通的神意,我想说是偶然性。管它呢,我还是满腹狐疑。

我的警觉被唤醒,不难发现我有敌人。首先是在我的职业中,然后是在我的社交生活中。对一些人来说,我对他们施恩,对另一些人来说,我是不得不施恩。总之,这一切都是自然的,我发现了也不感到太伤心。但是,对我来说,更困难、更痛苦的是承认我在一些几乎不认识或根本不认识的人中有敌人。我总是怀着一颗我已给过您几次证据的淳朴之心在想,如果这些不认识我的人来同我交往,他们肯定会不由自主地爱我。其实不然!我尤其是在那些只远远地见过我而我根本不认识的人中间感到敌意。他们显然是疑心我的生活很充实,自由地沉溺在幸福中,而这是不可饶恕的。成功的神气,当它被以某种方式表现出来时,会使驴子发怒。再说,我的生活满得要胀破,因为没有时间,我多次回绝了别人的趋奉。基于同样的理由,我随即也忘了我的回绝。然而,这些趋奉是那些生活不充实的人做出的,他们基于同样的理由,记着我的回绝。

这样,算下账来,女人就让我付出了太大的代价。姑且仅举一例。我用于她们身上的时间,不能再给男人,而他们并不总原谅我。怎么办呢?只有您同意与他们分享,他们才谅解您的幸福和成功。然而,为了幸福,就不该太多地顾及别人。至此,出路被堵塞了。要么因幸福而被审判,或者被免诉而悲惨。对于我,受到的不公正则更为严重:我因过去的幸福而被判罪。我长期生活于普遍和谐的幻境中,满面春风,无所用心,来自各方的审判、利箭和嘲笑都遇我而消融殆尽。从自我警觉的那一天起,我清醒了,同时遍体鳞伤,一下子失去了力量。于是,在我周围普天下人都开始嘲笑我。

这是任何人(除了那些不生活的人,我说的是智者)也忍受不了的。唯一的防身武器存在于邪恶之中。于是,人们为了自己不被审判,就匆匆忙忙地审判别人。有什么方法?人类最自然的念头,天真地出现的,犹如来自他本性的深处,是他自己的无辜。根据这一观点,我们大家都像那个小法国人,他在布痕瓦尔德①执意要向文书提交一份申请书。文书本人也是俘虏,登记他的到来。一份申请书?文书和他的伙伴笑了:"没用,老兄。这儿的人不提申请。""问题是,先生,"小法国人说,"我的情况特殊。我是无辜的!"

我们都是特殊情况。我们都求救于某种事情。每个人都宣称无辜,不惜一切代价,甚至为此而指控人类和上苍。您恭维某人为变得聪明和仁慈而付出的努力,这仅使他一般地高兴。相反,如果您欣赏他天性仁慈,那他就会心花怒放。反之,如果您对一个罪犯说,不是天性,也不是性格,而是环境使他犯了罪,他会狂热地感激您。在辩护中,他甚至会选择这一时刻流泪。然而,正直和聪明都没有与生俱来的价值。正如人们出于天性犯罪肯定不比出于环境犯罪负有更多的责任一样。但是,这些骗子希望得到赦免,也就是不负责任,他们肆无忌惮地为天性辩护或以环境为借口,尽管二者相互矛盾。根本点在于他们是无辜的,他们的品德,由于一生下就具备,因而不致受到怀疑,他们的过失出于瞬间的不幸,永远只是暂时的。我跟您说过,问题在于中止审判。由于难以中止,难以让人既钦佩又原宥它的本质,人们就都设法致富。为什么?您问过自己吗?当然是为了权力。

---

① 德国魏玛附近的一个大集中营,设立于一九三七年,死于其中的人数超过五万,一九四五年四月被美军解放。

尤其是，财富使人免于马上受审，把您从乘地铁的人群中解脱出来，关进镀镍的汽车里，让您处于宽敞的花园里，卧铺车厢里，豪华的办公室里。亲爱的朋友，财富还不就是开释，但已是缓刑了，得到它总是好的……

特别是，当您的朋友要求您真诚地对待他们时，别相信他们。他们只是希望您把他们看成他们自以为的那副好样子，向他们提供一种补充的确实性，而这种确实性是他们在您对于真诚的保证中汲取的。真诚怎么能成为友谊的一个条件呢？不惜代价地追求真相的爱好，是一种什么也不放过，什么也抵抗不了的情欲。这是罪过，有时是舒适，或是自私。因此，如果您处于这种情况之中，不要犹豫，要答应说真话，尽可能圆满地撒谎。您回答他们深切的期望，向他们双倍地证明您的感情。

我们很少信任比我们好的人，这可太真实了。我们宁肯避免与他们往来。相反，最为经常的是我们对和我们相似，和我们有着共同弱点的人吐露心迹。因此，我们并不希望改掉我们的弱点，也不希望变得更好，我们大概首先应该被判犯了错误。我们只是希望在我们的道路上受到怜悯和鼓励。一句话，我们希望不再有罪，同时对自己的纯洁不做努力。不要够多的无耻，也不要够多的道德。我们既无力作恶亦无力为善。您知道但丁吗？真的？见鬼。那您知道但丁在上帝和撒旦的争执中接受了中立的天使。他把他们置于不确定的地带，在他的地狱的某种前厅里。亲爱的朋友，我们正在这前厅里。

耐心？您大概说得对。我们应该有耐心等待着末日审判。可是，您看，我们多急啊。急得我不得不当了法官—忏悔者。然而，我首先得和我的发现一致，要和我的同时代人的讪笑了结。从我被召唤的那天起，因为我确实被召唤了，我不得不回答，至少要寻求答案。那不容易，我徘徊良久。首先，这笑声和发笑的人应该教会我对自己看得更清楚，教会我发现我并不是单一的。不要笑，这事实并不像它所表现的那么原始。人们称那些在其他事实以前发现的事实为原始事实，如此而已。

反正是经过了我对自己的长期研究之后，我把人类的深刻的两重性大白于天下。我在记忆中搜索之后，明白了，虚心佐我闪光，谦卑助我制胜，德行辅我压迫。我通过和平的手段进行战争，最后通过无私的手段获得了我觊觎的一切。比方说，我从不抱怨人家忘了我的生日；人家甚至怀有一种钦佩之情对我关于此事的缄默感到惊讶。然而，我的无私之原因却更不引人注目：我想被人忘却，以便我能够自怨自艾。那是我熟悉的、最光荣的日子之一，几天之前，我就戒备着，不泄露任何东西，以免引起我期待着过错的那些人的注意和唤起他们的回忆（有一天我不是企图假造一份日历吗）。由于我很好地显示了孤独，这才能够沉溺于一种雄伟的忧郁的魅力之中。

这样，我所有的德行就有了一个不那么威严的反面。从另一种意义上说，我的缺点转而对我有利，这是真的。比方说，我被迫掩盖我生活的罪恶部分，使我装出一副冷淡的、人们常常混同于德行的那种神气,我的冷漠使人们爱我,我的自私在我的慷慨大度中达到顶点。我停下吧:太多的类比会妨害我的证明。什么!我装作铁石心肠,我不能拒绝奉献给我的一杯酒或一个女人!我被视为活跃的、有力的,我的王国是床笫。我高喊我的忠实,我认为,没有一个我爱的人,最后我也从未背叛过。当然,我的背叛并不妨碍我的忠实。我由于萎靡不振而完成了一件巨大的工作,我由于发现了乐趣而不断地帮助我的邻人。我徒劳无益地重复说这些显而易见的事,我只是从中得到了不关痛痒的慰藉。某些早晨,我审理案子直到结束,我得出结论,我精于轻蔑。那些我最常帮助的人,是最受轻蔑的人。彬彬有礼地、怀着充满激情的友爱,我每天都往所有的盲人脸上吐唾沫。

坦率地说,这有理由辩解吗?有一个,但是太卑鄙了,我不能考虑利用它。无论如何,理由是这样:我从未打心眼里相信人类的事务可以是严肃的。严肃在哪里,它不存在于我所见的一切东西里,除此之外我一无所知,我只觉得我见到的事就像一种游戏,或者令人开心,或者惹人生厌。那种我永远也不理解的努力和信念的确存在着。我总是以一种惊奇的、略带怀疑的神气看着那些奇怪的人为金钱而死,因失去某种"地位"而绝望或者神气凛然地为家庭的兴旺而献身。我更理解的是那位朋友,他带头戒烟,凭着意志而成功了。一天早晨,他打开报纸,读到第一颗氢弹爆炸了,知道了它的值得钦佩的威力,就立即走进一家烟店。

没有疑问,有时候我装作严肃地对待生活。但是,严肃本身的轻佻很快就显现出来,我只不过是尽可能好地继续演我的角色。我装作能干、聪明、讲道德、富于公民心、愤怒、宽容、友爱、循循善诱……我就此打住,一句话,您已经明白,我像那些荷兰人一样,他们既在那儿又不在那儿:我不在,同时又占据了最大的位置。只是在我运动的时候,在团里,当我在为了取乐而演的戏中扮演一个角色的时候,我才是真诚的、热情的。在这两种情况下,有一种游戏的规则,它并不是严肃的,只是人们把它看作是严肃的来开心。现在仍然如此,一个进行着星期天比赛的挤得满满的体育场,一个我总是以一种无可比拟的热情喜爱的剧场,这是世界上仅有的、我在其中感到自己清白无罪的两个地方。

然而,当事关爱情、死亡、穷人的工资的时候,谁会承认这种态度是合法的呢?可是怎么办呢?我只在小说中或舞台上才想象得出绮瑟①的爱情。我觉得垂死的人有时候是深入到他的角色中去了。在我看来,我的穷主顾的辩解总是出自同一个稿子。从此,我由于生活在人们中间但不赞同他们的利益,而不能够相信我所承担的义务。我的礼貌,我的懒散,足以回答他们在职业、家庭、公民生活中对我的期待,然而,有一次,却因某种心不在焉最后就把一切都弄砸了。我在双重气氛中度过我的全部生活,我最重大的行动常常是那些我参与最少的行动。我所不能原谅自己的、使我蠢上加蠢的,难道不是这个吗?它使我最凶猛

---

① 法国中世纪传奇故事的女主人公,被后人视为痴情女子的典型形象。

地抗拒正在我身上和我周围进行的、迫使我寻求出路的审判。

在一段时间内,我的生活表面上一如既往,仿佛毫无变化。我沿着轨道前进。好像由于巧合,关于我的赞扬加倍地增多。灾难恰恰在此。您记住:"当所有的人都说您的好话时,您就倒霉了!"啊!那个人谈的是金玉良言!我倒霉了!机器于是开始不听话,莫名其妙地停停走走。

这时,死的念头闯入我的日常生活。我计算着距离末日的时间。我寻找和我同龄的、已经死去的人。我将没有时间完成我的使命,这个念头折磨着我。什么使命呢?我毫无所知。坦率地说,我的所作所为值得继续吗?然而,并不确切地是这个。事实上,一种可笑的恐惧追逐着我:人不能不招供他所有的谎言就死去。不是对上帝,也不是对他的代表,我超然在上,您想得到的。不,是向人招供,比方说,向一个朋友,或向一个所爱的女人。否则,哪怕一生中只有一个谎言被隐瞒,死就会使它变得不可改变。既然唯一知道它的人是长眠于他的秘密之上的死者,那就再不会有人知道事情的真相了。一种真相被绝对地戕杀,这使我头晕目眩。今天,顺便说一句,它更可以说是给我一些微妙的快乐。例如,想到只有我一个人知道所有的人都试图知道的事,想到我保有一件让三个警察局疲于奔命的东西,真是妙不可言。但是,别说这个了。当时,我没有找到办法,我痛苦。

当然,我没有束手待毙。在多少代人的历史中,一个人的谎言有什么关系!企图将犹如沧海一粟的一桩卑鄙谎言带进真相的光明之中又是多大的奢望啊!我也想到,躯体的死亡,如果根据我之所见来判断,其本身就是一种足够的惩罚,它饶恕一切。人们通过垂死挣扎的汗水获得了拯救(也就是彻底消失的权利)。它阻止不了不安的加重,死亡在我的枕畔逡巡不去,随我一道起床,恭维变得越来越不堪忍受。好像谎言与恭维并长,如此地过分,以致我永远了结不了这笔账。

我支持不住的那一天来了。我的第一个反应是混乱的。既然我是说谎言,我要将这公之于世,在那些笨蛋尚未发现我的两重性时,向他们劈头盖脸地掷去。我既已被挑动坦白,我就将回答挑战。对于众人的嘲笑,我就设想自己陷入普遍的讥讽之中。一句话,问题还在于中止审判。我想把笑我的人拉到我这边来,或者至少是我站到他们那边去。比方说,我打算在街上冲撞盲人,通过我感觉到的阴暗的、意想不到的快乐,我发现我灵魂中对他们的憎恶已到什么程度:我捉摸着把残废人的小车的轮胎扎破,到工人干活的脚手架底下大喊"肮脏的穷鬼",到地铁里给婴儿吃耳光。我这一切都想过,但没做一件,或者,如果我做了某件类似的事,我也忘了。反正是正义这个词将我投入奇怪的狂怒之中。我不可避免地继续在辩护中使用这个词。但是,我通过公然污蔑人类精神来解我心头之恨;我宣布将发表一份宣言揭露被压迫者对正人君子的压迫。有一天,我在一家饭馆的平台上吃龙虾,一个乞丐缠着我,我叫来了老板撵他走,对这个伸张正义的人的话大鼓其掌:"您打扰了别人,"他说,"您处在这些先生女士们的位置上试试看!"我则对任何愿意听的人说,很遗憾我再也不能像我曾钦佩其性格的俄罗斯地主那样行事了:他命人同时鞭打向他行礼的农民和不向他行礼的农民,以惩罚他认为在这两种情况下均属冒犯的放肆。

我还想起更为严重的放肆。我开始写作《颂歌献给警察》和《铡刀颂》。特别是,我必须按时去那些专门的咖啡馆,那儿聚集着我们的职业人文主义者。我的良好的经历使我自然而然地受到欢迎。在那儿,我若无其事地说了句粗话:"感谢上帝……"或更简单:"我的上帝……"您知道我们的咖啡馆无神论者是多么怯懦的领圣体者。我这句粗话说出之后,接着就是一片惊愕,他们面面相觑,呆若木鸡,然后一阵大乱,一些人逃出咖啡馆,另一些人义愤填膺,什么也不听,只是嗷嗷大叫,所有的人都由于痉挛而扭曲着身体,犹如圣水之下的魔鬼一般。

您该认为这是幼稚的。然而,也许这些玩笑中有一个更为严肃的理由。我打算搅乱这游戏,特别是,对,破坏那个美化了的声誉,一想到它我就怒气冲冲。"一个像您这样的人……"人们亲切地对我说,而我的脸都白了。我不愿要他们的尊重了,因为它不是普遍的,然而它怎么能是普遍的呢,既然我不能与人共享?那么,最好是把它们,审判和尊敬,都盖上一层可笑的外衣。我将千方百计地消除这个使我窒息的感情。为了把肚子里的东西暴露于众目睽睽之下,我想把我这具到处招摇的漂亮的人体模型打碎。就这样,我又想起一次谈话,那是我该同年轻的见习律师进行的一次谈话。替我做介绍的首席律师不着边际的溢美之词使我恼火,我再也坐不住了。我怀着人们期待于我的、我毫无困难地应约交付的奔放和激情开始了。但是,我突然劝他们将大杂烩用作辩护的方法。我说,不是那种现代宗教裁判所使之臻于完善的大杂烩,这种大杂烩既审判窃贼又审判老实人,而以前者的罪过来制伏后者,相反,是通过使老实人的罪行成立而为窃贼辩护,具体地说,就是靠律师。关于这一点,我的意思说得十分清楚:

"假定我接受为一个令人怜惜的公民辩护,他因嫉妒而杀了人。我将说,法官先生们,当一个人在看到他天性中的善良正被狡猾的性欲考验时,请考虑他处在愤怒中时可以宽恕的地方。相反,处于栏杆的这一方,在我自己的椅子上,我从未善良过,也从未受过骗,这不是更严重吗?我是自由的,你们的严酷我是幸免了,然而我是什么样的人呢?说到骄傲,我是太阳国公民,我是一个色情狂,一个震怒的法老,一个懒散的王。我没有杀死一个人?当然还没有!然而,我没有让一些有功劳的人死去吗?也许。而可能我准备好再干。而这个人,看看他吧,他不再干了。他还因为那么好地工作过而惊讶不止呢。"这番话在我那些年轻同事中引起了一点儿波动。过了一会儿,他们还是决定一笑置之。当我做出结论,雄辩地援引人类及其假定的权力时,他们完全放心了。那一天,习惯战胜了一切。

我重复这些可爱的胡闹,只是使舆论有些狼狈。并非解除舆论的武装,更非解除我的武装。我所见到的听众普遍的惊讶,他们的有些回避的窘迫。相当像您所表现出来的那种——不,别抗议——没有给我带来任何平静。您看,为了证明自己无辜,自己认罪已经不够,如果我不是一只纯洁的羔羊的话。应该采取某种方式来认罪,我花费了很多时间才制定出这套方式,在我陷入最完全彻底的弃绝之前还没有发现它。直到那时笑声继续在我周围回响,我的杂乱的努力未能除掉其中善意的以及差不多还是亲切的成分,这些都使我难受。

我觉得涨潮了。白日将尽,我们的船不能延宕不走了。看,鸽子集聚在高空,紧挨着,几乎不动,而天色暗下来了。您愿意我们不说话来品味这一相当险恶的时刻吗?不,我使您感兴趣?您真老实。再说,我现在有使您真正感兴趣的危险了。在我解释关于法官—忏悔者的看法之前,我将跟您谈谈放荡和难受。

您弄错了,亲爱的,船走得很好。须德海是个死海,或者差不多是个死海。它的海岸平直,消失在雾中,不知道它始于何处,止于何处。因此,我们的航行没有任何参照物,不能估算出速度。我们前进,一切都毫无变化。这不是航行,这是梦。

在希腊半岛,我有相反的印象。新的岛屿不断地出现在水平线上。无树的山梁画出了天际,嶙峋的海岸清晰地呈现在海上。毫不混淆;在明朗的光亮中,一切都可供参照。日日夜夜,我站在小船上,眼前掠过一个又一个岛屿,在水花飞溅、笑声四起的航行中,小船轻轻移动,我却觉得是跳上了那短促清凉的海浪之巅。从此,希腊就在我身上的某个地方漂动,在我记忆的边缘,不知疲倦地……嘿!我也在那儿漂动,我变得抒情了!让我停住吧,亲爱的,我求求您。

顺便说一句,您了解希腊吗?不?更好!请问我们在那儿干什么?在那儿应该有颗纯洁的心。您知道,在那里,朋友双双在街上散步,手拉着手。是的,女人待在家里,人们看见一些人,成熟,可敬,留着小胡子,步履庄严地在人行道上走着,拉着朋友的手。在东方有时候也这样?但是,告诉我,在巴黎的街上,您会拉着我的手吗?这是笑谈。我们讲究仪态,然而污垢却掩饰着我们。我们到希腊的岛上之前,应该好好洗一洗。那儿的空气是贞洁的,大海和娱乐是明朗的。而我们……

让我们坐在这些横渡大西洋的船上吧。好大的雾!我觉得我那时正在走向难受牢房。是的,我将对您说那是什么。在我挣扎一番之后,在我耗尽我的目中无人的神气之后,我因徒劳而灰心丧气,决定离开人类社会。不,不,我没有寻找荒岛,这已不复存在了。我只是栖身在女人身旁。您是知道的,她们的确不谴责任何弱点,她们更多的是侮辱我们的力量并使之丧失战斗力。这就是为什么女人不是对战士的、而是对罪犯的奖赏。这是他的避风港,他的落脚处,一般地说,他是在女人的床上被逮捕的。难道她们不是地上乐园留给我们的唯一的东西吗?我狼狈不堪,向我的天然避风港跑去。我不再夸夸其谈了。由于习惯,我还演点儿戏,但已穷于杜撰了。我不知道该不该招供,生怕再说出些粗字眼儿,那时候,我真觉得我需要爱情了。下流,是不是?反正我感到一种暗暗的痛苦,某种使我变得更加空虚的匮乏,它使我半是被迫、半是好奇地承担某些义务。既然我需要爱和被爱,那我就认为自己陷入了爱情。换句话说,我装傻。

我常常对提一个问题感到惊讶,这个问题,我作为过来人总是加以回避的。我想问:"你爱我吗?"按照惯例,在这种场合应该回答:"你呢?"如果我回答是,我就承担了超越我的真实感情的义务。如果我竟敢说不,我就有不再被爱之虞,我因此而痛苦。我希望得到休息的感觉越是受到威胁,我越是向对方要求它。因此,我被引向越来越明确的许诺,我竟至于向我的心强求一种越来越巨大的感情。就这样,我被一个迷人的、大惊小怪的女人的虚假热情抓住了,她熟读爱情文章,对爱情很健谈,并像一个知识分子宣布无阶级社会那样有信心。您不会不知道,这种信念具有诱惑力。我也试着谈情说爱,最后我自己也深信无疑。至少,直到她成了我的情妇,直到我明白了爱情文章教人谈情说爱,却不教人如何行动的时候为止。爱上了一只鹦鹉,我却得和一条蛇睡觉。于是,我到别处去寻找书本上才有的、而我在生活中从未遇到过的爱情。

但是,我缺乏训练。我排他性地爱我自己已经三十余年了。怎么能指望丢掉这样一种习惯呢?我根本没有丢掉,我还是一个在爱情上只想不做的人。我增加了许诺。我同时搞几次艳遇,如同我过去同时保持许多关系一样。我积聚了比我在冷漠的黄金时代更多的不幸,当然是对别人来说。我的鹦鹉失望之余想要绝粒而死,我跟您说过吗？幸好我及时赶到,忍气吞声地握住她的手,直到她遇到了从巴黎旅行归来的、两鬓灰白的工程师,那是在她心爱的周刊上描写过的。反正,我离激动还差得很远,在所谓永恒的情欲中获得宽恕后,我更增加了自己错误的分量,更加迷失了道路。我也因而对爱情怀有一种厌恶,一听到《玫瑰色的生活》和《殉情的绮瑟》就咬牙切齿。于是,我试图以某种方式放弃女人而贞洁地生活。无论如何,她们的友谊对我也该够了。可是,这就等于是放弃了演戏。除了欲望,女人令我厌烦到无以复加的地步,显然,我也令她们厌烦。没有了戏,没有了剧场,我无疑是处于真相之中了。然而真相,亲爱的朋友,是令人十分厌倦的。

对爱情和贞洁感到了绝望,我终于想到还剩下放荡,它足以代替爱情。它消弭讪笑,带回安宁,尤其是它使人永生。深夜,清醒地沉醉到某种程度,睡在两个姑娘之间,发泄了全部欲望,希望不再是劳役,您看,精神无时不在,生之痛苦一去不返。从某种意义上说,我一直生活在放荡中,也从未停止过长生不老的想法。我跟您说的不正是我深刻的本性以及我对自己的伟大的爱的证明吗？是的,我想长生想得要死。我太爱我自己了,不能不希望我的爱情的宝贵对象永不消失。由于人们在警觉的情况下,或者在稍许清醒一点的时候,看不出有可以成立的理由将长生不老赐给一只淫荡的猴子,所以,应该给自己找到代用品。因为我希望无限地生活,所以我同婊子睡觉,彻夜痛饮。早晨,当然,我嘴里有一股人总有一死的苦涩的味道。然而,我长时间地飞翔,非常幸福。我敢向您承认吗?我还柔情脉脉地回忆起那几个晚上,我去一个低级酒馆找一个变相的舞女,她的宠爱使我感到荣幸,我甚至还为了她跟一个吹牛皮的乌龟大打出手。每天晚上,在红色的灯光和这极乐之地的灰尘中,我都在柜台前面炫耀,像一个拔牙的人那样撒谎,长时间地喝酒。我等着黎明,最后倒在我的公主的永远不整的床上,她机械地纵情于快乐,然后立即睡去。阳光慢慢地照亮了这场灾难,在那光荣的早晨,我起了床,呆立不动。

酒和女人,让我们承认吧,给我提供了我配享有的唯一慰藉。我向您透露了这个秘密,亲爱的朋友,您别害怕会滥用它。您将看到真正的放荡是解放,因为它不产生任何义务。人们在其中只拥有自己,因此它是那些爱恋自身的伟人最喜欢的事情。它是一座丛林,既没有过去亦没有未来,尤其没有许诺,没有立即到来的惩罚。它进行的场所远离众人。人们进去时,把恐惧如同希望一样扔在门外。谈话不是必须的,人们来寻觅的东西不用说话就能得到,是的,甚至经常不用钱。啊!请您让我向那些不相识的、被遗忘的、而那时帮助过我的女人们致以特别的敬意。今天,依然有某种类似尊敬的东西混杂在我对她们的回忆中。

反正,我毫无节制地运用这种自由。人们甚至看到我在一个旅馆里,在人们称为罪孽之中纵情声色,我同时和一个中年妓女,一个上流社会的年轻姑娘一道生活。我在前者面前扮演殷勤的骑士,使后者能够认识某些现实。不幸,那妓女有着相当强的资产阶级天性,打那以后,她同意为一家对现代思想非常开放的教会报纸写回忆录。那年轻姑娘则结了婚,以满足她脱了缰的本能,使她杰出的天赋得以施展。那时候,我也不无自豪地作为平等的一分子被一经常遭到诬蔑的男性团体所接纳。我是滑到那上面去的:您知道,甚至很聪明的人都以比他的邻座多喝一瓶酒为荣。我本来可以最终在逸乐中得到安宁和解脱。但是,我又在逸乐中碰到一个我自身的障碍。那是我的肝,突然出了毛病,还有疲倦,厉害得至今还缠着我。人们装作长生不老,而数星期之后,甚至都不知道能不能拖到第二天了。

当我放弃我的夜间功勋的时候,这次经验的唯一益处是生活对我来说不是那么痛苦了。疲倦噬咬着我的肉体,同时腐蚀了我心内许多生命点。每一种过度的行为都削弱生命力,因而也减轻了痛苦。与人们的看法相反,放荡毫无狂热之处。它只不过是一次长眠。您应该注意到,对于真正因嫉妒而痛苦的人来说,最急迫的事情莫过于同被认为欺骗了他们的那个女人睡觉。当然,他们愿意再一次确信他们的宝贝一直属于他们。如同人们所说,他们愿意占有这宝贝。不过,紧接着,他们就不那么嫉妒了。肉体的嫉妒是想象的结果,同时也是人们施与自身的审判。人们把自己在同样场合也会有的丑恶思想加诸于对方身上。幸好,过度的享乐削弱想象力和判断力。于是,痛苦与男子气概一道睡下,而且睡得同后者一样地长久。同样的道理,青年人同他们最初的情妇在一起而失去了先天的不安,同时,某些婚姻,这是经过行政权力批准的放荡,变成了大胆和手段的单调的枢车。是的,亲爱的朋友,资产阶级的婚姻使我们的国家不守礼仪,很快就面临死亡之门。

我夸大其词?不,但是杂乱无章。我只是想告诉您我从这花天酒地的几个月中所得到的好处。我生活在迷雾中,笑声变得喑哑,终于觉察不到了。本来已在我身上占据了如此位置的冷漠再也碰不到障碍而扩大了它的僵化。再无激动了!总是一样的脾气,或者根本毫无脾气。生了结核的肺干枯了,也就痊愈了,渐渐窒息了它的幸运的主人。我亦如是,平静地死于痊愈。尽管我的声誉由于辩护词的偏差而受到极大损害,正常地履行职务受到不规律的生活的干扰,我仍操本行。然而,有意思的是我注意到人们对我夜生活的过度不像对我的言语的挑衅那么忌恨。我有时在辩护中引证上帝,纯粹是口头上的,使我的主顾产生不信任。他们无疑是害怕上天不能够像一个在法律条文上无懈可击的律师那样好地照管他们的利益。从这里到作出结论,即我根据我无知的程度援引神明,只有一步之遥。我的主顾注意到这一点,逐渐稀少了。我还在辩护,但已越来越无力了。有时候,我忘了我已不相信我说的话了,我就辩护得好。我自己的声音拖着我,我跟着它;不像过去那样真正地飞翔,只是略高于地面,我在降落。最后,在职业范围以外,我很少见人,只保持着一两个苟延残喘的疲沓的关系。甚至有时候,或是度过纯属友谊的晚会而毫无兴致,或是强忍厌倦,几乎不听人家跟我说的话,差别仅此而已。我胖了一些,我可以最后相信危机业已结束。剩下的只是衰老了。

然而有一天,我邀一女友旅行,我并没有告诉她那是为了庆祝我的痊愈。我在一艘横渡大西洋的轮船上,自然是处于最高的甲板上。突然,我在铁色的洋面上发现了一个黑点儿。我立刻掉转目光,心开始怦怦跳动。当我竭力凝视时,那黑点儿却消失了。我正要喊叫,愚蠢地呼救,我又看见了它。那是轮船丢下的一块残物。但是,我看着它心里难受,立刻想到那是一个淹死的人。于是,如同一个人早就知道一个念头的真实含义而就是对它无可奈何一样,我乖乖地明白了,几年前,在我背后,在塞纳河上回响着的喊声,被河水带着奔向海峡,不断地在世界上前进,越过大洋无边的水面,正在这儿等着我,直到这一天我碰到它。我也明白了,它将继续在所有的海上、河上等着我,总之在我苦涩的洗礼水所在的任何一处等着我。请告诉我,这里,我们不是在水上吗?不是在平平的、单调的、无边无际的、其边沿与大地的边沿合而为一的水面上吗?如何能相信我们将到达阿姆斯特丹?我们将永远出不了这个广阔的圣水盘。听!您听不见那杳无踪迹的大海鸥的叫声吗?如果它们朝我们叫,那是呼唤我们做什么呢?

但是,那一天,仍是那些大海鸥在叫,它们已经在大西洋上呼唤过,那一天,我最终明白我没有痊愈,我一直动弹不得,我得顺应这种情况。光荣的生活结束了,而愤怒和激动也结束了。应该屈服,认罪。应该在难受牢房中生活。真的,您不知道地沟里的小牢房,中世纪时人们称之为难受牢房。这种牢房有别于其他牢房的是其巧妙的尺寸。其高不足以使人直立,其宽不足以使人横卧。必须采取侏儒的姿势,沿对角线的方向过活。打盹儿就跌倒,守夜得蹲着。亲爱的,发现这么简单的事,要有天才,这个字我是掂量过的。日复一日,由于这种使关节僵硬、永远不变的束缚,犯人知道他是有罪的,而无辜就在于愉快地伸展四肢。您能够想象一个习惯于高峰和最高甲板的人囚在这样的牢房里吗?什么?人们可以在这种牢房里生活而无罪?难以想象,极其难以想象!否则我的推理将一败涂地。无罪被归结为驼着背生活,我拒绝考虑这种假设,一秒钟也不考虑。况且,我们不能肯定任何人的无辜,却可以肯定一切人的罪状。每个人都是他人的罪行的见证,这就是我的信念,我的愿望。

相信我,宗教在其树立道德、宣布戒律的当时就错了。对确立罪状和惩罚来说上帝是不必要的。在我们自己的帮助下,有我们的同类就足够了。您刚才说末日审判①。请允许我毕恭毕敬地付之一笑。我正站稳脚跟等着它呢:我见识过更可怕的、人类的审判。对他们来说,没有可以酌量减刑的情节,甚至最良好

---

① 基督教认为,世界毁灭之前,人类面临最后的审判,以别善恶。

的意图也归于罪恶之列。您至少听说过唾沫牢房吧,那是一个民族最近想象出来的,以证明他们是地球上最伟大的人民。一个砖砌的场所,囚徒在里面站着,但是不能动。一座齐领的坚固的门把他关在这水泥壳中。人们只能看见他的脸,每个经过的看守都往他脸上肆意吐唾沫。囚徒被夹在牢房中,不能拭脸,不过他被允许闭眼睛。这倒是真的。怎么样?亲爱的,这是一桩人类的发明。他们为了这件小小的杰作并不需要上帝。

那么?那么,上帝的唯一用途将是保障无辜,我则更将宗教看成一座大洗衣场,但它作为洗衣场存在了很短一段时间,恰恰是三年,而那段时间里它并不叫作宗教。以后,肥皂匮乏,我们的鼻子脏了,我们互相擤鼻涕。大家都是懒虫,大家都受到惩罚,我们互相吐唾沫吧。嘿,进难受牢房!人人争先恐后地吐,如此而已。我要告诉您一桩大秘密,亲爱的。别等末日审判了。它每天都在进行。

不,没什么,在这神圣的潮湿中,我有点儿打战。再说,我们已经到了。到了。您先请。请您再待一会儿,陪陪我。我还没说完,应该继续。继续,这才是难事。听着,您知道为什么人家把他钉上十字架吗?另一位,您现在想到的那个人。也许知道?好,这有一大堆理由。谋害一个人总是有理由的。相反,却不能为他活着找出理由。这就是为什么总可以找到律师为犯罪辩护,而为无辜辩护却只是有时候可以找到。然而,在两千年间人家给我们很好地加以解释的理由之外,却有一个极大的理由来解释这痛苦的挣扎,而我不知道人为什么要这样细心地来掩盖它。真正的理由是他知道,知道他自己也不是全然无辜。如果他没有人们指控他的过失,他也是犯了别的过失,哪怕他不知道是什么。他不知道吗?不管怎么说,他知道原委;他该是听说过某次对无辜者的大屠杀。犹太的儿童被杀害,正是在他们的父母带他们去安全地点的时候,如果不是因为他,他们为什么死?当然,他并不愿意。那些嗜血的士兵,那些被砍为两段的儿童,都使他厌恶。但是,像他那样的人,我肯定他不会忘记他们。而那忧郁,人们在他所作所为中猜到的忧郁,难道不是那个人的不可救药的忧郁吗?他整夜整夜地听见拉结①哀哭她的孩子们,听见她拒绝安慰的声音。怨恨之声在黑夜中升起,拉结呼唤着为他而死的孩子们,而他却活着。

因为他了解他知道的事,洞悉人类的一切——啊,谁会相信让别人死而自己不死不是一桩罪过!——日夜面对着自己无意的罪过,所以,立定脚跟,继续下去,对他来说已变得太困难了。最好是了结,不为自己辩护,死去,以便不再独自活着,到别处去,到那也许他会得到支持的地方去。他没有被支持,他心怀怨气,而为了结束一切,人们对他的话进行了删节。是的,那是第三位福音传播者②,我认为是第三位福音传播者开始删除他的怨

---

① 《圣经》中的人物。
② 《圣经·新约》第三章的作者,该章称《路加福音》,路加系公元一世纪人,原是异教徒,后改宗基督教。

言。"为什么你抛弃了我?"这是造反的喊声,不是吗? 于是,拿剪刀来! 记住,如果路加什么也没有删除,人们将不大会注意到这件事;这件事将不会占这么重要的地位,不管怎么说。这样,删节者喊出了他删掉的东西。世界的秩序因此暧昧不明。

这并不妨碍被删节者继续下去。而我,亲爱的,我知道我在说什么。有一段时间,对每一分钟,我不知道如何挨到下一分钟。是的,人们能够在这世界上进行战争,装作去爱,折磨他的同类,在报纸上自我炫耀,或只是一边打毛衣一边说说邻居的坏话。然而,在某些情况下,继续下去,仅仅是继续下去,那就已是超人的事。而他不是超人,这您可以相信我。他为他的死叫喊,这就是为什么我爱他,朋友,他连死了都不知道。

不幸的是他撇下了我们,我们得继续下去,无论发生什么事,哪怕是囚居在难受牢房里。我们知道了他之所知,却不能为他之所为,不能像他那样死去。自然,人们试过多次以他的死来互相帮助。"你们不光彩,好,这是事实。那好,不零卖。要一股脑儿在十字架上处理掉!"无论如何,对我们说这样的话的确是高招。但是,眼下在十字架上攀登的人太多了,不过是为了人们能从更远的地方看到他们,哪怕为此而践踏一下已在那儿待了许久的人。为了行善而放弃慷慨的人太多了。噢,不公正,人们待他的不公正,使我心碎的不公正啊!

算了,看我又来了,我又要辩护了。请原谅我,要知道我有我的理由。瞧,几条街之外有一座博物馆,叫作"我主在阁楼里"。当时,他们在阁楼里设置地下经堂。有什么办法,这儿的地下室都被水淹了。可是今天,请放心,他们的天主不再住阁楼了,也不住地下室。他们把他高高挂在法庭上,放在他们心中的隐秘之处,他们钉钉子,尤其是他们审判,以他的名义审判。他温和地对女罪人说:"我也不,我也不判你的罪。"这什么也挡不住,他们依然判罪,他们不宽宥任何人。以天主的名义,这就是你的账。天主?他不要求这么多,我的朋友。他愿意人们爱他,仅此而已。当然,有人爱他,甚至在基督徒中也有。然而,人家清查他们。何况他也预料到了,他有幽默感。彼得①,您知道,那个粗汉子,彼得背弃他:"我不认识这个人……我不明白你是什么意思……"真的,他过分了。而他却搞了个文字游戏:"在这块石头②上,我盖我的教堂。"没有比这句讽刺的话更厉害的了,您不觉得吗?可是不然,他们还有更大的胜利呢!"你们看,他说了!"他的确说了,他很了解这个问题。然后,他永远地走了,让他们去审判和判决,嘴上是宽宥,而心里是惩罚。

因为不能说没有怜悯了,不,伟大的神,我们就不停地谈论着怜悯。只不过是,人们不宣告任何人无罪。无辜已经死去,法官泛滥成灾,各式各样的法官,基督教的,反基督教的,他们是一丘之貉,在难受牢房上妥协了。因为不应该只折磨基督徒。其

---

① 耶稣使徒之一。
② 法文中,彼得写作 Pierre,与石头(la pierre)一词同形。

他人也有份儿。在这座城市中,有几座房子曾经庇护过笛卡儿,您知道其中之一变成什么了吗? 一座疯人院。是的,这是普遍的疯狂,还有迫害。我们也一样,自然,我们是被迫下水。您可以意识到我不放过任何东西,从您那方面,我知道您所想的也不亚于我。从此,既然我们都是法官,我们在彼此面前就都有罪,我们都以卑鄙的方式当基督,一个一个地被钉上十字架,而总是不明白。至少我们将被钉上十字架,如果我,克拉芒斯,没有找到出路的话。这是唯一的解决办法,真相大白……

不,就说到这儿吧,亲爱的朋友,什么也别怕! 况且,我要离开您了,我们已到了我的门口。有什么办法,在孤独中,再加上疲倦,人很愿意把自己当成预言家。反正,这正是我,栖身荒漠,那里乱石嶙峋,大雾弥漫,臭水纵横,这正是我,平庸时代的空虚的预言家,没有使命的以利亚①,遍体发烧,满肚烧酒,背靠着发霉的门,手指向低矮的天,满嘴是无法无天、不能忍受任何审判的人的诅咒。因为他们不能忍受这一切,亲爱的,这就是全部问题。赞成法律的人并不害怕使他重新守法的审判。然而,人类最高的痛苦是没有法律而被审判。我们正在这一痛苦之中。法官们失去了惯常的抑制,任凭偶然的摆布,两口并作一口吃。因此,该去试试要比他们走得快,不是吗? 这就是大混乱。预言者和治病者成倍增加,他们匆匆忙忙,为了带着一部好法律或一个

---

① 公元前九世纪希伯来预言家。

完美无缺的组织在大地荒芜之前赶到。幸好,我赶到了!我既是结局,又是开端,我宣布法律。总之,我是法官—忏悔者。

是的,是的,我明天跟您说这美好的职业是干什么的。您后天走,那我们的时间就很紧了。请到我这里来吧,您按三下铃。您回巴黎吗?巴黎很远,巴黎很美,我没有忘记它。我记得它的霞光,差不多是那个时候。夜幕落到烟雾缭绕的蓝色屋顶上,干燥而轧轧作响,城市低沉地轰鸣,河水仿佛倒流。我那时在街上游荡,现在他们也在游荡,我知道的!他们在游荡,装作匆匆走向厌倦的妻子、严厉的家……啊!我的朋友,您知道孤独地在大城市中游荡是什么滋味吗?……

躺着接待您,真是惭愧。没什么,有些发烧,喝点儿刺柏子酒就会好的。这种突然发作我已经习惯了。我认为,这是我当教皇的时候得的疟疾。不,只一半儿是玩笑。我知道您想什么:从我的叙述中分辨真伪很困难。我承认您想得有道理。我自己……您看,与我接近的一个人将人分为三等:喜欢无可隐瞒胜于被迫说谎者,喜欢被迫说谎胜于无可隐瞒者,同时喜欢说谎和隐私者。我让您去选择对我最合适的情况。

说到底,这又有什么关系呢?谎言最后不也通向真理吗?而我的故事,或真或假,不是都朝着同样的结局、具有同样的意义吗?如果在两种情况下,它们都表明了我过去是什么人,现在是什么人,它们是真是假又有何妨呢?有时候,人们看一个说谎的比看一个说真话的还要清楚呢。真相,如同光亮,炫人眼目。

谎言则相反,是一抹美丽的霞光,它使每样东西都显出价值。随您怎么看,反正我曾在一个俘虏营里被委任为教皇。

请坐。您看看这间屋子。家徒四壁,的确,然而干净。一幅维米尔①的画。没有家具,没有锅。也没有书,我很长时间不读书了。从前,我的房间里满是读了一半的书。这跟那些人吃肥鹅肝吃一半扔一半一样可恶。况且,我也不喜欢忏悔了,那些忏悔的作者们写书主要是为了不忏悔,为了不道其所知。当他们声称要坦白时,也正是他们要提防的时候;他们要给死尸化装了。相信我,我是金银匠。我说话斩钉截铁。没有书了,一切无用的东西都没有了,只剩下严格的必需品,清晰、光亮有如棺材。此外,这些荷兰床,如此坚硬,铺着崭新的、用贞洁熏过的单子,人已经裹在尸布里死了。

您很想知道我当教皇的遭遇? 您知道,平淡无奇。我还有劲儿跟您谈吗? 是的,我觉得在退烧。那是很久以前的事了。在非洲,多亏隆美尔先生,战事如火如荼。我没有参加,不,请放心。我已避开了欧洲的战事。我当然被征入伍,但是我从未见过战火。从某种意义上说,我很遗憾。也许那会改变许多事情? 法国军队不需要我上前线,它只要求我参加撤退。后来,我又看见巴黎了,还有法国人。差不多在我发现自己是个爱国者的时候,我想参加人们已经开始谈论的抵抗运动。您笑? 您错了。

---

① 维米尔(1632—1675),荷兰画家,其作品以精确的形式和浓郁的诗意见称。

我是在沙特莱的地铁里发现这一点的。一条狗在迷宫里迷了路。那狗个子大,毛硬,一只耳朵断了,眼睛里喜洋洋的,它跳跃着,嗅着行人腿肚子。我怀着一种古老的、忠实的温情喜欢狗。我爱它们,因为它们总是宽大为怀。我叫它,它犹豫着;显然,它被征服了,在我前面几米远的地方,起劲地摇尾巴。这时,一个年轻的德国兵轻快地走过我身旁。他走到狗跟前,抚摸着它的脑袋。那狗不犹豫了,以同样的热情跟上他的脚步,消失了。据我对德国兵所感到的嫉妒和愤怒来看,完全应该承认我的反应是爱国主义的。如果狗跟上一个法国老百姓,我甚至想都不想了。我想象那可爱的畜生成了德军某团的护身符,这使我义愤填膺。因此,测验是有说服力的。

我到南方去,想打听一下抵抗运动的情况。可是到了那里,了解了情况,我又犹豫了。我觉得事情有些疯狂,说穿了,是想入非非。我认为地下活动和我的气质不符,也不合我对空气流通的高峰的爱好。我觉得人家是要我整日整夜地在地下室里织地毯,等着一些畜生把我从那儿撵出去,先是拆了我的地毯,然后把我拖到另一个地下室去直打到死去活来,我钦佩那些热心于这种深处英雄主义的人们,然而不能仿效。

我于是到了北非,模模糊糊地想从那儿去伦敦。可是,在非洲,形势不明朗,我觉得敌对的政党都有道理,就两方都不参加。根据您的表情,我看出来您认为我对于这些有意义的细节匆匆带过。这么说吧,我根据您的真实价值判断您,我匆匆带过是为了让您更好地注意到它们。总之,我到了突尼斯,一位可爱的女友保证了我的工作。这女友是个极聪明的人,搞电影工作。我跟她到了突尼斯市,盟军在阿尔及利亚登陆后我才知道她的真实职业。登陆那天,她被德国人逮捕,我也同时被捕,但是我并无这种愿望。我不知道她后来怎么样了。至于我,他们未动我一根毫毛,我万分焦虑,后来才知道那主要是一种安全措施。我被关进的黎波里①附近的一座集中营,那里,除恶劣的待遇外,更为痛苦的是口渴和缺乏物品。我不跟您描绘了,我们这些人,世纪中期的孩子,无须图画就能想象这种地方。一百五十年前,人们一听到湖和森林就会顿生柔情。今天,我们有牢房抒情诗。因此,我相信您。您只须增加某些细节:酷热,直射的阳光,苍蝇,沙子,缺水。

跟我一起的有个年轻的法国人,他有信仰。是的! 简直是个童话。是杜盖斯克林②那类人物,如果您愿意的话。他为了战斗,从法国到了西班牙。天主教的将军把他关了起来。他看到在佛朗哥的监狱中,埃及豆,如果我敢说,是经罗马祝福过的,就陷入极深的忧郁之中。无论是非洲的天,他后来在那里碰了壁,还是营里的娱乐,都没有使他摆脱忧郁。他的思考,加上太阳,使他有些失去常态。有一天,在一顶如熔铅般滚烫的帐篷底下,

---

① 利比亚城市,第二次世界大战中,那里是轴心国的重要军事基地。
② 杜盖斯克林(1320—1380),法国军事家,他被视为骑士精神和爱国热情的体现者,民间有许多关于他的英雄业绩的传说。

我们十几个人在蝇阵中喘着气,他又激烈地抨击起他称为罗马人的那个人。他好几天没刮胡子,望着我们,目光游移。他裸露的上身汗水淋淋,手在历历可见的肋条上移动着,像在弹奏似的。他向我们宣布,应该有一个新教皇,这个教皇要生活在不幸的人中间,而不是在教皇座上祈祷,而且越快越好。他一边摇头,一边用茫然的目光盯着我们。"对,"他说,"尽可能地快。"然后,他突然平静下来,有气无力地说,应该在我们中间挑选,找一个人,要全面,既有缺点又有优点,大家向他宣誓服从,唯一的条件是他答应使我们,在他身上和在别人身上的共同的痛苦永远具有生命力。"在我们中间,"他说,"谁的弱点最多?"我出于玩笑,抬了抬手指,而且只有我一个人这样。"好,若望-巴蒂斯特干这事。"不,他没这样说,因为我那时有另外一个名字。至少,他宣布说,我那样自告奋勇意味着最大的德行,建议选举我。其他人同意,虽说视同儿戏,但也带着一点庄严的意味。事实上是杜盖斯克林把我们震住了。我自己并不觉得完全可笑。我首先发现我的小预言家有道理,然后就是太阳,累死人的劳动,抢水的战斗,一句话,我们情绪不佳。总之,教皇权力我行使了好几个星期,而且是越来越认真。

教皇的权力是什么?我的天,我是某种类似队长或支部书记的东西。不管怎么说,其他人,甚至那些没有信仰的人都习惯于服从我了。杜盖斯克林痛苦,我对他的痛苦则加以引导。我于是觉察到当教皇并不像人们所想的那么容易。昨天跟您讲了关于法官,我们的兄弟,那么多轻蔑的话之后,我又想起了这一段。集中营里的大问题是水的分配。其他的团体也成立了,有政治的也有宗教的,每个团体都优待自己的同志。因此,我也被迫优待我的同志,这已经是小小的让步了。即便在我们之间,我也不能维持完全的平等。根据我的同志们的状况,以及他们要干的活儿,我多给这人或那人一些。这种区分后果严重,您可以相信我。但是,我累了,无意再想这段日子了。这么说吧,我在喝了一个奄奄一息的同志的水的那一天大功告成了。不,不,不是杜盖斯克林,他已经死了。他放弃得太多。如果他在那儿,看在他的分上,我还可以忍耐得更久,因为我爱他,是的,我爱他,至少我觉得。但是,我喝了水,这是确实的,我自己说服自己,其他人需要我,比起那个反正要死的人来说更需要我,我应该为他们而保存自己。亲爱的,帝国和宗教就是这样在死亡的阳光下诞生的。为了修正一点儿我昨天讲的话,我要告诉您一个伟大的思想,它是在我说那些不知是经历过还是梦想过的事情的时候产生的。我的伟大思想是,应该原谅教皇。首先,他比任何人都需要原谅。其次,这是居于他之上的唯一方式……

噢!您关严了门吗?是的。请您检查一下。请原谅,我老是害怕门闩出毛病。在我入睡的时候,我总是不知道是否插上了门闩。每天晚上,我都得起来检查一下。人们什么都不放心,我跟您说过了。请别以为,这种对于门闩的担心在我是一种担惊受怕的有产者的反应。过去,我不锁门,也不锁车。我不紧抓着钱,也不老惦记着我的东西。说真的,我对有一些财产感到害羞。曾几何时,我在社交场合的谈话中,充满信念地高喊:"财产,先生们,就是谋杀!"我因为没有足够伟大的心灵让一个值得赞助的穷人来分享我的财富,于是就把它留给可能来的小偷了,希望这样用偶然来改正不公。何况今天我已一无所有了。因此,我不担心我的财产,却担心我自己和我的机智。我念念不忘的是杜门谢客,在这个封得严严实实的小天地里为王,当教皇,做法官。

还有,请您打开那个壁橱。那张画,是的,看看它。您认不出来?这是《铁面无私的法官们》。您不觉得奇怪?难道您的文化修养不够?如果您读报的话,您会记得,一九三四年,根特①圣-巴夫大教堂里著名的范·艾克②所绘祭坛嵌板中的一块,《神秘的羔羊》被窃。那幅嵌板就叫作《铁面无私的法官们》。它表现法官骑马去瞻仰圣畜。后来就以一极好的复制品来代替,因为原作已不可寻。您看,这就是。不,我在其中毫无干系。一个墨西哥城的常客,那天晚上您看见过的,有一个晚上,他酩酊大醉,以一瓶酒的价钱卖给了大猩猩。我先是劝我们的朋友把它挂在一个好位置上,挂了很久。正当人们在全世界寻找他们的时候,这些虔诚的法官却威镇墨西哥城,高踞于醉汉和乌龟

---

① 比利时城市,城中有著名的圣-巴夫大教堂,藏有名画《神秘的羔羊》。
② 范·艾克(1390—1441),荷兰画家。

之上。后来,根据我的请求,大猩猩将它存放在这里。他有些不乐意,但是我跟他讲了这些事,他害怕了。从此,我就单独和这些可敬的法官为侣。那边,您看见了,在柜台上方,他们留下了一片怎样的空白啊。

为什么我没有归还这幅嵌板?哈哈!您有警察的反应,您!那好,我像回答预审法官那样回答您,假如有朝一日某人发现这幅画在我的房间里的话。第一,因为它不属于我,而属于墨西哥城的老板,他和根特城的主教同样有资格拥有它。第二,因为人们从《神秘的羔羊》前面走过,没有人会识别复制品与原作,因此,没有人会因为我的过错而受到损害。第三,因为我以这种方式居于统治地位。假法官被抬出来供全世界瞻仰,唯独我知道真法官。第四,因为我将有幸被投入监狱,从某种意义上说,这是一个令人垂涎的念头。第五,因为这些法官去与羔羊会面,而羔羊已不复存在,无辜亦然,因此,偷了这幅嵌板的窃贼成了不被人知的正义的工具,还是以不违背正义为宜。最后,因为通过这种方式,我们就处于秩序之中了。正义与无辜永远分离,后者在十字架上,前者在壁橱里,我有了根据我的信念而工作的自由天地。我可以良心安宁地履行法官—忏悔者这一困难的职业,我在其中摆脱了那么多的失望与矛盾,而现在是,既然您要走了,是我向您说出这一职业是什么的时候了。

请允许我坐起来,这样呼吸畅快些。噢!我多累啊!把我的法官们锁起来,谢谢。法官—忏悔者这职业,我现在来履行。

习惯上，我的事务所在墨西哥城。但是，伟大的使命超出工作地点。甚至在床上，甚至在发烧的时候，我都工作。何况，这种职业，简直不是干，而是时时刻刻在呼吸着它。其实您别那么想，五天之内我跟您说了那么多话仅仅是为了开心。不，我过去说得已经够多了，可以不再说了。现在，我的话是有目的的。显然，它要抑制笑声，并使自己逃避审判，尽管表面上没有出路。避免受审的最大障碍难道不是我们自己第一个出来对自己宣判吗？因此，应该一视同仁，将宣判扩及所有的人，以达到事先冲淡它的目的。

没有谅解，绝没有，对任何人都没有，这就是我开始时的原则。我否认良好的动机，值得尊敬的错误，失足，可以酌情减刑的情节。我这儿不祝福，不给予宽恕。我只是算账，然后说："是这么多。你是个恶棍，色情狂，说谎癖，同性恋者，异想天开的家伙，等等。"就是这样。就是这样生硬。在哲学上如同在政治上，我同意任何一种拒不承认人是无辜的理论，同意任何一种把人视同罪人的实践。亲爱的，您在我身上看到一个关于奴役的明智拥护者。

说真的，没有奴役，就没有最后的解决。我很快就明白了这一点。过去，我只有嘴巴是自由的。我在早餐时把它扩大到面包片上，我一整天咀嚼着它，我在世界上带来一股因自由而甘美、清凉的气息。谁反驳我，我就用这个大词猛击过去，我用它来为我的欲望和我的势力服务。我在床上，在我的女伴们的耳畔轻轻地说着这个词,它帮助我把她们甩开。我偷偷地把它……算了,我兴奋起来了,失去了节制。反正,我给了自由派一个更加无私的用场,甚至,看我有多天真,我甚至为它辩护了两三次,当然还没有到为它献身的程度,可也担了些风险。应该原谅我的这些冒失,我不知道我干了些什么。我不知道自由原来不是一种奖赏,也不是一枚人们喝香槟酒来祝贺的勋章。它不是一件礼物,也不是一盒能给您口腹之乐的甜食。啊!不,相反地,那是一种苦役,一次长跑,极为孤独,令人精疲力竭。没有香槟酒,没有一个朋友温情地挽留您,为您举杯。独自一人在阴沉的大厅里,在小酒吧间里,面对法官,独自做出决定,面对着自己或者面对着别人的裁判。在任何一种自由后面都有一篇判词;这就是为什么自由太沉重了,担负不了,尤其是在发烧,受苦,或不爱任何人的时候。

啊!亲爱的,对于一个孤独、没有上帝、没有主人的人来说,岁月沉重得难以忍受。因此应该为自己择一主人。上帝不时髦了。况且这个字已无意义,不值得冒使人不快的风险。还有,我们的道德家,如此正经,爱他们的邻人和一切,总之,如果不是因为他们在教堂里不布道,什么也不能使他们与基督徒的身份区别开。据您看,是什么阻止他们皈依宗教呢?尊重,也许是对人的尊重,对,尊重人。他们不愿引起公愤,他们为人而保留自己的看法。我认识一位不信神的小说家,他每天晚上都祈祷。这并不妨碍什么:在他的书里,他对上帝干了些什么啊!怎样的松筋骨啊,我不知道是什么人说的了!一个活跃的自由思想家,我曾对他推心置腹的活跃的自由思想家,他并无恶意地朝天举起双手:"您什么也没有教会我,"这个宣传自己学说的人叹息道,"他们都是这样。"据他看,我们百分之八十的作家,如果他们可以不署名的话,他们会写上帝之名并对它顶礼膜拜。然而,他们署名,据他说,是因为他们爱自己,如果他们对什么都不礼拜,是因为他们厌恶自己。由于他们毕竟不能不审判,于是,他们就在道德方面争先恐后。总之,他们具有合乎道德的恶魔精神。真是一个古怪的时代!思想被搞乱了,我有一个朋友,当他是一个无可指责的丈夫的时候不信神,与人通奸之后就皈依了宗教,这有什么可以大惊小怪的呢?

啊!阴险的小人,戏子,伪君子,一副可怜相!相信我,甚至当他们放火烧天的时候,他们也都是这副样子。不管他们不信神还是虔诚,莫斯科人还是波士顿人,他们都是基督徒,父子相传。可恰恰是没有父亲了,没有规矩了。人是自由的,那就得自己想办法。由于他们特别是不愿要自由,不愿要它的判词,他们就请求人家把自由放在他们手上,他们发明可怕的规则,他们竞相建造焚尸的柴堆以代替教堂。他们是些萨沃纳罗拉①,我跟您说。但是,他们只相信罪恶,从来不相信宽宥。当然了,他们也

---

① 萨沃纳罗拉(1452—1498),意大利宣教者,他布道的内容为对个人犯罪的反省和淡泊的生活。

想望宽宥。他们所愿要的是：宽宥，肯定，放弃，生之幸福，还有谁知道什么东西，订婚，鲜艳的少女，正直的男子，音乐，因为他们多情善感。比方说我吧，我不多情善感，您知道我梦寐以求的东西是：全心全意的完全的爱情，日日夜夜，在不间断的拥抱之中的、享乐的、令人热狂的爱情，就这样连续五年，然后死去。唉！

因为没有订婚，没有不间断的爱情，于是就有粗暴的婚姻，带着强力和鞭子。最根本的是，如同在儿童眼中，一切都变得简单了，每一个行动都被判决，善与恶被武断地、因而是明显地抬出来。而我，尽管我是西西里人和爪哇人，我同意基督徒是分文不值，虽然我对第一个基督徒怀有友情。然而，在巴黎的桥上，我也知道了我害怕自由。不管主人如何，为了替代上天的律条，还是主人万岁吧。"我们的父，您暂时在此……我们的导师。我们令人愉快的严厉的领袖，哦，残酷而敬爱的引路人……"最后，您看，最根本的是不再自由，是怀着悔恨之心服从比自己更为狡黠的人。当我们都是罪人的时候，那就是民主了。亲爱的朋友，还不算应该为孤独地死去而进行的复仇。死是孤独的，而奴役则是集体的。与我们同时，其他人也有他们的账，这是重要的。所有的人终于聚集起来，然而是跪着，低着头。

像社会上其他人那样活着不是很好吗？为此，其他人不是该与我相像吗？威胁，耻辱，警察，是这种相像的圣礼。我被蔑视、被追捕、被压抑，因此，我能够大显身手，享受真实的我，最后,回归自然。这就是为什么,亲爱的,我在庄严地向自由致敬之后,悄悄地决定应该立刻将它还给随便什么人。只要我能够,我就在我的墨西哥城教堂里宣讲,我要良民们顺从,要他们谦卑地设法获得奴役的舒适,哪怕将奴役表现为真正的自由。

但是,我并未发疯,我清楚地意识到,奴隶制度不是明天就会有的。那是未来的一宗善举,如此而已。从现在起到那时,我得与现实合拍,找一个解决的办法,哪怕是临时的也好。因此,我得找到另一种办法将审判扩及所有的人,以减轻它在我肩上的重量。我找到了这办法。请把窗子开开一点儿,这里热得出奇。别开得太大,我还冷呢。我的思想既简单又丰富。如何将所有的人都拉下水而自己有权在太阳底下晒干?我要登上讲坛,如同我的许多著名的同时代人那样,诅咒人类吗?那太危险了!一天,或一个夜里,笑声会突如其来地爆发。您给别人的判词最终会落到您的头上,打个正着,造成一些损失。您说怎么办呢?那好,这儿有这样一个高招。我发现,在等待主人及其笞杖的时候,我们应当像哥白尼一样,倒过来推理以求胜利。既然人不审判自己就不能判决别人,那就得自己攻击自己以获得审判别人的权力。既然任何一位法官有朝一日都得成为忏悔者,那就应该走相反的路,当忏悔者,以便能够最后成为法官。您跟得上吗?好。为了说得更清楚,我跟您讲讲我如何工作。

我首先关闭了律师事务所,离开巴黎去旅行;我试图化名,在某个不缺少练习机会的地方安身。世界上这样的地方很多,但是,偶然、方便、嘲讽以及某种苦修的必要使我选择了一个水流纵横,大雾弥漫的都会,它被运河紧紧箍住,出奇地拥挤,汇聚着来自世界各地的人们。我在海员区的一个酒吧间里设下事务所。来自港口的主顾五花八门。穷人不去豪华的街区,而有身份的人总是,至少一次,您见过的,最后流落到声名狼藉的地方。我特别留意资产者,迷途的资产者;和他们,我发挥出最大的能量。我以高手的姿态,使他们奏出最文雅的音调。

因此,一些时日以来,我就在墨西哥城干我这有用的职业。您已经有了经验,这职业首先在于尽可能经常地进行公开忏悔。我上下左右、全面地认罪。这不困难,现在我记性很好。但是注意,我并不捶胸顿足,粗野地认罪。不,我机灵地航行,色调多变,横生枝节,最后,我谈话因人而异,引导他们与我竞相忏悔。我把涉及我的事与涉及别人的事混在一起。我博采共同的特点,一同经受过的痛苦,共有的弱点,时兴的气派,时下的名人,如同它在我身上和在别人身上存在的那样。我用这些制造了一幅既是所有的人、又不是任何个人的肖像。一句话,一个面具,颇像狂欢节上的那种,既忠实又简化,在他面前,人们心里说:"瞧,我遇见过他。"肖像完成了,比如今晚,我不胜悲痛地将它拿出来:"看,唉!我就是这副样子。"公诉状已经完成,而同时,我展示给我同时代人的肖像变成了一面镜子。

我满身污秽,慢慢地揪着头发,脸上划过一道道指甲印,然而目光敏锐,站在全人类面前,回顾我的耻辱,同时盯着我所制造的效果,说:"我是无耻之尤。"于是,神不知鬼不觉,我在谈话中从"我"过渡到"我们"。当我到了说"我们就是这副样子"的时候,把戏就搞成了,我可以说出他们的真相了。我跟他们一样,当然了,我们在一个锅里。然而,我优越的地方是我明白,这给我谈论的权利。您看得到这好处,我肯定。我越是认罪,我越是有权审判你们。更有甚者,我激起你们自己审判自己,这使我感到轻松。啊!亲爱的,我们是奇怪而可悲的人,只要我们回想一下我们自己的生活,使自己惊讶和反感的机会就不会少。试试吧。请放心,我将怀着深厚的博爱之情倾听您的忏悔。

别笑!是的,您是个挑剔的主顾,我一眼就看出来了。但您会来的,这是不可避免的。大多数人不那么聪明,更容易动感情;我立刻就把他们搞糊涂了。对于聪明的人,需要时间。然而,深入地给他们解释方法也就够了。他们忘不了,他们思索。这一天或那一天,半是游戏,半是混乱,他们坐到了桌旁。您,您不只是聪明,您的神气是圆滑的。但是,您承认您今天觉得不如五天以前对自己那么满意了吗?我现在等着您给我写信或者再来。因为您会再来的,我肯定。您将发现我毫无变化。而且,既然我找到的幸福对我是合适的,我为什么要变呢?我接受了两重性,而不为此感到痛苦。相反,我安顿下来,在这儿找到了我毕生追求的舒适。实际上我错了,不该对您说最根本的是避免审判。最根本的是能够为所欲为,哪怕不时地大声宣扬自己的卑鄙。我重又为所欲为,这一次没有笑声了。我没有改变生活,我继续爱自己,利用别人。只是我忏悔过失使我得以更轻松地重新开始,得以享受两次,先是我的天性,其次是迷人的悔恨。

自从我找到了解决办法之后,我就沉醉于一切,女人、傲慢、厌倦、仇恨,甚至沉醉于寒热病,我此时正以无上的快乐感到热度在上升。我终于处在支配地位,而且永远如此。我还发现了一座高峰,我独自攀登,从那儿,我可以审判所有的人。有时候,当夜色确实美妙的时候,我远远地听见一阵笑声,我重又起了疑心。但是,我很快就将一切,创造物与创造,置于我自己的缺陷的重压之下,我于是复归常态。

我将在墨西哥城等待您的问候,需要多久我就等多久。拿掉这床被子,我想喘口气。您会来的,是不是？我甚至将告诉您我的具体的做法,因为我对您有一种友爱之情。您会看到我整夜教他们知道他们是令人厌恶的。从今晚起,我将重新开始。我离不了、也不能剥夺自己这样的时刻,这时,他们当中的一个醉倒在地,双手捶胸。这时,我高大起来,亲爱的,我高大起来,自由地呼吸,我站在高山之巅,平原在我的眼底伸展。我感到自己是上帝,感到自己在颁发放荡生活的最后证书,这是多么的令人陶醉！我高踞在我的卑鄙的天使之上,在荷兰天空的顶点,我看见大批人经过末日审判,穿过雾与水,朝我升起。他们缓缓上升,我看见其中的第一个已经到了。在他迷惘的脸上,用一只手半掩着,我看见共同的命运所产生的忧伤以及因不能避开它而感到的绝望。而我,我怜悯而不宽宥,理解而不原谅,尤其是,啊,我终于感到人们崇拜我!

是,我很激动,我怎么能老老实实地躺着呢?我得比您高,我的思想托起了我。那些夜里,不如说那些早晨,因为堕落在黎明时分发生,我出了门,步履迟钝地沿着运河走着。灰白的天空中,羽毛层变得稀薄,鸽子飞得更高,齐屋顶一抹绯红的光亮,预示着我的新的创造的一天。在当拉克街上,第一辆电车在潮湿的空气中发出铃声,在欧洲的边陲唤起了生活,在这欧洲,同一时刻,几亿人,我的臣民,艰难地从床上爬起来,嘴里充满苦涩的味道,去干那毫无乐趣的工作。于是,我的思想飞翔在这不知不觉中臣服于我的这块大陆上,啜饮着正在来临的、浸透着苦艾酒的一天,最后沉醉在恶意的言语中,我幸福,我幸福,我跟您说,我不许您不相信我是幸福的,我幸福得要死!噢,太阳,海滩,信风吹拂下的岛屿,回忆为之绝望的青春!

我又躺下了,原谅我。我害怕激动起来,但我不流泪。人有时迷路,有时怀疑明显的事实,甚至在他发现了过好日子的秘密的时候。当然,我的解决办法并非理想。但是,当他不爱他的生活,当他知道需要改变,他不能选择,是不是?怎样才能成为另一个人?不可能。应该什么人也不是,应该为了某个人而忘掉自己,至少一次。但是怎么办呢?别过分地凌辱我。我像那个老乞丐一样,那一天在咖啡馆的平台上,他不愿意放开我的手:"啊!先生,"他说,"并非我是个坏人,但我失去了光明。"是啊,我们失去了光明,失去了早晨,失去了那个自我原谅的人的纯真。

看哪,下雪了!我得出去!在银白的夜里入睡的阿姆斯特丹,覆盖着雪的小桥底下暗玉砌就的运河,阒无人迹的街道,无声无息的脚步,那将是纯洁无瑕,然而转眼就变成明日的泥泞。您看巨大的雪团打在窗上散成一片。这是鸽子,一定是。它们终于决定下来了,这些小宝贝,它们用厚厚的一层羽毛覆盖了运河、屋顶,它们扑打着所有的窗户。怎样的一次入侵啊!让我们希望它们带来好消息!所有的人都将获救,嗯,不止是选民和富人,苦难将被分担,而您,比方说,从今天起,每天晚上为了我睡在地上。纯粹的诗情!算了,承认吧,如果有一辆车从天而降,将我带走,如果突然白雪燃起大火,您将惊讶不止。您不相信?我也不相信。但是,我还是得出去。

好,好,我安心地躺着,您别担心!别太相信我所流露的情感,也别太相信我的疯狂。它们都是有节制的。喂,现在您要跟我谈您自己了,我将知道我热情洋溢的忏悔的目的之一是否已经达到。的确,我一直希望我的对话者是个警察,他将因《铁面无私的法官们》盗窃案而逮捕我。除此之外,任何人也逮捕不了我,是不是?但是,这宗窃案将使人落入法网,我为了成为同谋而安排好一切,我藏着这幅画,谁愿意看谁就看。您逮捕我吧,那会是一个好开端。也许其他的事人家也要管,比方说,我将被斩首,我就不再害怕死亡了,我也将获救。在聚集起来的人民头上,您将举起我的依然新鲜的脑袋,以使他们从中认识自己,而我则再度统治他们,杀一儆百。一切都将完成,无人看见,无人知晓,我将结束我的在荒漠中呼喊而拒绝走出去的伪预言家的生涯。

但是,您当然不是警察,否则那就太简单了。怎么？啊！您看,我早有所料。我感到对您怀有的奇怪的友爱之情这就有了意义。您在巴黎操律师这一美妙的职业！我清楚地知道我们是同一类的人。我们不是都一样吗？不停地说,不对着任何人说,总是去会商同样的问题,而我们事先早就知道答案。那么,跟我讲讲,我求求您,有天晚上您在塞纳河畔的路上遇到的事,您如何做到从不冒生命危险。您自己说出那话吧,多年来,这些话不断地在夜里回响在我的耳畔,而我最后将通过您的口说出:"唉,年轻的姑娘,再往水里跳一次吧,让我第二次有机会来使我俩都得救！"第二次,嗯,多冒失啊！假定,亲爱的大律师,假定人们根据我们的话看待我们呢？应该勉为其难吧。哎哟……水这么凉！但是,让我们放心吧！现在太晚了,将永远是太晚了。谢天谢地！

郭宏安　译

流放与王国
——献给法兰西娜

偷情的女人

大巴的车窗都摇上去了,却有一只瘦小的苍蝇,在车里飞旋了好一阵。它好怪异,无声地飞来飞去,飞得十分疲惫。雅尼娜忽然失去目标,随即发现,小苍蝇落到丈夫静止的手上。天气寒冷。每阵风沙吹得车窗刷刷作响,苍蝇都要抖瑟。冬日早晨,阳光微弱,在车轴和挡板哗啦哗啦的响声中,车子摇摇晃晃,行驶得很慢。雅尼娜瞧着丈夫。他那低低的脑门上,几绺头发花白了,而宽鼻头下,嘴巴长得不周正。马塞尔那副样子,倒像赌气的农牧神。车子一行驶到洼路,雅尼娜就感到丈夫朝她撞一下。随后,他那滞重的上身又瘫向叉开的双腿,恢复呆滞而茫然的目光。灰色法兰绒上衣袖口很低,盖住衬衣,显得他的肥大光滑的双手更短了。只有他那双手似乎还能活动,紧紧抓住放在两膝之间的一只小帆布提箱,感觉不到苍蝇迟疑的爬行。

突然间,听到风声呼啸,只见车子周围,沙尘的雾障越来越浓重了。现在,成把成把的沙子冲击车窗,仿佛由无形的手抛掷来的。苍蝇的翅膀瑟瑟抖动,爪子一弯曲,便飞起来。车子减速了,眼看要停下来。继而,风似乎和缓下来,沙尘雾障渐渐稀薄,车子重又加速了。被沙尘遮蔽的景物,这时也从多处光洞透出来。三两株发白细弱的棕榈树,从车窗一闪而过,恍若金属皮裁制的道具。

"什么地方啊!"马塞尔咕哝一句。

大巴里全是阿拉伯人,都裹着呢斗篷,佯装睡觉。有几个盘坐在椅子上,随着车身摇晃得更厉害。谁也不说话,表情木讷,最终让雅尼娜感到无比沉闷,就好像同这帮哑巴旅行了数日。其实,黎明时分,才从火车终点站换乘大巴,刚刚行驶了两小时。早晨清冷,行进在布满石子的荒凉高原上,至少启程的时候,前路平展展的,一直望见发红的天边。不料狂风骤起,逐渐吞没了辽阔的荒野。乘客再也看不见景物了,一个跟着一个便沉默下来,于是,他们静静地航行在一片白夜中,受不了钻进车中的沙粒,不住揉揉眼睛和嘴唇。

"雅尼娜!"她听见丈夫呼唤,浑身一惊抖,再次想到她身体高大健壮,起了这个名字多么可笑。马塞尔问她装样品的小箱子放在哪儿了。雅尼娜伸脚探了探座椅下的空当儿,触到一个物件,认定是那小箱子。她弯腰必会感到憋气。想当年上中学时,她的体操首屈一指,肺活量大得出奇。难道很久远了吗?二十五年了。二十五年并不算什么,她在单身还是结婚之间游移不决,仿佛还是昨天的事,而一想到此身也许会孤独终老,就惶恐不安的感觉,也恍若昨日。她并不孤单,当年这个法律系大学生追她,不离左右,此刻就在她身边。最终她还是接受了,尽管嫌他身材略矮,不大喜欢他那贪婪的干笑,也不喜欢他那暴突的黑眼珠。不过,她喜爱他的生活勇气,表现得跟当地的法国人一样,也喜爱他事与愿违或者受人欺骗时的狼狈相。尤其她喜欢有人爱,而他对自己确实关怀备至。他时时让她感受到,她是为他而生存,让她切实感到活在世上。不,她并不孤单。

汽车猛按喇叭,从看不见的障碍中间闯出一条路来。在这种时候,车上也没人动一动。雅尼娜忽然感到,有人在注视她,便扭头望望过道对面同排的乘客。那乘客不是阿拉伯人,她不免诧异,发车时没有注意到。他身穿撒哈拉法国部队军装,头戴深褐色帆布军帽,半遮住那张黧黑的、长长的尖嘴巴的豺脸。他神情有几分抑郁,以清亮的目光定睛打量她。她刷的一下羞红了脸,头又转向丈夫。马塞尔始终目视前方,望着风沙雾障。她用大衣严严实实裹住身子,脑海又浮现那法国士兵的身影,又细又长,特别纤细,又穿着合身的军装,就显得他是用一种干燥而细碎的材料制成的,是沙粒和骨头的混合体。这时她才看清眼前这些阿拉伯人,手掌都瘦骨嶙峋,脸都呈焦黑色,还注意到他们衣袍虽然肥大,在座位上却很宽绰,而她和丈夫才勉强挤下。她往身上紧了紧大衣下摆。其实,她并不肥胖,只是个儿高,身子丰满,很性感,现在还秀色可餐,从男人的眼神里,她就能感到这一点。面相还带点儿稚气,眼睛清澈明亮,这与她高个儿头形成反差。她知道自己这身子温暖,是人休憩的港湾。

不,实际情况,根本不像她原以为的那样。马塞尔这趟跑生意,想要她随行,她却不肯。他早就打算安排这趟旅行了,正是战争结束之后,生意恢复正常的好时机。战前,他放弃修法律的学业,从父母手上接过来小店,日子过得还蛮不错的。住在海边,青春的岁月应该过得很快活。然而,他不大爱动,时过不久,就不再带妻子去海滩了。每星期天,才开着小轿车出去游玩。平时,他就愿意待在五光十色的布料店里。布店门前有遮阳的长长柱廊,而这个街区的居民,土著人和欧洲人各占五成。他们就住在店铺楼上的三间屋里,屋墙都糊了阿拉伯图案壁纸,室内摆设着巴贝斯成套家具。夫妇二人没有孩子。百叶窗半开半关,他们就守在阴影里打发掉岁月。夏天、海滩、散步游玩,甚至天空都显得很遥远。除了自己的买卖,马塞尔对什么都没兴趣。雅尼娜倒认为发现了他真正的爱好:金钱。不知为什么,她不喜欢这一点。说到底,她总归是受益者。马塞尔并不吝啬,正相反,尤其对雅尼娜,他常说:"我真有个三长两短,你也衣食无忧了。"的确,衣食有着落,这很有必要。然而除了衣食,不是最基本的需求,着落又在何处? 正是这个问题,她时而隐隐约约有些感慨。眼下,她就帮马塞尔记账,有时也代替他照看店铺。最难熬的还是夏天,燥热难耐,连寂寞的一点点温馨感觉都给扼杀了。

恰恰在盛夏,战争突然爆发,马塞尔应征入伍,随后又复员,布料货源匮乏,生意停顿,街头空荡荡的,仍然热得像烤炉。丈夫真若有个三长两短,今后的日子,雅尼娜就没着落了。这就是为什么,一旦有了货源,马塞尔就盘算,跑遍高原和南方的所有村落,避开中间商,直接卖给阿拉伯商贩。他想要偕妻子同行,而她知道路上交通不便,自己呼吸也困难,宁愿守家等候。然而,马塞尔一再坚持,她就答应了,因为再拒绝要具备极大的毅力才行。现在他们就在路上了,老实说,一路丝毫也不符合她行前的想象。她特别害怕暑热、成群的苍蝇,害怕油腻腻而弥漫着茴香气味的客栈,没承想这么寒冷,寒风刺骨,这高原近似北极地带,堆满了古代冰川的冰碛石。她也幻想到处能有棕榈树和柔和的细沙,现在却看到荒漠并非想象的景色,只有石头,满目全是石头,就连天空也由石粉主宰,呼啸而冰冷,地面也同样,乱石缝间仅仅长出干枯的禾本科植物。

车子猛然停下。司机向全车人讲了几句话,那语言雅尼娜听了一辈子也始终不懂。"怎么回事儿?"马塞尔问道。这回司机用法语回答,说沙子堵住了油门。马塞尔又咒骂一声这鬼地方。司机哈哈大笑,说这不算什么,他这就去清除堵塞,然后继续赶路。他打开车门,冷风一下子灌进来,卷着无数沙粒,击打乘客的面颊。所有的阿拉伯人都蜷缩身子,将脸埋进斗篷里。"关上车门!"马塞尔吼了一声。司机笑呵呵的,返身回车,不慌不忙,从仪表盘下方取了几件工具,又走进沙雾中,身形渐小而消隐,照样没有关上车门。"可以肯定,他这一辈子也没见过发动机。"马塞尔叹道。"算了!"雅尼娜说了一句。她猛一惊抖,只见靠近车子的斜坡上,一动不动站着紧裹斗篷的身影,在风帽下边,只露出一道面纱遮护的双眼。不知他们从哪里冒出来的,一声不响注视着旅客。"都是牧羊人。"马塞尔说道。

大巴里鸦雀无声,所有乘客都耷拉着脑袋,仿佛倾听在连绵不断的高原上撒欢的风声。雅尼娜忽然惊讶地发现,车上几乎没有什么行李。在火车站换乘汽车时,司机只将他们的箱子和几个包裹搬上车顶。而车内行李网兜上,只放着几根多节疤的棍子和扁形篮子。这些南方人,看起来都空着两手出门旅行。

这时,司机回来了,动作总是那么麻利。他的脸也罩了面纱,上面露出的双眼还笑眯眯的。他宣告可以走了,这才关上车门,隔住风声,沙雨击打车窗的声响反而听得更清楚了。发动机咳嗽几声。启动器开动许久,马达才终于运转了,司机便连踩加速器,使马达吼叫起来。车子打了个大饱嗝儿,重又开动了。在那群衣衫褴褛、一直伫立不动的牧羊人中间,突然扬起一只手,随后便消失在车后的沙尘中了。车子几乎立刻驶到越发凹凸不平的路段。在颠簸中,阿拉伯人都不停地摇来晃去。雅尼娜觉得渐渐上来睡意,眼前却突然出现一只黄色小盒子,装满了口香糖。那豺脸士兵正冲着她微笑。她略微迟疑,取了一块,表示谢意。那人揣起小盒,当即收敛笑容。现在,他直视前方的道路。雅尼娜扭过头去,只瞧见马塞尔结实的脖颈儿。他正隔着车窗,凝望乱石坡上升起的浓雾。

车行驶了好几小时,乘客都累得没了一点活力,忽然外面喊声四起。一帮披呢斗篷的孩子,像陀螺一样打着旋儿,拍着巴掌,连蹦带跳围着汽车奔跑。大巴现在驶进一条长街,两旁排列着低矮的房舍:来到一片绿洲。风还是刮个不停,但是屋墙阻挡了沙尘,天光就不那么昏暗了。不过,天空仍然一片阴霾。在喊叫声中,车子急刹发出吱吱的噪声,停到一家客栈门前。客栈圆拱形干打垒门脸,玻璃窗脏兮兮的。雅尼娜下了车,一踏上街道,便感到身子摇摇晃晃,望见房屋上方,高高矗立一座黄色清真寺尖塔,秀美而挺拔。绿洲第一片棕榈树,已经在左侧突显,她真想走过去看一看。可是,尽管时已近午,寒风仍然凛冽,冻得她瑟瑟发抖。她转身要走向马塞尔,却首先瞧见那士兵迎面走来,本以为他会微笑,或者打声招呼,不料他看也不看她一眼,径直走过去了。马塞尔正忙着,要从车顶上卸下装满布匹的黑色旅行箱。这活儿不容易。只有司机一人管行李,这时他已经站到车顶上,正给在车前围了半圈儿的孩子们训话。雅尼娜周围这些儿童,都瘦得皮包骨,连连发出喉音浓重的喊声,她顿时感到疲倦,便对马塞尔说了一句:"我上去了。"马塞尔则不耐烦地招呼司机。

雅尼娜走进客店。店主迎上来,他是个干瘦的法国人,寡言少语,将女顾客带上二楼一条临街的长廊,走进客房。客房里似乎只摆设一张铁床、一张漆过白瓷漆的椅子,还有一个没挂遮帘的壁橱,由一道芦苇编织的屏风隔出的洗脸间,水池上覆盖一层细沙。店主关上房门之后,雅尼娜觉出寒气来自刷了白灰的光秃秃的墙壁。她不知道手提包该放在哪儿,自己该在哪儿休息。不是上床躺下,就得站到地上,这两种情况都冻得发抖。她拎着手提包,站在那里,凝望棚顶旁边开的天窗。她等待着,却又不知晓等待什么,只觉得孤独和浸入骨髓的寒冷,心情越发沉重了。其实她陷入了梦想,两耳几乎听不见街头升起的喧闹,以及混杂在其中的马塞尔的喊叫,反而更专注于从天窗传入的哗哗的河水声,那是风入棕榈林发出的声音,现在听来离得很近。继而,风势加大了,哗哗的流水变成怒吼的浪涛。她想象屋墙外面,挺拔而柔韧的棕榈海洋,在风暴中汹涌澎湃。这丝毫也不符合她的期待,不过,这种看不见的波涛,倒缓解了她双眼的疲惫。她耷拉着胳臂,伫立在原地,身子滞重,后背略微弯曲,寒气沿着沉甸甸的小腿升起。她幻想挺拔而柔韧的棕榈,也是追忆前尘,她曾经的少女。

他们梳洗之后,下楼到餐厅。光秃秃的四壁上了粉红和淡紫的底色,画了几匹骆驼和一片棕榈。拱形窗户透进可怜巴巴的光亮。马塞尔向店主打听这一带商贩的情况。接着,给他们上菜的是个年迈的阿拉伯人,粗布工作服上佩戴着一枚军功章。马塞尔急着办事,拿起面包就撕着吃。他不让妻子喝水。"这不是开水。你还是喝葡萄酒吧。"雅尼娜不爱喝酒,一喝酒就上头。

套餐里还有猪肉。"《古兰经》禁食猪肉。可是《古兰经》却不知道,吃煮熟的猪肉不会生病。我们呢,善于烹调。你想什么呢?"雅尼娜什么也没想,或许她在想厨师这就胜过先知了。不过,她得赶紧吃饭。次日早晨,他们又要启程,继续南行,今天下午,务必走访镇上每个有头有脸的商家。马塞尔催促那个阿拉伯老人快些上咖啡。对方点了点头,脸上没露笑容,踏着小碎步出去了。"早晨不紧不慢,晚上不慌不忙。"马塞尔笑道。咖啡终于端上来了,他们三口两口喝下去,便出了客店,来到尘土飞扬而寒冷的街道。马塞尔叫来一个阿拉伯青年,帮他提货箱,但是照规矩讨价还价。他再次告诉雅尼娜,他们有潜规则,总是要双倍的钱,然后接受四分之一的还价。雅尼娜跟在两个抬箱子的人后面,走起来很不自在。她那大衣本来肥大,又加了件毛衣,真不该穿得这么厚实。猪肉虽说烧得很烂,又喝了点儿酒,她也觉得脚步不大听使唤了。

他们沿着一座小公园走去,园中的树木都灰头土脸。迎面碰到的阿拉伯人纷纷让路,搂紧了斗篷的下摆,却又不正眼瞧他们。雅尼娜觉得这里的阿拉伯人,哪怕穿得很破烂,也都趾高气扬,那种神气,是她同城的那些阿拉伯人所没有的。雅尼娜跟在后面,货箱就在人群中给她开路。他们通过一道赭土围墙的门,来到一座小广场。广场上长着同样灰不溜秋的树木,尽头最宽敞,排列着拱廊和店铺。他们就停在广场上,面对一座刷成蓝色的炮弹形状的小房。小房里是独室,仅仅由门采光照亮。有一位白胡子阿拉伯老者,坐在一块亮晶晶的木板后面,正在倒茶,在三只彩花小茶碗上面,拿着茶壶抬起又放低。不待他们看清昏暗的店铺里别的什么东西,一股薄荷茶的清香就扑鼻而来,迎向要进门的马塞尔和雅尼娜。马塞尔刚跨进门,只见锡质条壶、茶碗和托盘摆得琳琅满目,穿插着陈列明信片的旋转货架,对面正是柜台。雅尼娜停在门口。她略微闪开身,以免挡住光线。这时她才看见,在老店主的身后,昏暗中还有两个阿拉伯人微笑着注视他们,坐在占满后半边店的鼓鼓的货包上。墙上挂着红色和黑色地毯、绣花的领巾,地上则堆满装香料种子的口袋和小木箱。柜台上摆放一架铜托盘锃亮的天平、一把刻度磨掉的旧米尺,周围还排列着圆锥形糖块,有一块已经拆开蓝色粗包装纸,尖头儿咬掉了。茶香后面,从店里又飘出羊毛和香料的混杂气味。那老店主将茶壶放到柜台上,问了声好。

马塞尔像每次谈生意那样,声调低沉,说话很急促。接着,他打开箱子,展示布料和领巾,又推开天平和米尺,货品摊在老商人面前。他情绪急躁,提高了嗓门儿,不适当地笑起来,活像一个要讨人欢心而又不自信的女人。现在,他大大摊开两只手掌,模仿卖货和买货的姿势。老商人摇了摇头,他将茶盘交给身后那两个阿拉伯人,仅仅讲了几句似乎让马塞尔泄气的话。马塞尔收回布料,放进箱子叠好,然后擦了擦额头上不由自主沁出的微汗。他招呼提箱子的青年,他们走向长廊,进了头一家店铺,虽然店主也摆出不屑一顾的神态,他们的运气还稍好些了。

马塞尔说道:"他们个个自以为是上帝,然而,他们也得做生意啊!这年头,大家生活都够艰难的。"

雅尼娜也不搭腔,只是跟着走。风差不多停了。天空有几处放晴,在厚厚的云层,仿佛挖出一口口蓝色深井,射下清亮的寒光。现在他们离开了广场,走在小街巷,两侧是土墙,墙上挂着十二月份霉枯的蔷薇花,偶尔也有蛀空干瘪的石榴。这个街区飘浮着尘土和咖啡的香味、烧树皮的烟气、石头和绵羊的气味。店铺设在土墙里的窑洞,彼此相距甚远。雅尼娜感到两腿越来越沉重。她丈夫的情绪倒是渐趋平静了,货物开始出手,他也变得更加随和了。他管雅尼娜叫"小妞",说这趟买卖不会白跑。"当然了,"雅尼娜应声说道,"最好还是直接跟他们洽谈好。"

他们沿着一条街返回镇中心。已是下午晚半晌了,天空差不多全晴了。他们在广场停住脚步。马塞尔搓着双手,以深情的目光,端详着眼前的手提箱。"瞧哇。"雅尼娜说道。广场另一边走来一个阿拉伯人,瘦高个子,身体健壮,披着天蓝色呢斗篷,脚下一双轻便黄皮靴,戴着一副手套,长着鹰钩鼻子,古铜色面孔高高扬起。唯有他那缠头巾,能将他与土著事务局的法国军官区别开来,而雅尼娜从前挺欣赏那些军官。那人迈着沉稳的步子,径直朝他们走来,边走边缓慢地脱下一只手套,目光似乎越过他们几人直视前方。"哼,"马塞尔耸耸肩膀,说道,"这家伙,还自以为是将军呢!"不错,这里人人都傲气十足,可是这老兄,也实在过分了。他们四周那么大空场,他偏偏要往货箱上走,既目无货箱,也目无他们这伙人。距离很快缩小,那阿拉伯人眼看到跟前,马塞尔急忙抓住提手,将箱子猛地往后一拽。对方却若无其事,扬长走过去,以同样的步伐走向围墙。雅尼娜瞥了一眼丈夫,见他那样子挺狼狈。"现在,他们认为可以为所欲为了。"马塞尔说了一句。雅尼娜就没有答言。那个阿拉伯人傲慢的态度很愚蠢,她非常憎恶,而且突然感到自己很可怜。她想离开,不免思念自家那小套住房。一想到还得回客店,回到那间冰冷的客房,就心灰意冷了。她猛然想起,店主曾建议她登上要塞的平台,一览荒漠的风光。她对马塞尔讲了这个建议,说箱子可以撂在客店里。可是,他说累了,晚饭之前想睡一会儿。"随你便吧。"雅尼娜答道。马塞尔突然凝视她,随即又说道:"当然要去了,亲爱的。"

雅尼娜在客店前的街上等他。身穿白袍的人群越来越多,其间一个女子也不见,雅尼娜觉得,从未见过如此众多的男人。然而,没有一个人瞧她。倒有几个人,将那张干瘦黧黑的脸转向她,却又好像视而不见;而在雅尼娜看来,他们全都一模一样,如同汽车上法国兵那张脸,如同那个戴手套的阿拉伯人的脸,全是一张既狡猾又傲慢的面孔。他们这张脸转向这个外国女人,但又视而不见,接着,他们脚步轻快,无声无息从她周围走过去。她感到自己的脚腕肿胀,浑身越发不舒服。越发渴望离开了。"我干吗到这儿来呢?"好在这时,马塞尔已经下来了。

他们登上要塞的台阶时,已是下午五点钟了。风完全住了。乌云散尽,天空一片湛蓝。空气更加干冷,扑在脸上感到刺痛。登到台阶半腰,一个年迈的阿拉伯人倚靠在墙上,问他们要不要导游,可是一动也不动,仿佛先已料到他们不会要。台阶中间虽设了几处土垒的小平台,但还是显得又长又陡峭。不过,爬得越高,视野越开阔,越来越登临依然干冷却更加寥廓的清明世界,而绿洲的各种响动,传到耳畔也尤为真切了。阳光照耀的空气似乎在他们周围震颤,随着他们攀登,震波也越来越长,就好像他们所经之处,冲开晶莹的光域,荡漾开一圈圈声波。他们终于登上天台,目光越过棕榈林,望不到天边。雅尼娜立时感到,一种洪亮而短促的音律,响彻整个天宇,回声渐渐弥漫她头顶的空间,接着戛然而止,丢下她默然面对无边的空旷。

她的目光由东向西,缓慢地推移,追随一条完美的弧线,的确没有碰见一点遮拦。下面阿拉伯城区,蓝色和白色平台鳞次栉比,点缀着斑斑的血红色,那是晒太阳的深红色辣椒。不见一个人影,但是从内院升腾起烤咖啡豆浓香的烟气,还升起欢声笑语,以及难以理解的脚踏声响。稍远一点儿,便是棕榈林,由黏土墙分割成大小不等的方块,风吹树冠飒飒作响,可是在天台上已感觉不到风了。再放眼量,一直到天边,全是石头王国,一望无际赭色和灰色,没有任何生命的迹象了。在棕榈林西侧的干涸河道里,距绿洲不远处,只见支起一些宽大的黑色帐篷。帐篷四周围着一群静止不动的单峰驼,远远望去显得极小。整个场景,在灰色的地面上,构成了一种奇特文字的晦涩符号,其中深意待人破解。荒漠的上空,无边的寂静。

雅尼娜身子完全靠在护墙上,一时无语,难以摆脱眼前张开的空虚。马塞尔在一旁待不住了,手脚乱动,觉得很冷,想要下去。这儿有什么好看的呢? 然而,雅尼娜却目不转睛,凝望天际。在那边,再往南行的地方,天地连成纯净的一线,她猛然感到,那边有什么东西在等待她,迄今她虽不知晓,却是她一直所缺少的。时近黄昏,阳光渐趋柔和,由晶体化为流质。与此同时,一个仅由偶然引到这里的女人,因岁月、习惯和烦闷所形成的心结,现在缓慢地解开了。她凝望着那些游牧人的宿营地,即使没有看见住在那里的人,也没有看见帐篷之间活动之物,她却不由自主,一心想他们,而时至今日,她几乎不知道他们的存在。他们没有家园,又与世隔绝,一小群人游荡在她极目发现的这片广袤土地上,而这片土地,仅仅是更为广阔的空间的一小部分;这空间令人目眩地延展,向南数千公里开外,直到第一条河流滋润森林才终止。古往今来,在这寥廓的地方,土地干涸,榨取得只剩下骨头,却总有几个人无休无止地迁徙,他们一无所有,但也不受制于人,穷苦而自由,在一个奇特的王国当家做主。雅尼娜不知何故,这个念头让她心中充满一种温馨的、无限的忧伤,不由得闭上眼睛。她仅仅知道一直以来,这个王国是许诺给她的,但始终没有,也永远不会属于她了,也许这倏忽的一瞬间除外;就在这一瞬间,她睁开双眼,只见天空戛然静止不动,阳光凝固不流了,阿拉伯城升起的喧声蓦地沉寂了。她就觉得世界停止了运转,从这一刻起,谁也不会衰老,谁也不会死去了。从此以后,无论在哪里,生命都中止了,唯独在她心中,有个人在同一时刻,因痛苦和惊喜而哭泣。

然而,阳光开始流动了,一轮夕阳那么清晰,却失去热力,渐渐西沉,微微染红天边;与此同时,苍茫暮色已在东天生成,势欲缓慢地蔓延到整个空间。第一声犬吠,那叫声从远处升上更为寒冷的天空。雅尼娜这才发觉,自己冷得牙齿打战了。"能把人冻死,"马塞尔说道,"你这么死心眼儿。"说着,他笨拙地拉起她的手。现在,雅尼娜很温顺;离开护墙,跟随他走了。那位阿拉伯老人,还在台阶上一动不动,看着他们下去回城。她一路上不看任何人,突然感到特别疲惫,驼着背,身子往下沉,现在几乎支撑不住了。满怀的激情过去了,此刻她感到,自己的身体太高大,太肥胖,也太白净,不适合她刚才进入的这个世界。唯独一个小孩子、年轻姑娘、瘦干男子、那个鬼鬼祟祟的豺脸士兵,才可以悄悄地踏上这片土地。从今往后,她到这里来能怎么样呢,还不是拖着沉重的躯壳,直到昏昏睡去,直到死亡吗?

她的确是拖着躯体,一直走到餐厅,面对突然沉闷起来,要不就说他如何累的丈夫,而她本人还在无力地抵御一场感冒,只觉得开始发烧了。她又拖着身子上床躺下,马塞尔也跟着上床,什么也没问她就关了灯。房间冷冰冰的。雅尼娜觉得浑身发冷,同时高烧来得凶猛。她呼吸困难,血液流动温暖不了身子,心里不免越来越恐惧。她翻了个身,体重压得旧铁床吱咯作响。不,她可不想病倒。丈夫已经睡着了,她也应该入睡,这是必须的。市井喧闹声,从小天窗进入已经减弱,一直传到她的耳畔。摩尔人咖啡馆老式留声机吱吱呀呀,放出她依稀辨识的曲调,随着缓慢的嘈杂人声传过来。必须睡觉。然而,她却数着那些黑帐篷;她的眼睑里面,一动不动的骆驼正在吃草;头脑中旋转着无限的孤寂。是啊,她干吗来呢?她就带着这个问题入睡了。

睡了没多久就醒来,周围一片寂静。不过在城边,几条狗在静夜中嘶哑地吼叫。雅尼娜打了个冷战。她又翻了个身,感到肩膀挨着丈夫坚实的肩头,在半睡半醒中,突然蜷缩起身子,偎依到丈夫怀里。她没有睡实。漂浮在朦胧的状态,以一种下意识的渴望,抓住这个肩头,仿佛是她最可靠的避风港。她在说话,可是她的嘴没有发出一点声音。她在说话,可是连自己都听不清楚说什么。她只感觉到马塞尔的体温。二十多年来,每夜都如此,在他温暖的怀中,二人总睡在一起,哪怕生了病,哪怕是在旅途中,像现在这样……再说了,她独自留在家中,又能做些什么呢?没有孩子!她缺少的难道不是孩子吗?她也说不清。她就是跟随马塞尔,仅此而已,满足于有人需要她的这种感觉。他只是让她知道自己必不可少,除此没有给她别的乐趣。不消说,马塞尔并不爱她。爱情,即使生恨的爱,也没有怏怏不快的这张脸。真的,他那张脸是什么样子呢?他们是在黑夜里,摸索着相爱,谁也不看见谁。除了漆黑的夜晚,还有另一种爱吗,还有大白天呼号喊叫的爱吗？她不知晓,只知道马塞尔需要她,而她也需要这种需要,并且日夜赖此生存,尤其是夜晚,每天夜里,他不愿意孤单时,不愿意衰老,也不愿意死去时,就换上这种负气的神态,而这种神态,她有时也从别的男人脸上认出来,这些疯子唯一共同的神态,平时他们用通情达理的表情来掩饰,到时候疯狂起来,就不顾一切扑向一个女人,根本没有欲望,只为往女人体内埋藏孤独和黑夜向他们显示的恐怖。

马塞尔动了动身子,仿佛要躲避她。不错他并不爱她,只是恐惧除她之外的一切;而她与他,早就应该分开了,单独睡觉,直到终老。然而,谁又能常年独眠呢？有些人这么做,使命或者不幸将他们同世人隔绝,于是每天夜晚,他们就和死神同床共眠了。马塞尔这个人,尤其是他,永远也做不来,他是个懦弱的、毫无防护能力的孩子,一直畏惧痛苦,他恰恰是她的孩子,需要她这个人。恰巧这时,马塞尔发出一声呻吟。于是,她又贴紧了一点儿,手抚他的胸口,在心中用爱称叫他:她从前给他起的爱称,他们彼此时而还用一用,但是不再去想其中的爱意了。

她却完全由衷地这样称呼他。归根结底,她也同样需要他,需要他的力量,他那些小小的怪癖,她也同样怕死呀。"若是能克服这种恐惧心理,那我就会幸福了……"然而,一种无名的惶恐,立时又侵袭她的心头。她脱离不开马塞尔。不,她什么也克服不了,她不会幸福的,将来必死,最终也难解脱。她心口作痛,让巨大的重负压得喘不上气来。这才猛然发现,这重负她拖了二十年,现在就拼命在这重压下挣扎。她想要得到解脱,纵然马塞尔,纵然其他人永远解脱不了!她完全醒来,从床上起身,侧耳细听似乎近在咫尺的呼唤。可是,从黑夜的遥深处,只传来绿洲上不知疲倦的、声嘶力竭的犬吠。刮起微风,她听见风掠棕榈林的潺潺流水声。南风,来自重又凝固不动的苍穹下,现在荒漠和黑夜交融的地方;在那里,生命停顿了,谁也不再衰老,不再死去了。继而,流水似的风声止息了,她甚至不能确定听见了什么,除了一种无声的呼唤,随其舍弃或收取,如不当即回应,她就永远也不能了解其含义了。是的,当即回应,至少这一点确定无疑!

她轻手轻脚下了床,站在床边一动不动,注意听丈夫的呼吸。马塞尔睡得正香。不大工夫,她就散失了床上的温暖,浑身发冷。她借着路灯透进百叶窗的微光,寻找自己的衣服,慢腾腾地穿上了。她拎起鞋子,走到门口,在昏暗中又等了一会儿,这才轻轻地开门,撞锁咯吱一声响,她的心狂跳起来,竖起耳朵谛听,没有一点动静,便又拧了拧门把手,觉得门锁转动无休无止。门终于开了,她溜出去,重又小心翼翼地关上门。接着,她面颊贴到门板上,稍等一等。过了一会儿,她听见马塞尔仿佛很远的呼吸声息。她转过身,正迎着夜晚的寒气,沿着走廊跑去。客店的正门关闭了。她正拉门闩,睡眼惺忪的守夜人出现在楼梯口,用阿拉伯语问她什么。"我这就回来。"雅尼娜回了一句,便投入夜色中。

在棕榈林和房舍上面漆黑的夜空,悬挂着一串串星星。通到要塞的林荫路不长,现在空寂无人,雅尼娜沿街跑去。寒风不必再同太阳搏斗,完全侵占了黑夜,冰冷的空气吸进去刺痛她的肺。然而,她半摸黑不停地跑。这时,从坡上林荫路的尽头出现亮光,接着曲里拐弯朝她冲下来。她停下脚步,听见一群昆虫振翅的声响,亮光越来越大,终于看清后边几件张大的斗篷,而斗篷下面闪闪发亮,则是自行车纤弱的轮子。呢斗篷擦身而过,从她身后黑暗中出现的三盏小红灯笼,也很快就消失了。她又拔腿朝要塞跑去,上到台阶的当腰,寒气入肺如刀割一般,她真想停下来,还是最后猛一冲,连滚带爬上了天台,现在腹部紧紧压在护墙上。她上气不接下气,眼前一片模糊。奔跑身子也没有暖和,四肢仍然瑟瑟发抖。她大口大口吞下的凉气,很快在她体内均匀散开,在战栗中间,开始微微生出一股暖流。她的双眼终于睁开,眺望黑夜的空间。

一丝风也没有,也没有一点声响,只是偶尔传来细微的毕剥声,那是石头渐渐冻裂化为沙粒的声响,打破包围雅尼娜的孤独和寂静。可是过了片刻,她头顶的天空受力滞重地回旋起来。干燥而寒冷的夜深不可测,不断地生成千万颗星星。寒光凌乱,随即脱离星体,开始无声无息滑向天边。这流光星火,吸引住雅尼娜的凝眸。她与星斗同旋共转,沿着同样亘古不变的行程,逐渐进入自身最幽深的存在,而寒冷和欲望,正在这幽深处交战。星星一颗接着一颗,就在她面前陨落,在荒原的乱石堆中熄灭,每落一颗星,雅尼娜就又向黑夜敞开一点心扉。她畅快地呼吸,忘掉了寒冷、人生的负担,也忘掉了放浪的或固定的生活、生与死的无穷忧虑。多少年来,为了逃避恐惧,她狂奔乱跑,漫无目的,现在终于停下来了。与此同时,她似乎又找到自己的根,生命的汁液重又在体内上升,浑身不再发抖了。她的腹部完全压在护墙上,身子探向运转的苍穹,只待这颗还慌乱的心也平静下来,只待自身重归缄默。最后一批星辰,将其珠串撒得更低,落在荒漠地平线之下不动了。夜阑时分,露水以难以承受的温柔,开始浸透雅尼娜,淹没了寒冷,从她身体隐秘的中心逐渐上升,汇成连绵不断的波涛,漫溢出来,直到她满口发出呻吟。片刻之后,整个天宇在她的上方延展,她仰面躺在冰冷的地上。

雅尼娜同样蹑手蹑脚回到客房。马塞尔还未睡醒。不过,当她躺下时,他却咕哝两声。几秒钟之后,他一翻身猛地坐起来,叽里呱啦说话,雅尼娜不明白他说什么。他下床打开电灯,灯光迎面晃花她的眼睛。他踉踉跄跄走向洗脸间,拿起放在那里的矿泉水瓶,喝了好半天。他一只膝盖搭上床,正要钻回被窝,瞥了妻子一眼,不免莫名其妙。妻子哭成了泪人儿,眼泪收不住。"没事儿,亲爱的,"妻子说道,"没事儿。"

叛逆者

——一颗混乱不清的头脑

"一脑子糨糊,一脑子糨糊!我这脑袋真该清理清理了。自从他们割掉了我的舌头,也不知怎么搞的,另有一条舌头,就在我的脑壳里不停地走动,有什么东西,或者什么人在说话,突然又住声了,随后,一切又周而复始,唔,我听到的事情太多太多,却又说不出来,满脑子糨糊!我若是开口说话,那就像乱石子儿滚动一样,发出稀里哗啦的声响。条理,要有个条理,舌头这样说,不过同时,舌头又讲了别的事儿,不错,我一向渴望有条理,至少,有一件事确定无疑:我在等待来替换我的传教士。我就在他来的路上,离塔加沙一小时的路程,躲在一堆乱石中间,坐在一支老枪上。荒原上日出,天气还很冷,过一会儿又太热了,这片土地能让人发疯,而我一待多少年,都算不清了……不,再忍耐一下!传教士应该今天上午到,要不就是傍晚。听说他要带着一名向导,他们俩可能骑一头骆驼。一定得等待,我等待着,寒冷,只是因为太冷,我才发抖。还要耐心点儿,下贱的奴才!

"我耐心等待这么久。我在老家的时候,住在中央高原,父亲粗鲁,母亲愚昧,天天喝葡萄酒、肥肉浓汁汤,尤其是葡萄酒,又酸又凉;还有漫长的冬天,寒风刺骨,到处积雪,草料气味难闻;噢!我想出走,一下子抛开这一切,到有阳光,有清水的地方,总算开始生活。我相信了本堂神甫的话,他向我介绍神学院,每天都关照我。那里当地人信奉新教,因此他有闲工夫,经过我们村子时,总是溜着墙根儿走。他给我谈未来,谈阳光,说天主教就是阳光;他还教我读书识字,硬往我这榆木脑袋里灌拉丁文:'这孩子聪明,可就是头犟驴。'我这脑壳是够硬的,一生摔打过多少次,从未头破流过血,'就是个牛头。'我父亲那头猪常这样说。在神学院里,他们个个都得意非凡,从信奉新教的地方招募来学员,这是一大胜利,他们把我的到来,视为奥斯特里茨升起的太阳①。这太阳,苍白色,不错,只因酒喝得太多,他们喝酸葡萄酒,生的孩子长龋齿,父亲该杀该杀,这是首先要干的,而且毫无危险,其实,他身负使命去了,就是说他早已死了:酸酒最终把他的胃穿了孔,那么剩下来,就只有杀掉这个传教士了。

"我要跟他算账,跟他那些老师,跟骗了我的老师算账,跟肮脏的欧洲算账,所有人都欺骗了我。传教,他们开口闭口就是这句话,到野蛮人那里去,告诉他们:'这就是我的上帝,你们瞧瞧,他从来不打人,也不杀人。他发号施令声音温和,半边脸挨了打,他就伸过去另半边脸,②他是主子中最大的主子,选择他吧,你们看呀,他把我变成多优秀的人,侮辱我吧,你们就能证实。'对,我相信了鬼话,感到自己很优秀了,我发了福,几乎像模像样了,需要受人侮辱。夏天,我们身穿黑袍,排着紧紧的队列,走在格勒诺布尔街上,遇见穿着轻纱薄裙的姑娘们,我鄙视她们,眼睛根本不转过去,只等待她们来侮辱我,而她们往往咯咯笑起来。于是我心想:'但愿她们打我,唾我的脸。'不过,她们大笑的样子,老实说,就相当于侮辱,同样是尖牙利爪撕咬我,这种凌

---

① 暗指拿破仑。一八〇五年十二月二日,拿破仑在捷克斯洛伐克村庄奥斯特里茨大败俄奥联军。当天有晨雾故称苍白色的太阳。
② 典出《新约·马太福音》第五章。

辱、这种痛苦,多么甜美啊!当我痛斥自己的时候,我的导师还不理解,他说:'不然,您身上也有好的一面!'好的一面!我身上有酸葡萄酒,仅此而已;这样恐怕更好,如若不坏,又如何变好呢,在他们对我的全部教诲中,我理解透了这个核心。甚至可以说,我只理解这一点,唯一的念头,作为聪明的犟驴,我要一条道跑到黑,我迎着赎罪而上,极力削减平庸,总之,我要成为楷模,也让人瞧瞧我,让人看到我时,就会称颂将我变成优秀的东西,并且通过我膜拜我的上帝。

"野蛮的太阳!升起来了,荒漠当即变样,丧失了仙客来花①的色彩,我的高山哟,还有那积雪,温柔的雪,软绵绵的,不,那是略微发灰的黄色,正是阳光灿烂之前难受的时刻。什么也没有,从我面前,直到地平线,还什么也没有,只见远方,高原消失在色彩还相当柔和的光晕中。在我身后,上坡路一直通向那座沙丘,沙丘后面便隐藏着塔加沙,这响亮的名字,在我的头脑里回荡了多少年。第一个向我提及的,是一位半失明的老教士,他退隐在修道院,可是,为什么说第一个呢,他是唯一跟我谈的人,而在他的讲述中,打动我的并不是这座盐城、烈日下的白墙,不是的,而是野蛮居民的残忍。这座封闭的城市拒绝所有外来人,据他了解,凡是企图进城的外来人,唯独他,能够讲述他的所

---

① 一种山花,又称兔子花,花为紫色,法语中有仙客来紫色连衣裙。可提取香精,制成仙客来香水。

见所闻。他们曾鞭打他,往他的伤口和嘴里塞盐,然后将他赶进沙漠;他在沙漠中,难得遇见好心的游牧人,不幸中的大幸。而我呢,听了他的讲述,就向往盐和天空的火焰,向往神仙堂及其奴隶们,还能找见比这更野蛮、更有刺激性的事情吗?不错,这就是我的使命,我应该前去,向他们指明我的上帝。

"可是,在神学院里,他们喋喋不休,总是给我泼冷水,说什么必须等待,那还不是传教的地方,说我还不成熟,必须经过特别的准备,要有自知之明,而且,我必得经受考验,然后再定夺!然而,总是等待,噢!不行,也好,既然要经过特别的准备,要经受考验,那是在阿尔及尔进行,我总算是接近了目的地,再说别的,我就摇着榆木脑袋,重复同样的话:到最野蛮的人那里,同他们一样生活,就在他们家里,乃至在物神庙,现身说法,给他们指明,我主的真谛无比强大。他们当然要侮辱我,可我不怕,受侮辱是现身说法必不可少的,我以承受侮辱的方式,显示一颗太阳的威力,从而降服这些野蛮人。威力,对,这就是我在舌头上滚来滚去的词儿,我幻想绝对的权力,能让人扑地跪拜,迫使对手投诚,最终使之改宗的权力;而且,对手越盲目,越残忍,越自信,越顽固不化,那么他自白改宗,就越能彰显胜利者的威权。促使一时迷途的老实人改弦更张,这是我们那些传教士多么可怜的理想,他们拥有那么大权力,做事却谨小慎微,实在让我鄙视。他们并没有信仰,而我却有,我就是想要那些刽子手心悦诚服,让他们投地跪拜,并且亲口说:'主啊,这就是你的胜利。'总之,仅凭话语,就统御一支恶人大军。啊!我确信在这个问题上,我考虑得十分周全,还从来没有这样自信过。我这念头,一旦有了,就紧紧抓住,再也不放了:这便是我的力量,我的独特力量,只是他们全都不胜怜悯。

"太阳升高了,开始烧灼我的额头,周围的石头毕毕剥剥,发出低微的爆响,只有枪管还是凉的,好似凉爽的草场、凉爽的夜雨,就像从前那样,小火烧着肉汤,我父亲和母亲,他们等我回家吃饭,有时他们还冲我微笑,也许我爱他们。不过,这是老话了,现在,路径上,开始升腾起热浪,来吧,传教士,我恭候你呢,现在我知道该如何答复使命了,我这些新老师给我上了课,我也知道他们说得对,必须清算爱了。我从阿尔及尔神学院逃出来的时候,把这些野蛮人想象成别的样子,而在我的梦想中,只有一个情况千真万确:他们很凶恶。我呢,偷了财务钱箱里的钱,脱掉教袍,穿越北非阿特拉斯高原和沙漠,穿越撒哈拉大沙漠的客车司机,就跟我开玩笑:'别去那儿啦。'他也一样,他们都怎么了,数百公里瀚海,黄沙的惊涛骇浪,随风推进,继而后撤;接着又到高山,一片黑黝黝的峭壁、像铁器一般锋利的山脊。翻过了山,需要一名向导,以便踏上褐石海。褐石海洋茫无涯际,滚烫滚烫,灼热得像千万面火镜,一直到黑人领土和白人国度交界的地方,那便是拔地而起的盐城。我总是那么天真,给向导看了身上带的钱,向导抢走我的钱,打了我一顿,把我扔在这里的路上,还丢下一句:'你这条狗,幸会,去吧,去那里,他们会教训你。'唔,对，他们教训了我，他们就像除了夜晚，终日暴晒的太阳，又灿烂又傲慢，此刻就暴晒我，如烧红的长枪般刺我，仿佛从地里突然冒出来，噢，快躲开，对，趁着还没有乱成一团之前，我先躲到大石头下面。

"这里挺阴凉。盐城坐落在那个小盆地里，热到白炽程度，怎么能生活呢？笔直的屋墙，一面面全是用镐凿出来的，墙面很粗拉，留下条条道道的毛茬儿，真像明晃晃的鳞片，还附着金黄的细沙，看上去微微发黄，只待大风清扫墙壁和平台之后，重又一片明晃晃的白色，十分耀眼，而天空也扫尽浮云，完全坦露蓝色的肌肤。在这种日子，我眼睛晃得什么也看不见了，静止不动的天火，发出毕毕剥剥的声响，连续多少小时，燃烧着白色屋顶平台。平台似乎都连成一片，就好像从前有那么一天，他们齐心协力，铲平一座盐山，铲平之后，又就地挖掘街道，掏空出居舍房间，开设窗户，或者，说得更准确些，是的，就好像他们使用沸水的水龙，喷射切割出他们火热的白色地狱，这恰恰表明他们能住在任何人也受不了的地方，这沙漠中央的洼地，离任何生物都有三十天的路程，白天酷热，人与人之间根本无法接触，彼此间竖起了无形火焰和沸腾水晶的隔墙，而且没有过渡，随着夜晚降临的严寒，又冻得他们一个个蜷缩在岩盐壳里，他们是旱浮冰上昼伏夜行的居民，是在立方体雪屋里浑身打战的黑色爱斯基摩人。黑色，对，只因他们身穿黑色长袍。盐，一直塞进他们的指甲缝儿里，就是在北极般严寒的夜晚睡眠，他们也咀嚼着盐的苦涩；

喝的水中也有盐,唯一的水源,是从一处闪亮的豁口流出的泉水,溅在黑袍上,留下一条条痕迹,好似雨后蜗牛爬行的线路。

"雨,上帝啊,唯一真正的雨,下得长久而猛烈,正是你这天空降下来的雨!总而言之,骇人的城市,逐渐被蚕食,缓慢地败落,不可逆转了,要完全融化在稠乎乎的湍流中,将它的凶残居民冲向沙漠。唯一的雨,上帝啊!哦,对了,什么上帝,他们就是上帝!他们统治着他们贫瘠的家,他们的黑奴,让黑奴累死在盐矿。在南部这地方,每个盐块,挖出来就要一条人命。他们披着黑纱丧服,悄无声息地走过白色矿井的街道;到了夜晚,整座城市活似一个丑陋的鬼魂,他们就弯着腰,走进幽黑的屋子,只有盐壁闪着微光。他们睡觉,但是觉很轻,一旦睡醒,就开始发号施令,动手打人,他们说他们是独一无二的族群,他们的上帝是真正的上帝,必须唯命是从。他们是我的主子,他们不知何为怜悯,当主子就是孤家寡人,独来独往,独裁统治,因为唯独他们才有这种胆量,在盐山和沙漠中,建起一座冰火兼容的城市。

"气温上升,蒸腾起来,我出汗了,他们却从不出汗。现在,我待的这阴凉地儿也热了,感觉到我头顶上岩石上方的太阳;太阳在击打,就像大锤击打所有岩石,而这就是音乐,中午的宏大音乐,数百公里的大气和岩石都在震颤,一如从前,我听到寂静。对,还是几年前的那种寂静,当时守卫把我带到他们面前,迎接我的正是这样一片寂静,烈日当空,我被带到广场中央,而广场四周的平台,一层层扩散升起,直到这盆地的边沿儿,正好被严酷的青天这顶盖子给盖住。我就在那里,跪在那地盾的洼兜里,从所有墙壁击出的盐和火的利剑,刺痛我的双眼,我疲惫不堪而脸色煞白,耳朵被守卫打得流着血,而他们,人高马大,身披黑袍,他们注视着我,一句话也没有说。正午时分。在太阳铁锤的击打下,天空这块白热化的铁板久久回响,那是同样的寂静,他们注视着我,时间一分一秒过去,他们没完没了地看着我,我受不了那种逼视的目光,呼吸越来越急促了,终于哭泣起来,他们还是默默无言,猛然转过身去,全朝同一方向走掉了。我跪在那里,只看见他们黑红色凉鞋里,沾着盐的亮晶晶的脚撩起黑长袍,脚尖略微翘起,脚后跟稍重着地,发出轻微的咔嗒声响。等到广场上人走空了,我就被人拖到神仙堂。

"就像今天蹲在岩石下面这样,太阳的烈火穿透了厚厚的岩石,我在神仙堂昏暗的角落,一连待了好几天。神仙堂比民舍高大一点儿,四周有盐垒的围墙,没有窗户,室内弥漫着闪光的夜色。好多天,他们只给我一碗发咸的水,往我面前的地下撒一把米,就像喂小鸡似的,我就拾起来吃下去。白天,房门一直紧闭,但是室里不那么暗了,就好像锐不可当的阳光,透进了厚厚的盐层。没有灯,我沿着墙壁,摸索着往前走,触碰到了装饰墙壁的干枯了的棕榈叶,到里端碰着一扇做工粗糙的小门,用手指触摸我的门闩。好多天了,许久之后,我也算不清有多少天,也不知时辰了,不过,给我撒米有十来次。我挖了个坑埋自己的粪便,但是怎么也盖不严,总飘浮着兽穴的气味。很久之后,是的,两扇门打开了,他们走进来。

"我蹲在角落里,一个人朝我走来。我感到面颊贴在盐火上,闻到棕榈枯叶尘土的气味,看着他走近,到相距一米处站住。他默默地盯着看我,打了个手势,我站起来。他那双金属般发亮的眼睛凝视着我,那张棕褐色马面毫无表情。接着,他抬起一只手,始终面无表情,揪住我的下嘴唇,缓慢地拧,几乎要把我的肉撕下去;他手指不放松,逼得我旋转,一直退到屋子中央,他再往下拉我的嘴唇,扯着我跪倒在地,不知所措,满嘴流血。随后,他回到那些人中间,同他们一起沿墙排列。房门大开,日光照进来,没有一点遮拦,他们就看着我在难忍的火热中呻吟。在这光照中出现巫师,满头酒椰纤维发,身披珍珠铠甲,裸露的双腿上边围着一条草编裙,头戴芦苇和铁丝编的假面具,两个方孔露出眼睛。巫师身后跟随着乐师和女人,女人穿着花花绿绿的沉重袍子,看不出形体来。他们在屋里端那扇门前跳舞,舞姿很粗劣,没有什么节奏,他们只是扭动身子而已。巫师终于打开我身后的小门。主人们一动不动注视我,我转过身去,瞧见了神像。神像长着斧形的双头,铁皮的鼻子扭曲着,好似一条蛇。

"他们把我带到神像基座下,让我喝一种黑水,苦啊,苦极了,我的脑袋随即开始火烧火燎,我哈哈大笑,这就是凌辱啊,我受了凌辱。他们又扒光我的衣服,剃光了我的头发和身上的毛,用油净了我的身,再用浸泡过盐水的绳子抽我的脸,我还是大笑不止,扭过头去,可是,两个女人揪住我的耳朵,每次都把我的脸扭回来,给巫师抽打,而我只能看到巫师方孔的眼睛。我满脸满身血,还一直在笑。他们住了手,除了我,谁都不讲话,我的头脑已经成了一锅糨糊。他们把我拉起来,强迫我抬眼看神像,我不再笑了,知道我现在注定要为它效劳,对它顶礼膜拜;不,我不再笑了,恐惧和疼痛令我窒息了。就在这间白屋,在这太阳持续烧烤的墙壁之间,我仰着脸,记忆消失殆尽,对,我力图祈祷这尊神像,也只有拜他了,就连他那张狰狞的面孔,比起世间其余的一切,也不那么狰狞了。这时,有人用一根绳子捆住我的脚踝,只留够迈步的长度。他们又跳起舞来,不过这回,他们是面对神像跳舞,主人们鱼贯出去了。

"他们随手关上了门。重又响起音乐,巫师点燃一堆树皮,围着火堆跺脚蹦跳,他那高大的身影在白墙上晃动,碰到墙角变了形,满屋子全是舞影。他在一个角落画出个长方框,我被女人拖进框里,感到她们的手干瘦而温柔。她们在我身边放了一碗水、一小堆谷粒,向我指了指神像,我便明白我必须凝望着神像。这时,巫师一个接着一个将女人叫到火堆旁,打了几个女人;她们挨打时呻吟着,然后跪到神像,我的上帝面前;与此同时,巫师又跳了一通舞,接着,他让女人全出去,只留下一个非常年轻的,她蹲在乐师们旁边,还没有挨着打。巫师揪住她一条发辫,往他拳头上缠,她身子往后仰,眼珠往外突,终于仰面摔倒了。巫师丢开她,又大喊大叫,从那方眼睛面具后面发出的叫声大得出奇,这时,乐师们已经面壁,而那女人在地上打滚,好像歇斯底里症发作,终于四肢扑在地上,合臂抱住脑袋,也嗷嗷叫起来,但是声音低沉。巫师不停地吼叫,注视着神像,敏捷地一伸手,恶狠狠抓起那女人,看不见那女人的脸,现在裹在厚重的袍子里了。这工夫,我受不了孤独,完全昏了头,我不是也号叫起来,对,冲着神像发出恐怖的吼声,直到被人一脚踹到了墙根,闹个嘴啃盐壁,如同今天,我没了舌头的嘴啃岩石,等待我必杀之的那个人来。

"现在,太阳稍微过了中天,从石缝望出去,只见天空这块炽热的金属板上,被太阳穿了一个洞,就像我这张滔滔不绝的嘴,朝失色的沙漠不断地倾泻火流。我面前这条路,一直到天边,什么也没有,连一星点儿尘土都不见了;在我身后,他们大概在寻找我,不,还没有,那得到傍晚,他们才开门,让我出来走走。一整天我就是打扫神仙堂,更换祭品,晚上举行礼拜仪式,我有时挨打,有时不挨打,不过,我始终侍候神像,那神像在我的记忆中,如同镌刻在铁板上。此时还存在于我的希望中。那一尊神,也从来没有如此控制我,支配我,我这一生,日日夜夜都奉献给这尊神。无论是痛苦还是不痛苦,而不痛苦不就是快乐吗,甚至欲望,对,欲望,全都得之于这尊神,只因差不多每天,我都参加这种无人性而凶残的祭拜,但是现在我必须面壁,否则就要受体罚,因而只能听到而看不见。我的脸贴在盐壁上,受到满墙乱晃的兽影的震慑,听着长长的嘶叫,我的嗓子眼儿发干,一种非性欲的欲望,火辣辣的,钳住我的太阳穴和肚腹。就这样日复一日,我难以分辨清楚了,就好像这一天天,都溶化在酷暑和盐壁阴险的反射中了,时光无非是一种不定型的汩汩流淌,只是间隔固定时间爆发出痛苦和占有的喊叫。没有年代的漫长的时日,神像统治着,犹如这暴虐的太阳照耀我的石屋,而此刻还像当时一样,我为不幸和欲望而哭泣:一种恶意的愿望燃烧起来,我要反叛,我舔着我的枪管及其里面的灵魂,枪的灵魂,唯独枪有灵魂,唔!对,割掉我舌头那天,我学会了崇拜仇恨的不朽的灵魂。

"多么混乱,多么疯狂,热昏了,气昏了。我匍匐在地,卧在我的枪上。这里有谁在喘息呢?这种无休无止的酷热、这种等待,我实在忍受不了,必须杀掉他。没有一只飞鸟,没有长一株草,只有石头,一种无果的渴望,以及沉寂,石头和沉寂的呼喊,这条舌头在我心中说话;自从他们割掉我的舌头,便是漫长的痛苦,枯燥乏味,孤单一人,夜晚没水喝,我梦想的夜晚,与那尊神一起关在我的盐穴里。只有黑夜,以其清爽的星辰和幽隐的水泉,才可能拯救我,最终把我从人类的恶神魔掌中解救出来,然而,我一直遭禁闭,不能观望夜空。如果那个传教士还迟迟不来,那我至少能看到夜色从沙漠升起,弥漫整个天宇,而金色的一串串冰凉葡萄从幽幽的中天垂挂下来,我可以畅饮,湿润我这再也没有灵活的肌肉润泽的干瘪的黑洞,最终忘掉疯狂割我舌头的那一天。

"真热呀,这么热,盐都融化了,至少我这样认为,空气啄食我的双眼。巫师没戴面具进来了,身后跟着我未见过的一个女人,她几乎赤身裸体,只披着一块灰不溜丢的破布,满脸刺了花纹,酷似神像的面具,没有表情,完全是一副偶像的惊愕呆相,唯独她那纤细扁平的腰身还有活力。巫师打开神龛的门,她便扑倒在神像的脚下。接着,巫师看也不看我一眼就出去了。气温升高,我一动不动,神像在注视我,而它脚下纹丝不动的躯体,肌肉开始微微动了,当我走近时,女人刺成偶像的脸毫无变化,只是睁大眼睛盯着我。我用脚触碰到她的脚,偶像女人一直睁大眼睛凝视我一句话不说,这时气温高得吼叫起来,她一点点翻身仰卧,慢慢地收拢双腿,抬起来叉开两膝。可是,该死的巫师在窥伺我,他们立刻一拥而入,把我从那女人身边揪走,狠狠击打罪孽的部位,罪孽!什么罪孽,我大笑,罪在何处,道德又在哪里!他们把我按在墙上,一只钢钳似的手掐住我的下颚,另一只手掰开我的嘴,拽出我的舌头,硬拉出血,那是我吗,发出野兽般的嚎叫,接着,一下锋利而清凉的抚摩,对,就是清凉,抚摩一下我的舌头。等我苏醒过来,已是黑夜了,身子贴着墙壁,满是凝结的血,嘴里塞了一团味道很怪的干草,不流血了,可是嘴里空落落的,填进来的只有撕肝裂胆的剧痛。我想要站起身,重又跌倒,一阵欣喜,欣喜到极点,死期终于来临:死亡也是清爽的,死的阴影下不躲避任何神。

"我还是没死。那天,我站起身来,一种新仇也随之确立。我走向里门,打开,进去并随手关上。我恨自己的同胞,神像仍在原位,我身处这洞穴的底部,不止向这尊神祈祷,而是做得更好,我信奉了,否定我此前的一切信仰。致敬!这神便是力量和强权,可以摧毁而不可以改变。两只茫然而迟钝的神眼,从我的头顶望过去。致敬!他就是主人,唯一的主,他的天性就是残忍,无可辩驳,根本就不存在善良的主人。这回算受尽了侮辱,周身只为一处疼痛而呼喊,我第一次归顺,赞同他的以恶为本的秩序,崇拜他所体现的行恶的世界观。他的王国,在盐山里雕刻出来的不毛之城,远离自然万物,没有沙漠原本就稀少而短暂的繁荣,也摆脱了种种偶然或者种种温情,如一块诡云、一场瞬间的急雨,就连烈日和沙漠都能见识到的自然现象,总之,一座秩序井然的城,全是直角形、方屋子、僵硬的人,我做了这个王国的俘虏,我自由地变成这座城受尽折磨而满怀仇恨的公民,我否认别人曾经教授我的漫长的历史。他们欺骗了我,唯有恶的统治才坚不可摧,他们欺骗了我,真理就是方方正正的,沉重而密实的,真理容不得些许差异;善是一种梦想,是一项竭力追求又不断推延的计划,是一种永远达不到的极限,善的统治维持不下去。唯独恶能够直达极限,能够绝对统治,就应该为恶效力,建立起看得见的恶王国,然后再考虑干什么,'然后'究竟是什么意思,就是说,唯有恶是现实存在,打倒欧洲,打倒理性,打倒荣誉和十字勋章。是的,我应该皈依我的主人们的宗教,不错,不错,我是奴隶,不过,我若是也狠毒起来,便不复为奴了,尽管我脚上捆了绳索,这张嘴也成了哑巴。噢!这么热,简直要我发疯。这烈日不堪忍受,晒得沙漠无处不喧响,而另一位,和善的上帝,一听到他的名字我就反感,现在我既已认清,就否认他了。他耽于幻想,还要说谎,因此就割了他的舌头,不再让他讲假话骗人,甚至用钉子钉穿他的脑壳,他那可怜的脑袋,就像此刻我这脑袋一样,全是糨糊。真累呀,可以肯定,并没有地震,杀掉的不是一位义人,我不认为他是正义者;没有正义者,只有推行无情的真理统治的恶主子,唯独这尊神像具有威权,他是人,是唯一的上帝,仇恨便是他的指令,是一切生命的源泉,是清洌的泉水,犹如爽口烧胃的薄荷茶。

"我就这样变了,他们也明白了,我遇见他们时就吻他们的手,我成为他们的人,没完没了地赞赏他们。我也信任他们,希望他们像弄残我一样,也割掉我同胞的舌头。我一得知传教士要来,便胸有成竹,知道自己该怎么办。这天同往日一样,同样明晃晃的太阳,已经持续了多久!傍晚时分,有人望见一名守卫奔跑在盆沿儿上,几分钟之后,我就被拖到房门紧闭的神像堂前。他们当中一个人把我按倒在阴凉处的地下,用十字形的腰刀威胁我,这寂静的场面持续很久,直到一种陌生的喧声充斥平日宁静的城,传来的人声,我好半天才听出来,原来讲的是我的语言。然而,那种声音一响起来,刀尖就逼近我的眼睛,守卫默默地盯着我。两个人说话的声音越来越近,现在还回响在我耳畔:一个人问这座房子为何有人把守,要不要破门而入,我的中尉;对方回答:'不',语调干脆,过了片刻又补充说,已经达成了协议,当地接受二十名士兵守城,条件是驻扎在城外,尊重当地风俗。那士兵笑了,那军官还不知道,当地人停止了反抗,不管怎样,他们接受一个外人给他们孩子看病,这还是第一次,来人大概是随军神甫,然后再解决领土问题。那士兵又说,没有守军在场,他们就会处处阻挠神甫。军官回答说:'嗳!不会,即使神甫比守军先到,那也是两天之后的事了。'我一动不敢动,在刀尖下吓傻了,再也没有听见什么,只觉得疼痛难忍,一个安满钢针和钢刀的轮子在我身上滚来滚去。他们都疯了,他们都疯了,竟然让人扰动这座城,扰动他们不可战胜的强权、真正的上帝,而且另一个,就要到来的那家伙,他们还不会割掉他的舌头,他不付出一点儿代价,没有遭受任何凌辱,就可以炫耀他那狂妄的善意了。恶的统治就将推迟,大家仍心存疑虑,还要浪费时间,去梦想那种不可能的善,还要白白耗尽精力,而不是推进唯一可能的王国的建成,我注视着威胁我的刀锋,唯一统治人世的强权啊!噢,强权,城里的喧声渐渐止息,神像堂的门终于打开,我一个人留下独伴神像,浑身受烧烤,心中苦涩难言,我向神像发了誓,一定要拯救我这新信仰,拯救我的真正主人,我的专制的上帝,一定要叛逆,不管付出多大代价。

"哦,暑热消了一点儿,石头不再震颤了,我可以走出我的洞穴,观望沙漠相继覆盖一层黄色、赭石色,很快又化为淡紫色了。昨天夜晚,我等他们进入梦乡,便将门锁卡死,以脚上绳索限量的同样步子走出来。我熟识街道,也了解哪儿能获取这支老枪。哪座城门无人把守,我到这里时,天色已经泛白,星光稀疏了,而沙漠夜色深了些。现在我觉得蹲守在这乱石中间,已经有好多好多天了。快点儿,快点儿,噢,让他快点儿来呀!过一会儿,他们就要开始寻找我了,他们会跑遍四面八方的路径。他们无法了解,我是为了他们出走的,以便更好地为他们效劳;我的两条腿很虚弱,因饥饿和仇恨而不听使唤了。噢,噢,那边,喏,喏,路的尽头,两匹骆驼渐行渐大,以侧对步快跑,已经伴随矮矮的影子了,那是骆驼奔跑的一贯姿势:梦游一般急速。他们终于来啦!

"枪,赶快,我迅速压子弹上膛。神像啊,我的上帝在那边,愿你的威权得以维护吧,愿侮辱层出不穷吧,愿仇恨决不宽容地统治这罪恶世界吧,愿恶永当主人,愿王国终于到达一座盐与铁的城市,在这独一无二的地方,披黑袍的暴君们将无情的奴役和占有!现在,哈,哈,向怜悯开火,向无能及其仁慈开火,向拖延恶的到来的一切东西开火,打两枪,他们就仰身跌下去,那两匹骆驼便直奔天边:那明净的天空飞起一大群黑鸟。我大笑,我大笑穿教袍那个可鄙的家伙扭曲着身子,他勉强抬起头,看见我,我,脚上套着绳索,他的万能的主人,为什么他冲我微笑,我这就砸烂这微笑!枪托砸到仁慈的脸上,声音多美妙,今天,今天终于大功告成,此后几小时,空嗅沙漠之风的豺狼,从各处开始进发,以稳健的小跑奔向等待他们的腐肉宴。胜利啦!我振臂向天,天也为之动容,只见遥遥对面一片紫影,欧洲的夜哟,祖国、童年,在胜利的时刻,为什么我还要洒泪呢?

"他动弹了,不对,声音来自别处,来自那边,那是他们,我的主人们,黑压压像一群黑鸟飞奔而来,直接扑向我,抓住我,啊!啊!打吧,他们害怕了,怕他们的城被攻陷,呼号连天,怕我招来的军队,对这座神圣的城市进行报复,而这恰恰是我的目的。现在,你们自卫吧,打吧,先打我吧,你们掌握了真理!我的主人们哟,他们随后能战胜那些士兵,能战胜空话和博爱,他们能返回沙漠,渡过海洋,用他们的黑面罩覆盖住欧洲的光明,打吧,往肚子上打,对,打眼睛,把他们的盐播向欧洲大陆,让所有植物、所有青春都灭绝;到那时,一群群的哑巴,双脚绑着绳索,将同我并肩,走在这世界的沙漠,在真正信仰的毒太阳下,我就不再孤单一人了。恶啊!他们对我施的恶,他们的狂暴就是善,他们把我捆在这匹战马上,要五马分尸,真是大慈大悲,我大笑,我喜欢将我钉在十字架上的一击。

"沙漠这么寂静!夜幕已降临,我孤单一人。我口渴,还在等待,那座城在哪儿,远处喧声,那些士兵也许大获全胜。不,不该如此,即使那些士兵攻占了城,他们也不够凶狠,他们不善于统治,又要说必须改邪归正,总归还有数百万人深陷善恶之间,不断挣扎,无所适从。神像啊,你为什么抛弃我?全完了,我干渴,浑身火烧火燎,夜更加黑暗,蒙住我的双眼。

"这悠长,悠长的梦,我醒来了,不对,我要死了,天已拂晓,第一缕阳光,新的一天,是为别的活人,而对于我,只有无情的烈日和苍蝇。谁在说话,一个人也没有,老天没有开口,上帝对沙漠没有话说。可是,这声音发自何处,正在说:'如果你肯为仇恨和强权而死,那么谁来宽恕我们呢?'是我身上的另一条舌头,还是在我脚下,一直不甘死去的这个家伙,反复地唠叨:'鼓起勇气,鼓起勇气,鼓起勇气?'噢!万一我,又错了呢!孤寂哟,从前讲博爱的人,唯一的救星啊,不要抛弃我呀!来了,来了,你是谁?满口流血,遍体鳞伤:'是你呀,巫师,士兵们打败了你,盐在那边燃烧起来,是你呀,我亲爱的主人!摘下这副仇恨的面孔,现在你要做善人,我们都错了,我们要从头开始,我们再重新建造慈悲之都,我想要回家。对,帮帮我,就这样,伸出你的手,给……'"

一把盐塞满饶舌的奴隶的嘴。

缄默的人

时值隆冬季节,然而,在这座已经开始忙碌的城市上空,升起了灿烂的一天。在防波堤的尽头,海天一色,融为一片华彩。不过,这种景象,伊瓦尔却视而不见。他费力地骑着自行车,沿着俯临港口的林荫路行驶。一条残腿动弹不了,放在固定的脚蹬子上,另一条则格外吃力,要战胜夜露湿滑了的铺石马路。他身材瘦小,低着头骑车,极力躲开废弃的电车轨道,时而猛一刹闸,避让超他的汽车,还不时一拐臂肘,将菲尔南德为他装午饭的挎包推向后腰,他想到挎包里的食物,心里不免一阵酸楚:这回餐盒里两大片面包中间,夹的不是他爱吃的西班牙式摊鸡蛋,也不是油炸牛排,而只是一块奶酪。

他从未觉得,上班的路有这么远。他也渐渐老了,年已四十,虽然还像葡萄藤一样精干,但是肌肉没有那么快活动开了。他看体育报道,有时读到三十岁的运动员就被人称为老将,不免耸耸肩膀。他对菲尔南德说:"这就算老将了,那么我呢,早就该躺在停尸间了。"当然,他知道记者这样讲并不全错。到了三十岁,不知不觉,中气就不足了。四十岁上,倒未必挺尸,不过也在早早做准备,虽说稍微提前了点儿。不正是因此之故,他穿城去另一头制桶工厂上班,一路上早就不再观赏海景了。他二十岁的时候,大海总也看不够。大海提供海滩,保证让他度个愉快的周末。尽管他腿瘸了,或许正因为这条残腿,他早先总喜欢游泳。后来,年复一年,时光流逝,有了菲尔南德,又生了个男孩,为了养家糊口,星期六他就在制桶厂加班,星期天也到私人家打点儿零工。他逐渐丢弃了老习惯,没有了从剧烈运动中得到满足感的日子。他的家乡别无乐趣,只有清澈的深水、强烈的阳光、姑娘们、躯体享受的生活。这种乐趣随着青春消逝了,伊瓦尔依然爱海,但只是到了傍晚,海湾的水色加深一点的时候。这是温馨的时刻,劳作一天之后,他坐在自家的平台上,穿着菲尔南德熨得平展的干净衬衣,面对还冒着气泡的茴香酒杯,心中十分惬意。天黑下来,短暂的恬静在天空逗留,跟伊瓦尔聊天的邻居,声音也顿时放低了。在这种时刻,他拿捏不准自己是不是幸福,或者是不是想要潸然泪下。至少,他在这种时刻心有契合,什么也不必做,只需等待,平静的等待,却又不大清楚等待什么。

每天早晨重又上班的路上,伊瓦尔反而不再喜欢看海了,而海倒始终不爽约,但是要等到傍晚,才能再次见面。这天早晨,他低头骑车,比往常更显吃力了,心情也同样沉重了。昨天晚上开会回来,说他们要复工了,菲尔南德还快活地说道:"这么说,老板给你们涨工资啦?"老板根本没给涨工资,罢工失败了。应当承认,这次搞得不好。一时气愤罢了工,工会跟的不紧不慢,也自有道理。毕竟只有十五六个工人参加,成不了大气候;工会考虑到,其他制桶厂经营也都不景气,怪不得他们,制桶业,受到船舶和油罐卡车制造业的威胁,前景难以乐观。做一般酒桶和波尔多酒酒桶的订单越来越少,主要还是修理现有的大桶。老板们看到他们的生意受到影响,这也是实情,不过,他们总归要预留利润的空间,认为最简单的办法就是冻结工资,不理睬物价上涨。一旦制桶业消亡了,桶匠还能干什么呢?学一门手艺不容易,不能随便改行;况且制桶手艺很难,要学很长时间。一名好桶匠非常难得,善于装配弧形桶板,用火烤并用铁箍箍紧,能做到严丝合缝,绝不填塞棕毛麻屑之类。这是伊瓦尔的拿手好活儿,他也引以为自豪。改行也不算什么,不过,放弃自己熟练的手艺,自己的老本行,就不那么容易了。一行好职业,却没了事做,可就进退两难了,不得已忍气吞声。忍气吞声也不容易,难就难在要闭上这张嘴,该争辩的不能真正地争辩,只能每天早晨走老路。积劳一周,到周末只好给多少拿多少,挣的钱越来越不够花了。

于是,他们愤怒了。有两三个人还犹豫不决,但是初步同老板讨论之后,他们也气愤了。老板讲的话确实噎人:不想干就走人。话总不能这么说。埃斯波西托就表示:"他想得美! 一句话就能让人俯首帖耳?"按说,老板那家伙也不算坏。子承父业,他就是在作坊里长大的,多年来几乎认识每一个工人。有时,他还请工人在制桶间吃顿快餐,就地点起刨花烤沙丁鱼或者猪血肠,葡萄酒一下肚,他真的很平易近人。每逢新年,他总是给每名工匠发放五瓶好葡萄酒;哪个工人有了病,或者有点什么大事,如结婚或者领圣体之类,他也往往送上一个红包。他得了女儿时,向所有人散发了酒心糖。他还邀请过伊尔瓦两三回,去他那海滨庄园打猎。不用说,他相当爱自己的工人,经常提起他父亲当初也当过徒工学手艺。然而,他从未走访过工人家庭,根本想不到这一点。他只考虑自己,因为他只了解他自己。现在,不想干就走人,换句话说,现在是他犯起了倔脾气。不过,他还有这个资本。

他们向工会施加了压力,工厂终于关门了。老板却说:"你们就别折腾了,组织什么罢工纠察队。作坊不开工,我还省了钱呢。"情况当然不是这样,但是事情总归没有摆平,因为他劈面对工人说,他让他们干活是发善心。埃斯波西托气疯了,当场回敬他不是人。对方也火冒三丈,不得不把双方拉开。不过,与此同时,他们也受到了极大的触动。罢工二十天,老婆在家愁眉苦脸。有两三个人气馁了,最后,工会建议让步,充当仲裁,保证用加班来弥补所误的工时。他们决定复工了。当然嘴上还很硬,说什么这事儿没完,以后等着瞧吧。可是今天早晨,一种疲惫的感觉,仿佛罢工失败所受的重压,午饭只带奶酪而没有肉食,不可能再抱幻想了。太阳这么灿烂也没用,大海也不再给任何指望。伊瓦尔踏着唯一的脚蹬子,觉得每蹬一圈,自己就又老了一点儿。只要想到工厂,想到又要见面的伙计们和老板,他的心情就不免又沉重一点儿。菲尔南德惴惴不安,问他:"你们要对他怎么说呢?"伊瓦尔骑上车,摇了摇头:"什么也不说。"他咬紧牙,他那张秀气的、有了皱纹棕褐色的小脸,已经完全板起来了:"大家干活儿就是了。"他现在骑着车,一直咬紧牙,憋着一肚子窝囊气,就觉得天空也暗淡下来了。

他下了林荫路,离开海边,拐进西班牙老区的潮湿街道。街道尽头便是一片厂区,设有车库,废钢铁堆放场和修车厂。制桶厂就坐落在那里,原来是座大工棚,四周砌了半截水泥墙,上面镶着大玻璃窗,连着瓦棱铁皮的顶棚。这座厂房对着旧制桶厂,那座大院分割成几个小院,企业扩大后,便废弃而破旧了,现在只堆放旧机器和旧木桶。过了那座院子,隔着一条上有瓦顶的过道,便是老板的花园了。花园另一端矗立一座房子,大而丑陋,好在满墙是爬山虎,户外楼梯也围着细弱的忍冬,看上去倒也蛮喜人的。

伊瓦尔一眼就瞧见,制桶厂的大门紧闭,门前默默地站着一群工人。自从他到这里干活以来,上班吃闭门羹,这还是破天荒头一遭。老板还要显示一下胜利。伊瓦尔拐向左边,将自行车放进连着厂房搭出来的车棚里,然后走向工厂大门。他远远认出埃斯波西托,那是挨着他干活的高个子青年,棕褐头发,浑身汗毛很重;还有工会代表马尔库,长着一颗假声男高音的脑袋,还有赛义德,工厂里唯一的阿拉伯人,以及所有其他工人,他们谁也不说话,看着他走过去,未待他走到近前,他们都猛然转过身,面向刚开一条缝的厂门。门缝里出现工头巴莱斯特,他背对着工人,沿铁轨缓慢地推开一扇沉重的大门。

巴莱斯特在工人中年纪最长,他一开始就不同意罢工,但是埃斯波西托一冲他说,他是为老板争利益,他就不再吭声了。此刻,他站在大门旁边,粗矮的身材,穿着他那件海蓝色毛衣,已经打赤脚了(唯独他和赛义德光着脚干活),他看着工人一个个走进厂,那双眼睛特别清亮,仿佛没有颜色,而那张老脸晒得很黑,嘴呈现一副苦相,浓密的胡子垂下去。工人们都沉默无语,因失败复工而感到耻辱,又因自己的沉默而气恼,随着沉默时间拖长,越来越难打破了。他们走过去,看也不看巴莱斯特一眼,心里清楚他在执行命令,以这种方式让他们进厂,他那副忧伤的苦相也向他们表明他的心思。伊瓦尔倒是看了他一眼,巴莱斯特很喜欢他,冲他点了点头,什么也没说。

现在，他们全到了厂门右侧的小更衣室：用白木板隔开的小间全敞着，隔板两侧分别挂着带锁的小柜。从入口算起，最里面的小间紧贴厂房的墙壁，已经改成淋浴时，夯实的地面开了一条排水沟。厂房中央，分成操作区，只见已经做成的波尔多葡萄酒酒桶，还剩一道箍紧的工序，在烘烤加固，还有开了长口子的刨床长凳（有些刨床豁口，已经插入桶底圆板材，等待刨光），再就是几堆熏得黑乎乎的灰烬。入口左侧，沿墙安装一溜儿工作台，工作台前堆放着带刨光的木桶板。靠右侧墙壁离更衣室不远处，有两台大电锯，功率很大，上了油，闪闪发亮，静静地立在那里。

就这么一点儿工人干活，这座厂房早就显得太大了。酷热天倒是好过，冬季可就冻人了。不过今天，这么大空间，活计全丢在那儿，木桶乱堆在角落，还是在桶下方只上了一道箍，上面桶板散开，酷似一朵朵盛开的大木头花；厚木料、工具箱和机器，都覆一层锯末子，整个厂房给人废弃的景象。工人现在都换上厚毛衣、打满补丁并褪了色的长裤，他们目睹此情此景，都迟疑不决了。巴莱斯特拿眼观察他们，说道："怎么着，动手吧？"他们谁也不说话，各就各位。巴莱斯特挨个儿查看，简短地提醒应开始或者做完的活计。谁都不答言。不久，第一锤声响起，打在固定桶腰圆箍的楔销钉上；一把刨子碰到木结发出吱吱声；埃斯波西托开动了一台电锯，响起尖厉刺耳的声音。赛义德按照要求，抱来板料，或者点燃刨花，在火上烤木桶，使桶壁隆起，箍得更紧了。没人叫他的时候,他就将生锈的宽铁箍放到工作台上,用锤子猛力地敲打。刨花燃烧的气味开始弥漫整个厂房。伊瓦尔刨光并搭配埃斯波西托破出的板材,他又闻到了熟悉的木香味儿,心情稍好了一点。大家都在默默地干活,不过,一种热烈的气氛、一种活力,又在厂房里渐渐复苏了。明媚的阳光照进大玻璃窗,厂房里亮堂堂的。金黄色的空气中青烟缭绕,伊瓦尔甚至听见有只小虫在身边鸣叫。

这时,通旧制桶厂的那扇后门打开了,老板拉萨尔先生停在门口。他身体瘦溜,棕褐色头发,三十岁刚出头,一身米色华达呢服装,上衣敞着怀,露出白衬衣,浑身上下神态自若。他的脸庞虽如刀削,突显瘦骨,但往往给人好感,正如大部分搞体育的人那样,有一种洒脱的范儿。不过,他进门时,神情还是有点儿尴尬。他道早安的声音,没有往常那么爽朗,反正没有一个人答话。锤声迟缓了,有点混乱,既而又更加起劲地响起来。拉萨尔先生迟疑地迈了几步,随即走向小瓦莱里,进厂才一年的青工。他在电锯旁边,离伊瓦尔几步远,正给一只波尔多酒桶上桶底。老板看着他干活,瓦莱里没有停手,一句话也没讲。"怎么样,孩子,"拉萨尔先生说道,"还好吧?"小伙子干活的动作突然笨拙起来,他瞥了埃斯波西托一眼。埃斯波西托就在他身边,正往粗壮的胳臂上放一大摞桶板,准备给伊瓦尔送去。埃斯波西托没有停下手中的活儿,也瞟了瓦莱里一眼,小伙子便一头扎进酒桶里,根本不理睬老板的问话。拉萨尔不免怔住了,在这年轻人对面愣了一会儿,他这才耸耸肩膀,转身走向马尔库。马尔库骑在长凳上,正一下一下,动作缓慢而精准,削薄桶底的周边。"你好,马尔库。"拉萨尔问候的声调干巴些了。马尔库没有应声,一心只顾从桶底板刮下薄薄的一片,"你们怎么啦?"这回拉萨尔转向其他工人,提高嗓门儿说道。"大家没有达成一致意见,这没错。然而,这不该妨碍大家一起干活呀。这样子,又有什么用呢?"马尔库站起身,举起桶底,用手掌摩挲,检查周围的薄边,然后眨了眨忧郁的眼睛,显出一种极为满意的神情,但他始终默默无言,走过去送给另一个装配酒桶的工人。整个厂房里,只听见锤声和电锯声响。"好。"拉萨尔说道,"等这阵情绪过去,你们就让巴莱斯特告诉我一声。"说罢,拉萨尔脚步沉稳,走出了厂房。

几乎紧接着,在车间的嘈杂声中,响了两次铃声。巴莱斯特刚坐下来,想卷支烟抽,又得费力地站起身,走向小后门。他一走,锤子敲打得就不那么重了。一名工人甚至停下手,正巧巴莱斯特回来了。他从门口只讲了一句话:"老板叫你们,马尔库和伊瓦尔。"伊瓦尔第一反应是要去洗洗手,可是马尔库,一把抓住他的胳臂,他便一瘸一拐地跟了去。

出了厂房,到了院子,阳光特别明媚,清亮如水,伊瓦尔感到洒在他脸上和赤臂上,他们登上户外楼梯,头上忍冬掩映,已经开了几朵花了。他们进入走廊,只见两边墙壁上挂着各种文凭,还听见孩子的哭声,以及拉萨尔先生说话:"吃完午饭,你哄孩子睡觉,还不行就叫医生。"接着,老板就来到走廊,把他们让进他们熟识的小办公室;室内摆放着仿乡村风格的家具,墙上装饰着体育竞赛的奖品。"请坐吧。"拉萨尔说着,便坐到办公桌后面。他们却依然站着。"我请两位来一趟,是因为你们,您,马尔库,是工会代表,而你,伊瓦尔,是仅次于巴莱斯特的这里最老雇员。谈判已经结束,我不想重提。我不能,绝对不能答应你们的要求。事情已经解决了,我们一致得出结论:必须复工。看得出你们对我有气,这让我心里难受,我怎么感觉就怎么对你们说。现在只想补充一点:今天我办不到的事儿,等生意有了起色,也许就办得到了。我若是能办到,不等你们提出来就去办了。眼下,大家就齐心协力干活吧。"他住了口,似乎在考虑,继而,抬眼看他们,问道:"怎么样?"马尔库望着外面,伊瓦尔紧咬着牙,本想说话,又说不出来。"听我说,"拉萨尔又说道,"你们都这么固执。这一阵儿过去就好了。等到理智起来了,你们不要忘了我刚才对你们讲的话。"他站起身,走向马尔库,伸出手去,说了声:"再见。"马尔库顿时面失血色,他那张有魅力的男歌手脸庞冷峻起来,刹那间变得很凶了。接着,他猛一掉头,扬长而去。拉萨尔的脸也刷地白了。他瞧了瞧伊瓦尔,没有伸出手,嚷了一句:"你们都见鬼去吧!"

他们返回车间,工人们正在吃午饭。巴莱斯特出去了。马尔库只讲了一句:"空头支票",便回到自己的岗位。埃斯波西托正啃面包,停住嘴问他们怎么回答的。伊瓦尔说他们什么也没有回答,随后他便去取挎包,回来坐到自己干活的刨床凳上,开始吃饭。他正吃着,忽然瞧见不远处,赛义德仰卧在刨花堆上,出神地望着大玻璃窗,天空隔着泛蓝的玻璃,显得不那么明亮了。伊瓦尔问他吃过饭没有。赛义德说他吃了无花果。伊瓦尔就不吃了。他和拉萨尔见面之后,一直不自在的感觉,现在突然化为乌有,让位给一种热心肠了。他站起身,掰了一块面包给赛义德,见赛义德不要,就说下周一切都会好起来,"到那时你再请我吃好了。"赛义德露出笑容,现在他吃起伊瓦尔给的夹奶酪的面包,一小口一小口,就好像不饿似的。

埃斯波西托拿来一只旧锅,用刨花和木屑点起一小堆火,热一热他用瓶子带来的咖啡。他说他常光顾那家食品杂货店,老板得知罢工失败,就让他把咖啡当作礼物送给制桶厂。一只盛芥末的杯子从一只手传到另一只手。每传一个人,埃斯波西托就往杯里倒加过糖的咖啡。赛义德一口喝下,比吃面包兴趣还浓。埃斯波西托端起滚烫的锅,直接喝了剩余的咖啡,他咂咂嘴,还骂骂咧咧。这时,巴莱斯特进来,宣布继续干活。

大家都起身,收起废纸餐具,装进各自挎包里;这时,巴莱斯特却来到他们中间,突然说道,这次对大家,也对他本人,都是个沉重打击,不过,也不能因此就要起小孩子脾气,赌气毫无益处。埃斯波西托手上拿着锅,朝他转过身去,他那张厚实的长脸一下子涨红。伊瓦尔知道他要说什么,知道所有人跟他的想法一样,他们不是赌气,而是被人堵住了嘴:不想干就走人,愤怒和无能为力，往往让人难受到极点，又不能就喊出来。他们毕竟是男子汉，不能去给人赔笑脸，做媚态。然而这番话，埃斯波西托一句也没有讲，不过，他紧绷的脸终于放松了，他轻轻拍了拍巴莱斯特的肩头，而其他人都回去干活了。锤声重又回荡起来，偌大的厂房立即充满熟悉的嘈杂喧响，刨花和旧衣服浸了汗水的混合气味。大电锯隆隆作响，吃进埃斯波西特缓慢推进的新鲜桶板料，锯开的口子喷射出潮湿的锯末，像面包屑似的，覆盖了在发红利齿两侧抓紧木料的两只毛茸茸大手。木料破开之后，就只听马达的空转声了。

伊瓦尔现在俯身手推长刨，就感到腰背酸痛了。往常，不会这么快就累了。显而易见，他几周未干活，这方面的锻炼就欠缺了。不过，他也想到年龄，这种手工活儿，不仅仅要求准确性，体力更加吃不消了。这种酸痛也向他明示年纪老了。靠耍肌肉的行当，最终要受到惩罚，他未死先亡，一天重活干下来，晚上睡眠恰恰跟死了一样。儿子想当小学教师，想法也对，那些夸夸其谈，讲解体力劳动的人，恐怕是不知所云。

伊瓦尔直起腰来，想喘口气，也想驱散这些悲观的念头，铃声又响起来。这次特别奇怪，持续按铃，短暂间歇，又急促响起，工人都停下手中的活儿。巴莱斯特听着也大感不解，终于决定去瞧瞧，缓步走向后门。他出去几秒钟之后，铃声终于停止了。大家又接着干活。门又猛然打开，巴莱斯特跑向更衣室。他从更衣室出来时，已经穿上了帆布鞋，边走边穿外衣，经过伊瓦尔面前说了一句:"女娃发病了,我去叫热尔曼来。"热尔曼是照看这个工厂的大夫。家住在城郊。伊瓦尔传布了这个消息,没有加以评论。大家围拢过来,面面相觑,都显得挺尴尬,只听得见电锯空转的声响了。"也许没什么事儿吧。"一名工人说道。大家回到原地干活,车间里重又响声四起,但是他们动作慢下来,仿佛在等待什么事。

过了一刻钟,巴莱斯特又进来了,撂下外衣,一句话未讲,又从后门出去了。日光斜照,映在大玻璃窗上。过了半晌,在电锯没放木料的间歇,能听见救护车低沉的铃声,渐行渐近,驶到地点,铃声现在静止了。过了一会儿,巴莱斯特回来,大家都走过去,埃斯波西托也关了电锯。据巴莱斯特说。孩子在自己房间脱衣服时,一下子跌倒,就好像被人砍了一刀。"啊,出了这事儿!"马尔库说道。巴莱斯特摇着头,朝整个厂房茫然地打了个手势,看神态他心慌意乱了。大家又听见救护车的铃声。厂房一片寂静,他们全在那儿,映着玻璃窗透进来的黄色光涛,帮不上忙的粗手耷拉在沾满锯末的旧长裤两侧。

晚半晌拖拖拉拉。伊瓦尔只感到浑身疲惫,一直揪着心。他早就想说一说,却又无话可说,而其他人也同样,他们缄默的脸上,只流露忧伤和某种倔强。在他心里,不幸这个词有时刚刚生成,随即便消失了,犹如旋生旋灭的气泡。他就想回家,回到菲尔南德和孩子身边,回到那平台上。恰好这时,巴莱斯特宣布收工。机器停下来。他们不慌不忙,开始熄灭火堆,收拾好工作台,这才一个一个去了更衣室。赛义德留在最后,他要清扫干活场地,洒水浇湿是尘土的地面。伊瓦尔到更衣室时,埃斯波西托这个毛茸茸的大块头,已经站到了淋浴喷头下了,他背对着大家,擦肥皂弄出很大声响,往常,大家都取笑他那么怕羞:这头大熊确实总要遮住下体。不过今天,似乎没人注意了。埃斯波西托倒退着出来,用一条长浴巾当缠腰布围住臀部。其余的人也陆续冲一冲;马尔库正用力拍打赤裸的腰身,大家听见大门在铁轨上滑动的声响,拉萨尔走了进来。

他还是头一次来看他们的那身服装,只是头发有些乱。他停在门口,扫视空荡荡的厂房,走了几步又站住,望了望更衣室。埃斯波西托转过身去,他还光着身子,只缠着浴巾,一时很尴尬,身躯不觉左右晃荡,伊瓦尔认为,马尔库应该说点儿什么,可是,不见他人,马尔库完全隐没在喷头的雨幕中了,埃斯波西托赶紧抓起衬衣,利落地穿上。这时,拉萨尔说了句:"晚安。"嗓子有点儿破音了,说罢便走向后门。伊瓦尔想到应当叫住他时,后门已经关上了。

伊瓦尔没有冲澡,穿好了衣服,也道了声晚安,但是发自内心,他们都以同样的热情回礼。他快步出了厂门,推出自行车,一骑上去,就又感到腰酸背痛了。已是傍晚时分,他骑车穿过拥挤的市区,尽量加快速度,回到老宅和平台,先去洗衣房洗一洗,然后坐下休息,目光越过林荫路的栏杆,眺望已经伴随他一路,水色比早晨深了的大海。不过,那小女孩的身影也时时伴随,他不由自主地想到她。

儿子放学回家了,正在看画报。菲尔南德问伊瓦尔,是否一切顺利。他什么也没说,进洗衣房洗了洗,回头靠小护墙坐到平台小凳子上,头顶就晒着打补丁的衣服,天空变得透明了。越过护墙,望得见傍晚柔和的大海。菲尔南德拿来茴香酒、两只杯子和凉水瓶,坐到丈夫身边,还像他们结婚初期那样,丈夫拉着她的手,对她讲述所有情况。他说完就转向大海,一动不动了,只见海面上,暮色从海平线一边飞速铺展到另一边。"噢,就怪这大海!"他说道。他多想自己还年轻,菲尔南德也同样年轻,他们就可以漂洋过海到那边去了。

来　客

小学教师望着两个男人上山来了。一人骑马,一人步行,他们还没有走到直通学校的那段陡峭山坡,学校就坐落在半山腰上。一片空旷的高原,他们艰难跋涉,行进在积雪的乱石中。望得见马不时的打滑,还听不到马的嘶鸣,但能看见马鼻喷出的热气。至少有一个人识路,他们所走的小径,已被脏兮兮的白雪覆盖数日了。小学教师计算了一下,半小时之内,他们还走不到这山峦。天气很冷,他回到校舍找件粗毛线衣穿上。

他穿过冷清清的教室。黑板上用四种彩色粉笔,画了法国的四条河流,流注各自的入海口已有三天了。干旱了八个月,没下一场雨缓解旱情,到十月中旬,却突然下起雪来,二十来名学生,散居在高原各村庄,都不能来上学了,只好等待天晴起来。达吕只在一个屋生火取暖,即他在教室隔壁的住宅,这间屋另一道门则开向高原东边。有一扇朝南的窗户,跟教室的窗户同向。往南眺望,几公里开外,高原开始向南倾斜。天气晴朗时,能望见一道淡紫的刃壁,那是山梁的余脉,开向沙漠的门户。

达吕身子暖了一点儿,又回到他初次发现那两个人的窗前。现在看不见了:他们正在攀登那面陡坡。天空不那么阴沉了,雪在昨天夜里就停了。天亮时,光线晤淡,随着云层升高,仍未怎么显得明亮。直到下午两点钟,就仿佛白天才刚刚开始。但这总算好多了。一连三天,大雪弥漫,天空始终黑沉沉的,阵风时而摇撼教室的双重门。时日漫长,达吕只好耐心待在屋里,仅仅出去到偏厦喂喂鸡,取点儿煤炭。幸好在变天的前两日,北面最近的塔吉德村的那辆小卡车送来了给养。再过四十八小时,小卡车还会来。

况且,即使大雪封山,他也对付得了。他这间小房间堆满一袋袋的小麦,是政府存放在这里,要分发给遭受旱灾家庭的学生的。其实,他们所有人都没躲过灾难,只因他们全是穷苦人。每天,达吕都把口粮分给孩子们,他也完全清楚,天气恶劣这几天,他们肯定没吃的了,也许今天傍晚,就会有学生的父亲或哥哥前来,他就可以把粮食给他们了。总之,一定要顶到下一次收成。从法国发来运小麦的船已经抵达,最艰难的阶段已经挺过来了。

但是,这场灾难,却让人难以忘怀:烈日下的饥饿大军,如同衣衫褴褛的游魂;连续数月干旱,高原成了烧过的石灰,土地也像焙烧过似的,石块脚一踩上去,就咔嚓化为齑粉。绵羊成千成千只饿死;有些地方也饿死了人,但始终无从了解。

他面对这场灾难,身处这偏僻的学校,几乎像修道士一样生活,安贫乐道,过着艰苦的日子,有这刷了白灰的四壁、这张狭小的沙发、这些白木书架、这口水井,以及每周供给的饮用水和粮食,就觉得自己跟土财老爷一般。哪里料到,事先毫无预警,也没有下场雨缓解一下,就突然下起大雪。这地方原本如此,不适于生存,即便没有人居,而有人定居也丝毫没有改变生存环境。

达吕出门迎候,来到学校前面的平台上。那二人已经爬上半山坡,他认出骑马之人正是巴尔杜奇,相识已久的老警察。巴尔杜奇牵着一根绳子,绳子另一端绑着一个阿拉伯人,低着头跟在后面。老警察举手打招呼,达吕没有回应,他正全神贯注地打量那个阿拉伯人,只见那人身穿褪了色的蓝长袍,脚下一双便鞋,但是穿了一双粗毛袜子,头上扎的缠头巾又窄又短。他们渐行渐近。巴尔杜奇现在拉住缰绳徐行,以免伤了那个阿拉伯人,两个人往前走得很缓慢。到了能听见声音的距离,巴尔杜奇嚷道:

"从埃尔·阿莫尔到这儿,才三公里远就走了一个钟头!"

达吕没有应声。他穿上厚厚的毛衣,越发显得短粗胖了,他注视他们上山。那阿拉伯人一次也没有抬头。等他们上了平

台,达吕说道:

"你们好,进屋里暖和暖和吧。"

巴尔杜奇下马还挺费劲儿,并没有放开绳子。他那胡子上翘,冲小学教师微笑。他那对黑色的小眼睛,深陷在晒黑的额头下方,嘴的四周布满皱纹,给人一种专心致志的神态。达吕接过缰绳,将马拴到偏厦回来,来客已进教室等他。他将二人让进卧室,说道:

"我去教室生起火。我们在那里宽敞些。"

达吕回到卧室时,只见达尔杜奇已经坐在沙发上了,那个阿拉伯人的捆绳已经解开,正蹲在炉子旁边。不过,他的双手仍然绑着,缠头巾现在推到脑后了,两眼望着窗外。达吕开头只看到他那厚嘴唇,又丰满又光滑,类似黑人的样子,鼻梁却很直,目光沉郁,充满焦灼的神色;缠头巾下露出固执的额头,晒得黑黑的皮肤,又因寒冷而发白了。阿拉伯人一转过脸,直视着达吕,整张脸显示的既不安又倔强的神情,大大触动了达吕。

"你们到隔壁去吧,"小学教师说道,"我来给你们烧薄荷茶。"

"谢谢,"巴尔杜奇答道,"真是苦差事! 赶紧退休算了。"他又用阿拉伯语对他的囚犯说:"来吧,你。"

阿拉伯人站起来,绑住的手腕举在前面,慢腾腾走进教室。

达吕端着茶,还拎来一把椅子。这时,巴尔杜奇已经端坐在第一张课桌上了。那阿拉伯人则背靠讲台蹲着,面对安在讲桌

和窗户之间的火炉。达吕将茶杯递给犯人时,见他双手被缚,不免迟疑了:

"也许,可以给他松绑吧。"

"当然了,"巴尔杜奇说道,"这只是为了路上押解。"

巴尔杜奇说着,正要起身,达吕已经将茶杯撂到地上,跪到阿拉伯人身边。阿拉伯人一言不发,焦急的眼神注视着给他解缚。他双手自由了,相互揉着勒肿的手腕,然后拿起茶杯,小口快速地喝起滚烫的茶水。

"对了,"达吕问道,"你们这是要去哪儿啊?"

巴尔杜奇从茶杯里抽出胡子,答道:

"就到这里呀,孩子。"

"好奇特的学生!你们要在这里过夜吗?"

"不。我还要回埃尔·阿莫尔。你呢,你得将这伙计送交廷吉特。混合区政府那儿等着接人。"

巴尔杜奇面带友好的微笑,看着达吕。

"你胡说些什么呀,"小学教师说道,"你在耍弄我吧?"

"哪里,孩子。这是命令。"

"命令?我又不是……"达吕犹豫了,他不想让这个科西嘉老头儿为难。"总之,这不是我干的事儿。"

"嗳!怎么能这样说呢?战争期间,什么事都得干。"

"那好,我就等着宣战啦!"

巴尔杜奇点了点头。

"是啊。不过,有命令在此,也关系到你。看来要有动乱。据说近来要发生叛乱。在一定意义上,我们都在应召之列。"

达吕依然固执己见的样子。

"听我说,孩子,"巴尔杜奇说道,"我很喜欢你,一定得理解。我们在埃尔·阿莫尔仅有十二人,要巡逻的地方,赶上一个小省份大了,我必须返回。给我的任务,就是把这个怪家伙交给你,立马儿就回去。不能把他放在那边看守。他们村里闹起来了,想要把他夺回去。明天白天,你必须把他送到廷吉特。跑二十来公里路,吓不倒你这壮实的小伙子。送到之后,就完事大吉,回来再教你的学生,我安宁的生活。"

墙外传来马的鼻息声音和蹄踏声响。达吕望望窗外,天气转晴无疑了,皑皑披雪的高原,已经阳光普照了。等积雪完全融化之后,太阳就会重新发威,再次烤焦遍地的石头。又要一连多少天,晴空万里,晒干万物的阳光,就要投射在这片渺无人迹的荒原。

"归根结底,"达吕转过身,对巴尔杜奇说道,"他究竟干了什么?"不等警察开口,他又问道:"他会讲法语吗?"

"不会,一句话也不会讲。追捕他有一个月了,他们把他藏起来了。他杀害了表兄弟。"

"他敌视我们吗?"

"我不这么认为。不过,还真难说。"

"他为什么杀人呢?"

"想必是家庭纠纷。好像是一个欠了另一个粮食。搞不清楚。总之,咔嚓,他一砍柴刀,就杀了表兄弟。要知道,就像宰羊一样,嚓的一声!……"

巴尔杜奇做了个抹脖子的动作。那个阿拉伯人注意力被吸引过去,颇为不安地注视他。达吕突然气愤填膺,憎恨这个人,憎恨所有作恶的人,憎恨他们冤冤相报的仇恨、他们动辄血拼的疯狂。

这时,炉子上的茶壶嘶嘶作响。达吕又给巴尔杜奇倒了茶,接着犹豫一下,也给阿拉伯人满上了。他再次贪婪地往下喝,抬起手臂时,袍襟微微张开,小学教师便看见他胸脯精瘦,但是有肌肉。

"谢谢,孩子,"巴尔杜奇说道,"现在我开溜了。"

他站起身,走向阿拉伯人,从兜里掏出一根绳子。

"你要干什么?"达吕不客气地问道。

巴尔杜奇不免怔住,向他举了举绳子。

"没有这个必要。"

老警察举棋不定:

"随你的便吧。不用说,你有武器喽?"

"我有把猎枪。"

"放在哪儿啦?"

"放在箱子里。"

"应该放在床头。"

"为什么?我没什么可担心的。"

"你可真糊涂,孩子。他们若是造起反来,谁也甭想活命,我们可是同舟共济呀。"

"到时候我会自卫。看见他们来了,我再准备也来得及。"

巴尔杜奇笑起来,接着,他那胡须忽然又遮住还算洁白的牙齿。

"来得及?很好。我就说过,你总是有点儿迷里马虎。也正因为如此,我才喜欢你,我儿子就这样子。"

他说着,拔出手枪,放到桌上。

"留着吧。从这里到埃尔·阿莫尔,我用不着两件武器。"

手枪在黑漆课桌上闪闪发亮。警察转向他时,让他闻到一股皮草和马体的气味。

"听我说,巴尔杜奇,"达吕突然说道,"这些都让我讨厌,首先就是你送来的这个小子。不过,我不会把他交出去的。要我打仗,如有必要,可以。但是这种事,没门儿。"

警察站在他对面,神态严肃地看着他。

"你别干蠢事,"巴尔杜奇缓缓说道,"我也一样,不喜欢这种事。捆绑一个人,干了多少年了,也还是不习惯,甚至可以说,对,还感到丢人。然而,又不能放任不管。"

"我不会交人的。"达吕重复道。

"这是命令,孩子。我再向你重复一遍。"

"没错。你也向他们转述我对你说过的话:我不会交人。"

巴尔杜奇显然费了思索。他打量着阿拉伯人和达吕,终于把心一横。

"不,我什么也不会对他们讲。你若是丢弃我们,那就随便吧,反正我不会告发你的。我奉命交了犯人,完成了任务。现在,你给我签个收条吧。"

"没必要。我也不会否认你把人交给了我。"

"别跟我耍坏心眼儿。我知道你会讲真话。你是当地人,是个男子汉。但你得签收,这是规定。"

达吕拉开抽屉,取出一小方瓶紫墨水、一只红木杆的蘸水钢笔,安的是"上士"牌笔尖,用来书写示范字的,他正式签了字。警察接过收条,仔细折好,放进公文包里,随即走向门口。

"我来送送你。"达吕说道。

"不必了。"巴尔杜奇说道,"客气也没用了,你已经对我无礼了。"

他瞥了一眼,只见阿拉伯人还在原地,一动不动,只是愁眉苦脸,直抽鼻子,他这才又转向教室的门,说了声:"再见,孩子。"随手啪地把门带上。巴尔杜奇从窗前一闪而过,便消失了。他脚踏雪地的声音听不见了。马在墙外骚动,鸡群受惊,过了片刻,巴尔杜奇牵着马又从窗前走过,头也不回走向陡坡,首先身影消失,随后马也不见了,只听见一块石头缓缓滚落的声响。达吕回头走过来,犯人没有动地方,眼睛却一直盯着他。小学教师用阿拉伯语说了句:"等着",便朝卧室走去,刚要跨过门槛,又改了主意,回头走向讲桌,操起手枪,揣进兜里。然后,他再也没有回身瞧,径直进了自己的房间。

他躺小沙发上,久久望着暮色逐渐弥漫的天空,倾听周围的一片寂静。战后,他初来当地的日子,最不堪忍受的就是这静寂。当初,他要求派他到这小城任职。小城地处山岭余脉脚下,坐落在沙漠和高原之间。这里一道道石壁,北侧呈绿色和黑色。南侧为粉红色或淡紫色,标志着永恒夏季的分野。后来,又派他到更北的地方赴任,就到高原上了。在这只有石头的不毛之地,又孤独又寂寞,起初他着实度日如年。有时看到地下有些垄沟,他还以为种过庄稼,其实,那只是为了挖出适合盖房子的石头。在这里耕耘,只能收获石头。还有时候,村民刮起一点土层,堆进坑里,就算给村里贫瘠的园子施肥了。如此地质,这地方四分之三覆盖着石头。城镇建起,兴旺一阵子,然后消失了,人便是这里的过客,在这里相爱,或者相互残杀,最后都一命呜呼。在这片荒漠,无论他还是来客,都无足轻重。然而,达吕也明白,出了这荒漠,他们无论哪个,都不可能真正地生活。

达吕站起身来,教室里一点儿动静也没有。一想到阿拉伯人可能逃走,他又独自一人,无须做任何决定了,他很奇怪油然而生一种新鲜的喜悦。可惜那犯人还在,只是变了个姿势,直挺挺躺在火炉和讲桌之间。他瞪着眼睛望天花板,这姿势更突显了他那厚嘴唇,形成一种赌气的样子。

"过来吧。"达吕说道。

阿拉伯人站起来,跟在他身后,进了卧室。小学教师指了指窗下靠桌子的一把椅子,阿拉伯人便坐下,眼睛却始终盯着达吕。

"饿了吧?"达吕问道。

"嗯。"犯人回答。

达吕摆了两套餐具。他取了面粉和油,在托盘上和面摊成饼,点燃了罐装小天然气炉。趁着烤饼的工夫,他又去了偏厦,拿来奶酪、鸡蛋、椰枣和炼乳。他将烤好的饼放到窗台晾着,又倒了炼乳兑水加热,接着还摊了鸡蛋。他在做饭时,触碰到了揣在右边兜里的手枪,便放下锅,去了教室,将手枪放进讲桌的抽屉里。他回到房间时,天黑下来,便开了灯,给阿拉伯人端上食物,说了一声:"吃吧。"对方拿起一块饼,急忙送到嘴边,忽然停住了。

"你呢?"他问道。

"等你吃完了,我再吃。"

阿拉伯人厚嘴唇微微张开,迟疑了一下,随即毅然决然,大口吃饼了。

他吃完了饭,瞧着小学教师。

"法官,就是你吗?"

"不是,我看着你,直到明天。"

"你怎么跟我一起吃饭?"

"我饿了呗。"

对方不说话了。达吕起身出去,从偏厦搬来一张行军床,安放在桌子和火炉之间,同他的床铺构成直角。他又从立在墙角当文件架用的大箱子里,取出了两床被子,铺到行军床上。然后,他停下手,觉得无事可做了,便坐到自己床上。看看确实没什么可干的,也没什么要准备的,现在该仔细瞧瞧这个人了。于是,他端详起来,力图想象这张因狂怒而扭曲的脸,可是想不出来,仅仅看到这种沉郁而明亮的眼神、这张动物似的厚唇的嘴。

"你为什么杀了他?"达吕问道,声调里所含的敌意,连自己都深感意外。

阿拉伯人移开目光。

"他逃跑了。我随后追他。"

他又抬眼看达吕,眼神里饱含一种痛悔的探问。

"现在要怎么办我呢?"

"你怕了吗?"

对方梗起脖子,移开了目光。

"你后悔了吗?"

阿拉伯人张口结舌,只是看着他,显然他没听明白。达吕又恼火了,同时也感到自己笨手笨脚,滚圆的身子夹在两张床之间。

"你睡在这儿,"他不耐烦地说道,"这是你的床铺。"

阿拉伯人没有动弹,却招呼达吕:

"说说看!"

小学教师注视他。

"警察明天还来吗?"

"不知道。"

"你跟我们一道去吗?"

"不知道。问这干吗?"

犯人站起来,直接躺在被子上,双脚伸向窗户,赶紧闭上眼睛,受不了直射下来的电灯光。

"问这干吗?"达吕立在床前,重复问道。

阿拉伯人睁开眼睛,在炫目的灯光下看着达吕,竭力不眨眼睛。

"你跟我们一道去吧。"他说道。

直到半夜,达吕也没有睡着。他脱光了衣服上床躺下:他光身子睡觉习惯了。这回,在房间里一丝不挂,他不免犹豫,感到这样容易受攻击,又想穿上衣服,随即耸了耸肩膀。这种情况他见得多了,如有必要,他能把对手劈成两半儿。他躺在床上也能监视,只见那人仰卧着,一直未动弹,在强烈的灯光下紧闭双眼。达吕关了灯之后,黑暗仿佛立时凝结在一起。渐渐地,夜在窗外又复活了:没有星斗的天空在轻微活动。不大工夫,小学教师就看清躺在他眼前的躯体了。阿拉伯人始终一动不动,但他似乎睁着眼睛。一阵微风,在学校周围游荡。也许能风过云开,阳光又回来。

深夜,风大了。鸡窝开始骚动,继而都静下来。阿拉伯人翻身侧卧,背对着达吕了,仿佛发出呻吟之声。此后,达吕窥听他的呼吸,鼻息声变大,也变均匀了。他倾听这近在咫尺的喘息,浮想联翩,睡不着觉了。这一年来,他一室独居,现在多了个人,就觉得很别扭。别扭还有一层原因:住在同室,就强加给他一种友爱之情,这是当前形势下他所不能接受的;而他完全了解,无论士兵还是囚徒,人但凡同室而居,就必然结成一种特殊的关系:每天晚上,脱掉衣服如卸去甲胄,他们从而超越了彼此间的差异,相聚在梦幻和疲惫的古老群体中了。这时,达吕晃了晃身子,他不喜欢这样胡思乱想,也该睡觉了。

过了一阵,阿拉伯人不易觉察地动弹一下,小学教师一直没有睡着。犯人第二次动弹了,达吕浑身一紧,警觉起来。阿拉伯人用胳臂缓慢地撑起身子,那种动作近乎梦游。他坐到床上,并不回头看达吕,一动不动地等待,似乎在全神贯注地谛听。达吕没动:他刚想到手枪就放在他讲桌的抽屉里。最好立即行动。然而,他继续观察,看见犯人以同样悄无声息的动作,双脚下地了,又等了一会儿,这才慢慢站起身。达吕正要喝住他,阿拉伯人却走了,这回动作就很自然了,但又格外悄无声息。他走向对着偏厦的后门,小心翼翼地拉开门闩,出去后又推上门,但是没有关严。达吕还是没有动,只是心中暗道:"他逃了。丢掉包袱啦!"他侧耳倾听。鸡窝没有骚动,估计那小子走上高原。忽然传来细微的流水声,不待他弄明白,那阿拉伯人又出现在门框中,极小心地关上门,重又躺下睡觉,没有弄出一点儿响动。达吕转身背对着那人,终于睡着了。后来在深沉的睡梦,他仿佛听见学校周围有鬼鬼祟祟的脚步声。"我这是做梦,是做梦!"他在心里反复念叨,随后便睡着了。

达吕醒来时,天空完全晴了。从窗缝儿透进来的空气,又寒冷又清新。阿拉伯人还在酣睡,张着嘴,身子现在蜷缩在被子里了。达吕摇醒他时,他却猛然惊起,看着达吕而认不出来了,眼神那么慌乱,表情那么恐惧,倒把小学教师吓退了一步。"别怕,是我,该吃饭了。"阿拉伯人晃了晃脑袋,应了一声"对"。他那张脸又恢复了平静,但是神不守舍,表情茫然了。

咖啡煮好了。二人同坐在行军床上,边喝咖啡边啃烤饼。喝完咖啡,达吕又领阿拉伯人到偏厦,指了指水龙头,让他洗脸。他走回到房间,叠好被子,收起行军床,再整理好自己的床铺,收拾好房间。然后,他穿过教室,出门来到平台。太阳已经升上蓝天,柔和而明亮的阳光沐浴着荒凉的高原。陡坡上的积雪,多处开始融化,又要露出石头了。小学教师蹲在高地边缘,观赏荒野,想到了巴尔杜奇。达吕实在难为了人家,就那么把人打发走,就好像不愿意被扯进来似的。警察那声告别言犹在耳,不知为什么,他现在尤为感到空虚和脆弱。恰巧这时,从学校另一边传来犯人的咳嗽声。达吕一听,几乎情不由己,又怒火中烧,拾起一块石头,嗖的一声投出去,扎进了雪中。那个人愚不可及的罪行,也确实可恨,但是把他交出去,又违背良心:哪怕想一想,都要羞愧难当。他心里同时痛骂把这个阿拉伯人送来的同胞,以及这个胆敢杀人而不知逃跑的家伙。达吕站起身,在土台上转悠一阵,这才回学校。

阿拉伯人弯腰对着偏厦的水泥地,正用两根手指刷牙。达吕瞧了一眼,说道:"过来。"他走在犯人前面,回到房间,在毛衣外面套上猎装,再换上旅行鞋。他站在哪儿,等着阿拉伯人缠上头巾,穿上他那双便鞋。二人经过教室,小学教员指着门对同伴说:"走吧。"对方却不移动脚步。"我也走。"达吕又说道。阿拉伯人这才出去。达吕回到房间,拿了面包干、椰枣和白糖,打了一包;他走出教室之前,对着讲桌犹豫一下,这才出去,锁上了校门。"走这边。"他说着;朝东向走去,犯人则跟在后面。出学校没走出多远,他仿佛听见身后有动静,便掉头回去,察看了校舍周围:不见有人。阿拉伯人望着他,一副不解的样子,"我们走吧。"达吕说道。

他们走了一小时,到一处石灰岩尖顶附近歇歇脚。积雪化得越来越快了,太阳很快就吸干了水洼,清扫了高原,地面逐渐干了,变得像空气一样开始震颤。他们继续赶路,脚下果然咔咔喧响了。前面不时有只小鸟儿划破天空,发出欢快的叫声。达吕深呼吸,畅饮明媚的阳光。湛蓝的天盖下,面对熟悉的广袤空间,现在几乎一片金黄,他的内心油然而生一股激情。他们向南下坡,又走了一小时,来到一片酥脆岩石构成的平坦高地。高原自此下行向东,延伸到一片低处的平原,几棵干瘦的树木依稀可见;往南眺望,则乱石堆阵列,景象诡异而凶险。

达吕观望这两个方向。一望无际,直到远天,不见一个人影。达吕转向阿拉伯人,对方正不解地看着他。达吕递过去包

裹,说道:

"拿着。包里有椰枣、面包、白糖,够你坚持两天的了。这还有一千法郎。"

阿拉伯人接过包裹和钱,但是双手捧在胸前,好像拿了不知该怎么办。小学教师指着东方,对他说道:

"现在你看,那是去廷吉特的路,你走两小时就到了。廷吉特那里有乡政府和警察局,他们正等着你呢。"

阿拉伯人望望东方,还一直将包裹和钱,捧在胸前。达吕一把抓住他的胳臂,硬拉他转了四十五度,面向南方。从他们所处的高原脚下,隐约可见一条小路。

"那就是穿越高原的路径。你从这里走一天,就能找见牧场,看到游牧人了。他们照规矩会接待你,收留你的。"

现在,阿拉伯人却转向达吕,脸上显现惊慌的神色。

"听我说。"他说道。

"不,"达吕摇了摇头,"住口。现在,就随你便了。"

达吕转身,朝学校方向跨了两大步,又以迟疑的神情,瞥了瞥伫立不动的阿拉伯人,又毅然走了。他走了几分钟,只听见自己脚踏冰冷地面的清脆声响,坚持不回头。然而,过了一阵,他还是回头望了望。阿拉伯人一直站在山丘边缘,现在双臂垂下了,他注视着小学教师。达吕感到喉头发紧,他不耐烦而骂了一句,使劲挥了挥手,又接着赶路。他走了很远,再次停下张望:山丘上已空无一人了。

达吕犹豫了。现在太阳已升高,烧灼他的额头了。他折回几步,开头还有点游移不决,随后便毅然决然了。他走到山丘脚下时,已经浑身冒汗了。他急速登上山丘,气喘吁吁到了山顶。晴空下,南面乱石场一目了然;再看东方,平野上已经升腾起一片热气。达吕心头一紧,发现那阿拉伯人在薄雾中,正缓步走上入狱之路。

不久回到学校,达吕伫立在教室窗前,却视而不见那青春怒放的阳光,从高空蹿下来,在整个高原上,撒欢儿。在他身后的黑板上,在弯弯曲曲的法国河流之间,有一只笨拙的手留下一行粉笔字:"你交出了我们的兄弟,要偿还这笔债。"达吕望着天空、高原,以及高原那边,一直延伸到海边的看不见的大地。在这片他曾无限热爱的广袤土地上,他形影相吊。

约拿斯或工作中的艺术家

> 将我投进大海吧……因为我知道,正是我把这场大风暴给你们引来。
>
> ——《旧约·约拿书》①第一章第十二节

---

① 《旧约·十二小先知书》的第五卷。此书记述的不是先知约拿的言论集,而是他的一段事迹:上帝召唤约拿做先知,以谴责尼尼微城的罪恶,而约拿逃避了这项任务。

画家吉勒贝尔·约拿斯相信自己的命星,而且只相信这颗命星,这并不排除他尊重,甚至赞赏他人的信仰。不过,他自己的信念并不与品德相左,因为他隐隐约约地认为,获得多少都理所当然。因此,大约到他三十五岁的时候,十来位批评家突然各不相让,争夺发现他这个天才的荣耀,而他却毫无惊诧之色。他那样宠辱不惊的态度,有些人归之为自负,其实恰恰相反,完全可以解释为一种自信的谦虚。约拿斯将这归功于高照他的福星,而不是他才华出众。

于是有位画商向他提议签约,按月付酬,让他摆脱一切后顾之忧,他倒颇感意外了。建筑师拉多,上中学时就喜爱约拿斯及其命星,这回劝阻他,说每月的工钱只能保他温饱,画商绝不会吃亏,可是怎么劝说也没用。"总归有所得呀。"约拿斯说道。拉多干什么成什么,全凭着吃苦耐劳,他不免责备他这位朋友。"什么,总归有所得?一定得争一争。"白费唇舌。约拿斯心中感激自己的命星。"就照您的意思办吧。"他对画商说道。就这样,他放弃了在父亲经营的出版社的工作,全身心投入绘画,还感叹道:"这就是一种运气。"

他的真实想法却是:"这种运气能持续下去。"他所能追忆起来的早年,就觉得这种好运在起作用,因而深情感念他的父母双亲,首先是他所抚养孩子漫不经心,给了他充分幻想的闲工夫,其次是他们离异了,缘由是通奸。至少这是他父亲提出的事由,但是忽略说明一点,这一奸情相当特殊:丈夫不能容忍妻子的慈善事业,妻子是一位在俗的女圣人,不必曲解地说,她的整个人都献给了受苦受难的人类。然而,丈夫硬要支配妻子的品行。"我受够了,"这位奥赛罗说道,"总受穷人的欺骗。"

这种误会,约拿斯倒受益匪浅。父母一准读过,或者听说过,有多少残忍的谋杀案例,其缘起正是父母的离异,因此都竞相溺爱他,要把后果如此严重的变化扼杀在萌芽状态。在他们看来,精神上遭受这种打击的孩子,表露得越不明显,就越是令他们不安。心灵上受到的最深的伤害,往往是看不见的。约拿斯只要稍微表示一下,他对自己和这一天挺满意,父母平时的担心当即就达到惊慌失措的程度。于是,他们就加倍呵护照顾,结果孩子什么意愿都没有了。

假设的这种不幸,倒是为约拿斯赢得一个忠诚的兄弟,就是他的好友拉多。拉多的父母特别同情他的遭遇,经常邀请儿子念中学的这个小伙伴。他们深表同情的话语,激发起爱运动的健壮儿子萌生愿望,一定要保护这个他已经赞赏不用功就取得好成绩的同学。既赞赏又放下身段,这两种态度配合默契,约拿斯也就接受了这种友谊,像接受其他东西那样,真挚得令人鼓舞。

约拿斯无须特别努力,就完成了学业,还顺顺当当进入父亲经营的出版社,得以安身立命,而且通过间接的途径,发展他绘画的志趣。约拿斯的父亲是法国最大的出版商,正因为文化危机之故,他更加确信书籍代表未来。他常说:"历史表明,人越不读书越买书。"因此,他极少阅读投给他的书稿,出版不出版,全凭作者的名望或题材的现实性来决定(以这种角度取舍,永远具有现实性的唯一题材,便是性了,这位出版商最终就专门出版这类书了),他就一门心思找到新奇的装帧设计,安插毫无价值的广告。约拿斯接过审稿部的同时,也就有大把大把可做派用场的闲暇时间。他就是这样同绘画不期而遇了。

他还是头一次发现,自己身上有一种意想不到的,但又乐此不疲的热情;每天的时日,他很快就用来作画了,而且轻轻松松就得心应手了。他一门心思绘画,除此似乎对什么都没兴趣,到了成家的年龄,总算马马虎虎完了婚。他在日常生活中从不操心,只是怀着善意,微笑地对待人和事。倒是一起车祸成全了婚姻:好友拉多有一次驾驶摩托带着他,开得太快把他摔伤;约拿斯右手骨折打上石膏,操不了画笔,闲极无聊,才得以关注爱情。就是从这次严重事故中,他也看出是福星高照,否则的话,他哪儿有闲工夫,看上一眼路易丝·普兰这样有魅力的姑娘。

不过,拉多却不以为然,认为路易丝不中看。他是个矮胖子,却只喜欢身材高大的女人。他说:"真不知道,你怎么就相中了这只小蚂蚁。"路易丝也确实身材娇小,但是黑黑的皮肤,黑头发,黑眼睛,模样秀气俊美。约拿斯偌大个头儿,身体健壮,对这只小蚂蚁却动了感情,尤其觉得这姑娘心灵手巧。路易丝生性好动,这与约拿斯的懒散恰好相得益彰,而且对他大有好处。路易丝首先热衷于文学,至少她确信出版物能引起约拿斯的兴趣。她阅读杂乱无章,什么都看,没过几星期的工夫,她就什么都能谈了。约拿斯非常叹服,最终认为,既然路易丝能让他了解足够的情况,通报给他当今的主要发现,他就大可不必看书了。路易丝明确告诉他:"不要再说谁是坏人,或者谁丑陋了,而应当说他故意坏,或者故意丑陋。"这种区分很重要,正如拉多所指出的,稍一疏忽就会否定全人类了。路易丝则断言,这是普遍的真理,不容置辩,同时为言情报刊和哲学杂志所证实。"随你们怎么说吧。"约拿斯则来了一句,他很快就将这种残酷的发现置于脑后,还是幻想他的命星了。

路易丝一旦弄明白,约拿斯的兴趣只在绘画上,她就抛开文学,随即转而热衷于造型艺术,出入于博物馆和画展,拉着约拿斯一起跑。约拿斯看不大懂同代人画的是什么,身为艺术家,这么单纯不免有点尴尬。不过,他颇为宽慰的是,有关他这门艺术的情况,他无不了然于胸了。不错,他刚刚看到的画作,到了明天,他甚至连画家的名字都会忘掉。然而,路易丝说的也在理,斩钉截铁地提醒他,她早在热衷于文学期间,就确信一点:其实人什么也不会忘记。毫无疑问,福星又在保佑约拿斯可以问心无愧,既信赖记忆,又得遗忘之便。

当然,路易丝的无私奉献,在约拿斯的日常生活中,发出奇珍异宝的最绚烂的光辉。这位善天使免除他购置鞋子和衣物之苦:"对任何正常的男人来说,购物势必缩减本来就极为短暂的生命。她毅然决然,独自承受消磨时间的机器千百种发明,从晦涩难懂的社会保险单,一直到不断变换花样的纳税条例。""是啊,"拉多说道,"这没得说。可是,她总不能代替你去看诊所看牙吧。"她替代不了。然而,她打电话约诊,选定最方便的看牙时间;她还清理四马力的小轿车,预订去度假的旅馆客房,够买家用煤,亲自去选购约拿斯渴望馈赠的礼品,挑选并分送给人鲜花,有时晚上还抽出时间,趁约拿斯不在,去他房间给他铺好床。

如此这般,她就同样兴冲冲地上了这张床,随后又同区长安排会面,早在约拿斯的天才得到公认的两年前,就带他见了区长;接着便组织蜜月旅行,一路安排参观所有博物馆。而且未雨绸缪,在住房特别紧张时期,事先找好了一套三室的公寓房,旅行回来便安了家。接下来,她几乎一连生了两个孩子,一男一女,照她的计划还要生第三胎,在约拿斯离开出版社,专攻绘图之后不久,这个计划就完成了。

不过,路易丝一下头胎,接着二胎、三胎,就一心照料孩子了。她还想帮忙丈夫,可就是腾不出时间来。自不待言,她疏忽了约拿斯,心中不免愧疚,但是她性格果断,不会沉迷于这种心事。"爱咋咋吧,"她说道,"反正各有各的一摊。"这种说法,约拿斯听了倒喜出望外,只因他像同时代所有艺术家那样,巴不得被人视为工匠。且说这位工匠少了关怀,只得亲自跑出去买鞋。本来这是自然而然的事,约拿斯还力图引为幸事。他当然要费点劲去逛商店,但是出力也有回报,单独外出一小时,这给夫妻的幸福生活增添多大价值。

然而生存空间的重要性,远远超过家庭的所有其他问题,因为在他们周围,时间和空间都同样在紧缩。生了儿女,约拿斯从事新的行业,三室套房显得狭小了,而每月收入微薄,根本买不起一套更大的房子,路易丝和约拿斯只好凑合,挤在狭窄的空间里活动。他们住在一栋十八世纪公寓的二楼,位于京城的老街区。许多艺术家都住在这一区,遵循"艺术要在旧环境寻求创新"的原则。约拿斯也抱着这种信念,能住在这个街区深感欣慰。

他这套房子,要说陈旧还真够陈旧的。不过,楼房有几处设计不失为现代化,从而别开生面了,主要体现在面积虽狭小,却能向住户提供足够的空气:房间顶棚特别高,大窗户也很壮观,从其超大的比例来判断,肯定是用来招待贵宾和举办盛宴的。但是,城市人口聚集,需要住房,而房源又很紧张,不断接手的房主出于无奈,就打了隔壁墙,将过分宽敞的大房隔成小间,再将增加数倍的单间高价租给蜂拥而至的房客。所谓空气的大容量,他们也短不了夸耀。这种好处毋庸置疑,不过也亏了房主无法将上面的空间也隔成小间。否则的话,他们绝不会犹豫,一定做出必要的牺牲,多为新生的一代提供栖身之所,而当年那一代人特别迷恋于结婚和繁衍后代。说起来,空间大也并非有利无弊。不便之处就是房间冬季很难取暖,房东就倒霉了,不得不增加取暖补贴。夏天,由于玻璃窗面积大,却没有百叶窗,房间就成为阳光肆虐的地方。当初房东疏忽,没有安装百叶窗,无疑是因为窗户太高,造价太贵,也就打了退堂鼓。挂上厚窗帘,毕竟也有同样效果,而且毫无成本问题,反正要由房客负担。房东们倒是乐得帮忙,由他们的商店提供不能再低廉的窗帘。房地产业主的乐善好施,的确是他们的业余爱好。这些新贵们,通常都经营布匹呢料。

约拿斯对这套房间的优点赞不绝口,轻易地接受了不便之处。谈到取暖补贴费,他对房东说:"随您怎么定吧。"至于窗帘,他也同意路易丝的见解:只需遮挡卧室,别的屋窗户全部裸露。"我们没什么要掩饰的。"这颗纯洁的心说道。最大的那间屋,特别让约拿斯着迷,棚顶那么高,也不好安装顶灯。另两间屋小得多,由一条窄过道同大房间串联起来。尽头有厨房,挨着厕所,使用起来方便;旁边还有一小间,号称"淋浴室"。如此称呼亦无不可,但是要直上直下,自行安装淋浴设备,站在里面一动不动,方可淋个痛快。

顶棚的确高得出奇,各房间又十分狭小,整套房子便组合成了几乎全镶玻璃的平行六面体:无处不是门窗,根本找不到家具依靠的位置,而且人淹没在白炽的强光里,好似立式水族馆中的浮沉子。此外,所有窗户都朝向天井,也就是说,对着相距不远的同类风格的窗户,透过那些玻璃窗,几乎一眼就能瞧见另一些高窗对着第二个天井。"这真是镜子厅堂。"约拿斯不胜欢喜地说道。他们采用拉多的建议,夫妇睡在一小间,另一间小屋留给即将出世的孩子。大房间,白天约拿斯用作画,晚间和吃饭的时候则共用。实在不行,也可以在厨房里吃饭,只要约拿斯或者路易丝有一个人肯站着。拉多真帮忙,设计了许多灵巧的设施。正是借助于旋转门、活动书架、折叠桌,他竟然弥补了家具的缺失,可也把这套房装饰成另类,好似一个魔术盒子了。

不过,等几间屋全让画幅和孩子占满了,就事不宜迟,该另外想辙了。第三个孩子出生之前,约拿斯在大房间里作画,路易丝在卧室打毛线,两个孩子占用了最后一间屋:小家伙在屋里闹得欢实,还可以满处乱跑。因此他们决定,新生儿就安置在画室的一个角落,约拿斯用画布间隔开,如同挡了一道屏风:这样安置有好处,当听见孩子的动静,能马上回应孩子的呼叫。况且,从来用不着打扰约拿斯,路易丝总能料事在前。不等孩子哭闹,她就走进画室,而且万般小心,总是蹑手蹑脚。约拿斯见她如此谨慎,深为感动,有一天就向妻子保证,他并不那么敏感,有脚步声照样可以工作。路易丝则回答说,这也是怕惊醒孩子。约拿斯满心钦佩她怀着一颗母爱之心,开心大笑他误解了。这样一来,他真不敢实话实说,路易丝小心翼翼地走进来,比径直闯入还要碍事。首先因为,这样会拖长时间,其次是她那哑剧式的动作,不能不引人关注:手臂大大张开,上身微微后仰,腿则抬得老高。这种谨慎的方式,有时反倒适得其反:画室摆满了画作,路易丝随时可能挂掉一幅。于是,孩子被响动惊醒,以自己的方式表示不满,而且表达得相当有力。儿子的肺活量让父亲大为惊喜,他跑过来哄孩子,妻子很快接过儿子。约拿斯这才拾起画幅,随后他便手持画笔,入迷似的聆听儿子那持续而洪亮的声音。

也正是这一时期,约拿斯事业有成,交了许多朋友。这些朋友爱打电话问候,或者突然登门拜访。经过反复掂量,电话就安装在画室。电话铃经常响起,总是惊扰孩子的睡眠,孩子的哭声和急切的铃声便响成一片。这工夫,路易丝如正巧在照料其他孩子,她就会带着他们跑过来,而且多半会看到约拿斯一只手已经抱起孩子,拿着画笔的手又拿起话筒:电话里传来与他共进午餐的盛情邀请。有人请吃饭,约拿斯很高兴,尽管谈话索然无味;不过,他喜欢晚间出门,以便保证一天完整的工作时间。可惜的是,大部分时间,朋友只请吃午饭,而这顿午餐无拘无束,是特意留给亲爱的约拿斯。亲爱的约拿斯接受了:"悉听尊便!"随即挂断电话。"这个人可真热情!"说着把孩子交给路易丝。他又接着作画,但是很快被午饭或者晚饭打断。必须挪开画布,打开折叠桌,同孩子们一起坐下来。吃饭中间,约拿斯还不时瞥一眼正在绘制的作品;有时,至少开头阶段,他觉得孩子咀嚼和吞咽太慢,每顿饭都拖很长时间。不过,后来他从报上看到,要细嚼慢咽才好消化吸收,于是从此以后,每餐饭他就有理由慢慢享用了。

有时候,他新交的朋友前来拜访。拉多只能晚饭后过来,白天他坐办公室,况且也了解画家要在阳光下作画。约拿斯的新朋友,几乎全是艺术家或批评家之类。有些已经完成了画作,另一些则即将作画;至于批评家们,就关注已经画出或即将画出的作品。自不待言,他们全把艺术工作看得很高,抱怨当代世界组织不完善,致使艺术工作举步维艰,艺术家也难以静下心来思考,而这是必不可少的。好几个下午,他们都用来发牢骚,还恳求约拿斯继续工作,就当他们不在跟前,对待他们不必拘礼,他们又不是资产阶级,懂得一位艺术家的时间多么宝贵。有这样让主人工作而无须陪着的朋友,约拿斯很高兴,便回到画架前,不过,他得不断地回答向他提出的问题,听他们讲奇闻趣事也大笑不止。

如此随意,让他的朋友们越发没了拘束感。他们的兴致那么高,那么实在,竟然忘了吃饭的时间。孩子们记性可好,他们跑过来,掺和到客人中间,大喊大叫,客人们纷纷逗弄,让他们在膝上爬来跳来跳去。天井上的一方青空阳光终于偏西,约拿斯放下画笔,只好请朋友们吃顿便饭,又一直交谈到深夜,话题当然是艺术,尤其谈论那些没有天分画家,那些不在场的剽窃者和追名逐利者。约拿斯爱早起,好利用清晨的阳光。但是他知道这很难,早饭来不及做好,他本人也会疲倦。不过,一个晚上了解这么多事情,他也很高兴,这些情况对他不可能没有助益,只是在艺术上还看不出来,"在艺术上,也如在自然界里,"他说道,"这是福星效应。"

不仅朋友,有时门徒也参与进来:约拿斯现在自成一个门派,起初他还深为惊诧,不明白别人能从他的身上学到什么,他自己还要全面发展呢。他作为艺术家,仍在黑暗中摸索,怎么能给别人指出正道来呢?不过,他醒悟得相当快:一名弟子,未必就是渴望学到什么人。恰恰相反,自称后学晚生者,往往是要教诲老师,以求那种无私的乐趣。这样一来,约拿斯就可以谦恭地接受这份额外的荣誉了。弟子们长时间向约拿斯解释他画作的内容及其动机。于是,约拿斯在他的作品中,发现许多颇令他惊讶的意图、大量他没有画进去的东西。他自觉构思贫乏,多亏了这些弟子,他才一下子感到充实了。面对这么多此前没有认识的财富,一丝骄傲的情绪,有时就掠过他的心头。"这毕竟是真的,"他心中暗道,"这张面孔,从远景看突显出来。我不大理解他们所说的间接人物化是什么意思。不过,我的画作显示这种效果,可见有相当的进展。"然而,这种不受用的高超技巧,他很快又归功于他的福星。"大有进展的是我的福星,"他又自言自语,"我呢,还是老样子,待在路易丝和孩子们身边。"

这些弟子还别有功绩:他们迫使约拿斯更加严于律己。他们在言谈中,将他捧得极高,大肆赞扬他的敬业精神和工作强度,结果他不能再有丝毫软弱懈怠的表现了。他有一种老习惯,每当完成一处难画的部分,重新投入工作之前,总要嚼一块糖或巧克力,现在只好改掉了。然而,他独处的时候,还是不管那一套,偷偷地向这种嗜好让步。好在弟子和朋友们几乎总是陪伴左右,帮助他巩固这种进步;况且,当着他们的面嚼巧克力,他不免有点难为情,更不能为这种小小的嗜好,打断了有趣的谈话。

此外,弟子们还要求他忠于自己的美学。约拿斯长久绘画,固然时而闪现一道灵光,于是现实呈现在眼前一片纯净的光亮中,至于自己遵循什么美学观,他实在模糊不清。弟子们则相反,他们有好多见解,既矛盾又武断,在这方面绝不开玩笑。约拿斯有时很想提出随心所欲,这是艺术家的谦卑朋友。可是,弟子们面对几幅偏离他们观点的画作皱起眉头,这就迫使他多考虑一点自己的艺术,总归大有益处。

最后,弟子们还以另一种方式帮助约拿斯,即硬要他评价他们的作品。事实上,每天都有人拿来绘画草图,置于约拿斯和他正在绘制的作品中间,以便彰显在最明亮的阳光中。必须拿出看法。直到这个时期,约拿斯始终暗自羞愧,不能深刻地评价一件艺术作品。除了少数几幅令他激动的作品,以及那些明显涂鸦的粗劣之作,其余的创作,他都同样觉得既有趣,又无所谓。因此,迫于无奈,他便组建一座武器库,搜罗五花八门的评语,用以应对他的弟子,须知他们同首都所有艺术家一样,多少都有点儿才华,他当着他们的面,必须讲出有相当差异的看法,才能满足每个人。这种难能可贵的义务,也就迫使他对绘画艺术形成一套见解和辞令。不过,他天性善良,并没有因此而变得尖酸刻薄。他很快就觉悟到,人家索求,并不是用不上的批评,而仅仅是他的鼓励,如有可能,乃至于赞扬。如若赞扬,只需因人而异。约拿斯不再像往常那样,只是善气迎人,现在能十分巧妙地运用和善之道了。

约拿斯在友朋和门生的簇拥中作画:他的画架四周,现在排列了一圈椅子,时光就是这样流逝了。邻居有时好奇,也隔窗观望,增加了观众的阵势。约拿斯同大家讨论,交换看法,审视向他求教的画稿,还冲从旁走过的路易丝微笑,哄一哄孩子,热情地应答打来的电话,手中的画笔从不放下,不时往新开始的画幅添上一两笔。从某种意义上讲,他的生活很充实,光阴没有虚掷,他也感谢命运不给他无聊的空闲。可是,从另一种意义上讲,要多少笔触才能完成一幅画,有时他就想有无聊的空闲也好,总可以用拼命地工作来逃避。情况恰恰相反,朋友们越是变得趣味盎然,约拿斯的创作越显得迟缓。即使有少许时刻完全独处,他已感到疲惫不堪,根本无力加倍拼搏。在这种时候,他只能梦想一套新的安排,调和友谊的乐趣和空闲无聊的功效。

他向路易丝敞开了心扉,路易丝则另有担心:眼看头两个孩子长大,他们的房间太狭小了。他提议将两个大孩子换到大房间,床铺用屏风隔开;小的移到小房间,也免得受电话惊扰。由于婴儿不占什么地方,小房间也可以充当约拿斯的画室。大房间白天可以接待客人,约拿斯就来回走动,出来看朋友,或者回屋工作,大家肯定能理解他需要离群独处。再者,要安置两个孩子睡觉,就可以敦促晚间聚会早些结束。约拿斯想了想,便说道:"好极了。""而且,"路易丝又说道,"你那些朋友如果走得早,咱俩单独还能多待一会儿。"约拿斯注视她。一丝悲哀的神色,从路易丝的脸上掠过。约拿斯深为感动,一把抱住她,满怀深情地亲吻。路易丝也情意缠绵,一时间,夫妻俩恩爱如初,像新婚那样幸福。她忽然想到:约拿斯用作画室的房间也许太小了。路易丝抓起折尺,他们量了之后发现,大房间摆满了他的画作,以及多得多的弟子们的作品,他平素绘画的场地,并不比今后安排的空间大多少。约拿斯说干就干,马上开始搬迁。

说起来真走运,他画得少了,名气反而越大。每次画展都受人期待,事先就发文赞美。不错,倒是有少数批评家,其中两位是他画室的常客,持一定的保留态度,稍微抵消他们的热捧。弟子们便气愤填膺,又将这小小的差误超量地找补回来。他们强调指出,他们当然把第一阶段的作品置于一切之上,但是目前的探索正在酝酿一场真正的革命。每次听人激赏他初期的作品,约拿斯就自责微微感到不快,并且忙不迭地道谢。唯独拉多咕哝道:"真是一帮怪物……他们喜欢你,把你当作一动不动的雕像。跟他们在一起,没你的活路!"可是,约拿斯却为弟子们开脱:"你理解不了,"他对拉多说道,"你呀,是我画的你全喜欢。"拉多则笑道:"见你的鬼。我喜欢的不是你的画作,而是你的绘画艺术。"

不管怎么说,他的画作继续讨人喜欢。举办一次大受欢迎的画展之后,画商主动提出给他涨月薪。约拿斯接受了,还感激地逊让。"听您的意思,"画商说道,"好像您挺看重金钱的。"如此直率,赢得了画家的心。然而,他请画商允许他义卖一幅画时,画商便关切地询问,义卖是否"有收益"。约拿斯一无所知。于是,画商便提议严格按合同条款办事。"合同就是合同。"他又说道。在他们的合同里,慈善义卖没有写进条款。"随您怎么办都成。"画商便说道。

这种新的安排,仅仅让约拿斯满意了。的确,他可以经常躲进小屋,以便回复他现在收到的许多信件:他特别讲礼貌,来信不能不答复。那些信函,有些谈到约拿斯的艺术,其余的数量多得多,则是关于通信者个人的情况,或者想要在自己的绘画生涯中得到鼓励,或者想要求教乃至资助。随着约拿斯的姓名出现在报纸杂志上,他也不例外,往往应邀签名,揭露异常令人气愤的不公正事件。约拿斯回信,写写艺术上的见解,感谢对方的盛情,给人出个主意,省下一条领带的钱资助,也在送到他面前的主持正义的抗议书上签名。"你现在搞起政治来啦?这种营生,还是让作家和丑姑娘去干吧。"拉多对他说。不对。他只签署那些声明与党派政见无涉的抗议书。不过,所有抗议书都声称完全独立。一周连着一周,约拿斯口袋里鼓鼓囊囊装满信件,被疏忽的不断更新。他答复的最急件,通常是陌生人写来的,至于友人的来信,他就留待有时间再从容作答。这么多要尽竭的义务,总归侵吞了漫步的时间,侵扰了心中的无忧无虑。他总觉得延期误时,总有负罪感,即使在绘画中,也不时出现这种情况。

路易丝越来越被孩子们给拴住了,还得接过约拿斯原先本可以分担的家务,每天累得精疲力竭。约拿斯看在眼里,痛在心中。他工作繁忙,毕竟还是乐在其中,而她却承担了最糟糕的部分。当妻子总是小跑时,他就意识到这一点。"电话!"大儿子嚷道。约拿斯丢下画幅,接了电话回来,心情很平静,是提醒他一次约会。"煤气!"一名办事员在门口吼道,是一个孩子给他开的门。"来啦,来啦!"等约拿斯离开电话,或者从门口回来,一位朋友、一名弟子,往往两者同时,跑进了小房间,以便谈完开了头的话题。所有人也都熟悉了这条过道。他们待在过道闲聊,时而远远招呼约拿斯做证,或者干脆闯进小房间。"至少在这里,"他们边进屋边感叹,"可以见见您,而且也从容地说说话。"约拿斯深受感动,他说道:"的确如此。最终,大家都见不着面了。"他也同样感到,他让那些见不着面的人失望了,不由得黯然神伤。那往往是些老友,极欲晤面,可是时间安排不上,他不可能什么都答应。因此就影响了他的名声。有人就说:"他一成了名,架子就大起来了,什么人都不见了。"或者:"除了他自己,他不爱任何人。"不对,他爱自己的绘画,也爱路易丝,爱他的孩子,爱拉多,还有几个人;而且,他对所有人都怀有善意。然而,人生短促,时光飞逝,他本身的精力有限。既描绘世界和世人,同时又和他们一起生活,这谈何容易。再者说,他又不能抱怨,不能解释种种碍难。否则,人们就会拍拍他的肩膀:"幸运的小伙子!这是荣名带来的后果!"

且说信件越积越多,而弟子们又容不得丝毫松懈,上流社会人士现在也蜂拥而至:约拿斯倒是认为,他们很可能跟常人一样,热衷于英国王室或者各地美食,那么也会对绘画产生兴趣。事实上,登门者主要是社交界女士,她们都特别随意,本人并不买画,仅仅把她们的男友带给画家,指望他们慷慨解囊,不过,这种期望经常落空。她们倒也肯帮帮路易丝,尤其是给客人烧茶倒水。一杯杯茶水,从一只手传到另一只手,起自厨房,穿越走廊,一直传到大房间,然后再折返,抵达小房间,那里面有可容得下的少数朋友和客人,约拿斯在中间正继续绘画,这时他不得不放下画笔,十分感激地端起茶杯,这是一位魅力四射的女士特意为他斟满的。

约拿斯喝着茶,审视一名弟子刚放到他画架上的画稿,同朋友们谈笑,又突然中断,求在场的一位朋友跑一趟邮局,将他昨夜写的一包信投出去,他随手扶起跌倒在他两腿之间的老二,以便摆出照相的姿势,接着:"约拿斯,电话!"他举着茶杯,连声道歉,从挤满走廊的人群中闯出一条路,再返回来,在画幅的一角添了几笔,又停下来回答那位迷人的女士,肯定要给她画肖像,再次回到画架前,继续作画。不料:"约拿斯,签个字!""是什么呀?"他问道,"是邮差吗?""不是,是关于克什米尔的苦役犯。""来啦,来啦!"他答应着,随即跑向门口,接待一位年轻朋友和抗议书,关切地询问是否涉及政治,得到完全放心的回答,同时又聆听艺术家地位特殊,义不容辞之类的劝导之后,他签了名,刚回画室又得出来,由人引见给他一名刚获胜的拳击手,或者某国最著名的剧作家,而他连对方的名字都没有听清楚。剧作家面对面注视他足有五分钟,以激动的目光表达因不懂法语而不能更清楚表明的情感,约拿斯则连连点头,由衷地表示幸会。这种无法收拾的局面,幸好被突然闯入的最负盛名而迷人的讲道者所打破,此公执意要认识这位大画家。约拿斯便道久仰,他摸了摸衣兜里的信件,又抓起画笔,准备再描几笔,可是,还得首先感谢人家当时送给他的一对"塞特"小猎犬,随即将猎犬置于夫妻的卧室,回身又接受赠送猎犬者相邀共进午餐,却听见路易丝那边惊呼:原来小猎犬尚未经历室内驯养,只好再移至淋浴间:它们在里面哀嚎不已,久而久之,大家便充耳不闻了。约拿斯时而越过众人的脑袋,望望路易丝,似乎看出她眼含忧伤的神色。这一天终于熬过去,有些客人告辞,另一些客人则滞留大房间,还恋恋不舍,无限爱怜地看着路易丝安排孩子睡觉。一位衣冠华丽的女士也上手帮忙,她想过会儿就得回到自家府第,生活分散在两层楼里,哪儿像约拿斯家里这样亲密而温暖,心里不免有些伤感。

一个星期天下午,拉多给路易丝送来一个精巧的晾衣架,可以悬挂在厨房的顶棚上。他看到套房挤满了人,约拿斯在小房间,由行家簇拥着,正给送猎犬的女士画像,而一位官方的艺术家也在画他的肖像。据路易丝讲,那人绘制的是国家的订货:"画出来就是《创作中的艺术家》。"拉多退至房间一角观看,他的朋友显然正全神贯注地工作。一个从未谋面的行家俯身向拉多,说道:"嘿,瞧他气色多好!"拉多没有应声。

"您画画吧,"那人接着说道,"我也是。跟您说吧,相信我这话,他在走下坡路。"

"已经到这地步?"拉多问道。

"对。就因为功成名就了。没人抵挡得住功成名就。他走到头了。"

"他走下坡路,还是走到头啦?"

"一位艺术家走下坡路,就到头了。您瞧哇,他再也画不出什么了。现在是人家给他本人画像,画好了挂到墙上。"

晚些时候,夜深了,三人在夫妻卧室里,约拿斯站着,路易丝和拉多坐在床铺的一角。大家都不说话,孩子们已经入睡,两只猎犬寄存到乡下。刚才,路易丝洗了一大堆餐具,约拿斯和拉多则随即擦干,三人都累得很。拉多面对一大摞盘碟,不禁说道:

"请一个保姆吧。"

"让保姆住在哪儿啊?"路易丝忧伤地答道。

大家又相视无语。拉多突然问道:

"你满意吗?"

约拿斯微微一笑,但是难以掩饰疲倦的神态:

"满意呀。所有人对我都很好。"

"也不见得,"拉多说道,"你要留个心眼儿,不是所有人都心怀善意。"

"你指谁呀?"

"比如说,你的那些画家朋友。"

"这我知道,"约拿斯回答,"其实,许多画家都如此。即使最伟大的画家,他们也不敢确信自己的艺术生涯存在。于是,他们寻找证据,做出判断,批评责难。他们这样能增强信心,也就开始行于世上。他们非常孤单啊!"

拉多却连连摇头。

"相信我这话,"约拿斯又说道,"我了解他们。应当爱他们。"

"那么你呢,"拉多问道,"你行于世吗?你可以不讲任何人的坏话。"

约拿斯笑起来:

"唔!我倒是经常想到坏话,只是随即又忘掉了。"他神情严肃起来,"不,我不能确定自己是否行于世。但是我有把握,将来会存在下去。"

拉多问路易丝的想法。路易丝摆脱一下倦意,回答说约拿斯讲得对:来访者的见解无关紧要,唯独约拿斯的作品才重要。她也明显感到,孩子妨碍他工作。小儿子长大了,也该买一张沙发床,可是那又要占地方。怎么办呢,只能等待找一套更大的房子!约拿斯瞧着夫妻的卧室。当然不够理想,双人床太大,整天都空着。他想到此处,便告诉陷入冥思苦索的路易丝。至少在这间卧室,约拿斯能免遭烦扰。他们总归不敢躺到这张床上。"您觉得怎么样?"路易丝又反问拉多。拉多瞧着约拿斯。约拿斯正失神地凝望对面的窗户,继而举目仰望没有星辰的夜空,他走过去拉上窗帘,回身冲拉多笑了笑,什么话也没讲,挨着他坐到床上。路易丝显然累坏了,说是要去冲个澡。等屋里只剩下两位老友,约拿斯感到拉多用肩头碰了碰他的肩头。他没有看拉多,悠悠说道:

"我喜爱绘画。我就是想画下我的全部生活,白天和夜晚的生活。这种事,难道不是一种运气吗?"

拉多深情地注视他,答道:"对,这是一种运气。"

孩子们一天天长大。看到他们又快活又健壮,约拿斯满心欢喜。他们早晨上学,下午四点钟放学回家。约拿斯还可以利用星期四、星期六下午,还有频繁长假的整个时段。他们都是半大孩子,还不能安安静静玩耍,但是长得相当结实,让满屋子回荡他们的吵闹和欢笑声。必须叫他们安静下来,拿话吓唬,甚至装样子要打他们。衣服也要保持整洁干净,掉了纽扣要钉上。路易丝一个人实在忙不过来。请用人既然没有地方住,而且也不能让外人插进他们的私密生活中,约拿斯便提议,请路易丝的姐姐罗丝来帮忙:她已孀居,有个女儿也长大了。

"对呀,"路易丝回答,"罗丝到家来,谁也不会觉得有妨碍。不需要了,随时可以把她打发走。"

约拿斯很高兴,这个办法好,既减轻路易丝的负担,又减轻他因妻子过劳而感到良心上的不安。尤其姐姐常带女儿来帮忙,更是大大分担了家务。母女二人心肠特别好,品德和无私的精神,在她们善良的天性中大放异彩。她们竭尽全力,帮着操持家务,一点儿也不吝惜时间。她们在自家生活寂寞无聊,到路易丝家来,找到了无拘无束的快乐,也就更尽心尽力了。正如所预料的,没人感到有什么妨碍。从头一天起,两位亲戚就觉得是在自己家里。大房间通用了,既为饭厅,又是洗衣房,又当幼儿园。小儿子睡的小房间,也用来放画作,加了一个行军床,罗丝不带女儿来时就睡在那上面。

约拿斯占用了卧室,在床铺和窗户之间的空地作画,只是要等孩子的房间收拾好,再收拾完这间卧室才能工作。这之后,再要找衣服,才会进来打扰他:家里唯一的大衣柜就放在卧室里。客人虽然比先前少了些,他们还是照老习惯,出乎路易丝的意料,为了跟约拿斯好好聊一聊,毫不犹豫地躺到床上。孩子们也要来拥抱父亲。"让孩子瞧瞧画儿。"约拿斯给他们看他正画的形象,又亲热地拥抱了他们。他将孩子打发走,却感到他们完完全全,一点缝隙也不留地占据了他的心:他们一离开,他的心就觉得空落落的。他爱他们如画,只因在这世上,唯独他们跟他的绘画一样鲜活。

然而,约拿斯画得少了,自己也不清楚是何缘故。他依然勤奋,但是,他画起来费难了,即使在他独自一人的时候。每逢这种情况,他就出神地凝望天空。从前他总是那么神不守舍,不知在想什么,现在却爱冥想了。他在想绘画,想他的艺术生涯,而不想动手画了。"我热爱绘画。"他心里还这样念叨,可是拿画笔的手却垂在身边,出神地听远处传来的无线电广播。

与此同时,他的声望降低了。有人拿来一些批评文章,有些持保留态度,另一些则讲坏话,还有几篇特别恶毒,他看了不由得揪心。不过,他倒往好处想,这些攻击也有教益,激励他努力工作。还继续登门造访的人,对他减少了几分崇敬,像看待老友那样不拘礼数了。当他要回屋绘画时,他们就会说:

"嗳!你有的是时间!"

约拿斯听了心有感触,他们在一定程度上,已经把他纳入他们失败者之列了。可是,从另一层意义上看,这种新的密切关系也有补益的一面。拉多却耸耸肩膀,说道:

"你也太傻了,他们并不怎么喜爱你。"

"他们现在有点喜爱我了,"约拿斯答道,"又一点点爱,就很可观了。至于如何得到,那就无所谓了!"

就这样,他依旧健谈,依旧写信,依旧尽可能画画。时而他还真能画出来,尤其星期天下午,路易丝带孩子出去的时候。到了晚上,看着自己的画有点进展,他心中也窃喜。这一时期,他画天空。

有一天,画商来告诉约拿斯,由于销量明显减少,他实在遗憾,不得不削减他的月薪。约拿斯接受了,然而,路易丝表示出了担心的情绪。正是九月份要开学,孩子必须换新装。她一贯勇气十足,自己动手做活儿,但很快就力不从心了。罗丝倒可以钉钉纽扣,却不会做衣服。幸好罗丝丈夫的堂妹手巧,前来帮助路易丝。她不时来到约拿斯的房间,坐到墙角的椅子上,一声不响地做针线活儿，神态那么安静，路易丝见状，便提示约拿斯画一幅《女工》。"好主意。"约拿斯说道。于是试笔，却接连画坏了两块画布，又不得不接着画他那幅天空。次日，他在家中走来走去，长时间思索而不作画。一个门生急匆匆送来一篇长文，不送到眼前他不会看的，从文中得知，他的绘画既评价过高，又已然过时了。画商也打来电话，重申对销量下降感到忧虑。约拿斯仍旧耽于幻想与思索。他对弟子说，文章有讲对的地方，不过他，约拿斯，还可画好多年。他回答画商，说他理解对方，但是并不忧虑，他要作一大幅画，是真正新颖的作品，一切从头再来。他讲这话时，就感到真是如此，他的作品已浮现在眼前，只需好好组织一下。

此后几天，他力求工作，先在走廊，隔天又到淋浴室，开着电灯作画，大后天竟然转移到厨房。不过，到处都遇见人，他头一回觉得受妨碍，无论是他不怎么认识的人，还是他所爱的家人。有一阵子，他搁下画笔，思考这情景。如果季节适宜，他本可以到户外写生。可惜即将入冬，开春之前，很难出去画风景。他还是试了试，随即放弃：寒风刺骨，直透心扉。一连好几天，他守着画幅，大多时间闲坐，或者伫立在窗前，不再画画了。他倒是养成早晨外出的习惯，心里盘算着画一幅素描：一棵树、一幢歪斜的房舍，路上瞥见的一个侧影。可是一天结束了，他什么也没有画。反之，最微不足道的东西：报纸、遇见的熟人、橱窗的陈列品、一杯咖啡的热气，都会吸引他的注意力。每天夜晚，他都深感愧疚,随即又找出情有可原的借口。他要画的,这一点确定无疑,经过这个表面上空白之后,他会画得更好。这要在内心酝酿,仅此而已,他的福星终究会跃出浓雾灰霾,而且更加清新,更加明亮。眼下,他就泡在咖啡馆里。他早就发现烈酒一下肚,同样会兴奋起来,就像他奋力绘画的那些日子,那时他想到自己的绘画,也只有在他孩子面前才会如此一往情深,如此热血沸腾。喝到第二杯白兰地时,他又在自身发现那种回肠九转的激动,就觉得同时成为这世界的主宰和奴隶。只不过,他现在双手无所事事,毫无凭依地体味这种激情,并未注入一幅画作中。然而,正是这种状态,最接近他活在世上的快乐:现在他坐在烟气腾腾、闹闹哄哄的地方,想入非非,虚掷着时光。

约拿斯有意躲避艺术家经常出没的场所和街区。碰到熟人提起他的绘画,他就不免心慌意乱。他想逃离,这显而易见,他果然逃掉了。他也知道人家在身后说什么:"他真以伦勃朗的自居啦!"于是,他的苦恼有增无减。不管怎样,他再也没有笑脸了。那些老朋友难免得出一种奇特的结论:

"他脸上没有笑容了,那是他太自鸣得意了。"

约拿斯得知背后这种议论,就更加敏感狐疑,越发逃避了。他走进一家咖啡馆,只要感到在座有个人认出他来,立时便兴致索然,一时间愣在原地,深感一种莫名其妙的怅然若失而又无可奈何,他那张面孔板起来,以掩饰内心的慌乱,同时也隐匿了突然对友谊的强烈渴望。他想到拉多那善气迎人的目光,于是猛

然转身离去了。有一天,就在他离去时,有人在近距离说了一句:

"好一副神气十足的嘴脸。"

从此他就只往郊区跑了,到偏远的街区碰不到认识的人。他在那里可以畅所欲言,频频微笑,又恢复了厚道待人的态度,而别人什么也不问他。他还交上了几个相当随和的朋友。他特别喜欢其中一个伙伴,那是火车站一家餐厅的伙计,他常去那里,小伙计为他服务,就问过他靠什么生活。

"就是涂涂颜料。"约拿斯回答。

"是画家还是油漆匠?"

"是画家。"

"哎呀!"伙计说道,"那碗饭可不好吃!"

此后再也没涉及这个问题。不错,这碗饭是不好吃,但是约拿斯一定能摆脱困境,只要想好如何组织他酝酿的作品。

时日与酒杯相伴,他有了艳遇,女人帮了他,在做爱之前或者之后,他可以跟她们谈一谈,尤其可以吹一吹,她们理解他,即便不怎么信服。有时候,他就觉得又恢复了从前的精力。有一天,他受一位女友的鼓励,下定决心重操画笔。回到家中,正巧帮着做衣服的罗丝不在,他就在小房间试着重新作画。可是过了一小时,他又收起画布,冲路易丝笑笑,却视而不见,又出门了。他喝了一天酒,夜晚就住在女友家,其实她并没有什么欲望。次日早晨,迎接他的路易丝痛苦不堪,面容十分憔悴。她盘问约拿斯是否与那女人睡了觉。约拿斯说他喝得烂醉,并没有干那种事,但是以前,他同别的女人发生过关系,路易丝登时脸色大变,痛不欲生,呈现出一副溺水者的惨相,约拿斯见状,平生第一次心碎了。这时他才发觉,这一阵子,他心里没有路易丝,不由得深深愧疚,于是请求路易丝原谅,这一切结束了,明天就从头开始,恢复从前那样。路易丝一时说不出话来,她转过身去,偷偷地擦眼泪。

第二天,约拿斯一早就出门。天正下着雨。他扛了一捆木板回来,已经浇成落汤鸡。两位老友前来看望,正在大房间喝咖啡,他们说道:

"约拿斯变了画法,要在木板上绘画啦!"

"那倒也不是,"约拿斯笑道,"不过,我确实要开始搞点新玩意儿。"

他走到连着淋浴室、厕所和厨房的小走廊,站在那里,久久凝望一直升至黝黯棚顶的高墙。需要一个梯凳。他便下楼到门房那里去借。

他回来时,家里又多了几位客人,又见到他的面,都喜不自胜,少不了要表示亲热,询问家庭的情况,他略一应酬,赶紧又到走廊尽头。恰巧这时,妻子从厨房里走出来。约拿斯放下梯凳,紧紧拥抱路易丝。路易丝则注视着丈夫。

"求求你了,"路易丝说道,"不要再这样了。"

"不,不,"约拿斯回答,"我是要画画。我必须画画。"

不过,他又像自言自语,目光飘忽不定。他动手干起来,在墙壁当腰固定一块横板,用以支撑一间狭小的"阁楼",尽管又高又深。傍晚时分大功告成。约拿斯借助于梯凳,吊在横板上,做了几个引体向上,检验是否牢固。随后,他走到客人中间,大家见他重又那么和蔼可亲,也都特别高兴。夜幕降临,客人差不多走光了。约拿斯擎着一盏煤油灯,拿了一张椅子、一个凳子和一个画框,全搬上了阁楼,让三个女人和三个孩子看得目瞪口呆。

"就是这样,"他从高栖的小阁楼说道,"我在这儿作画,不会打扰任何人了。"

路易丝问他有没有把握。

"当然了,"他回答,"只占一点点地方。我在这儿更自由些。从前有些大画家,就是在烛光下绘画,而且……"

"横板有那么结实吗?"

横板相当结实。

"放心吧,"约拿斯又说道,"这个办法很好。"说罢又翻身下来。

次日一早,他就爬上阁楼,将画框放到小凳子上,自己靠墙站立,也不点灯等待着。他直接听到的声音,仅仅来自厨房和厕所;别的声响仿佛从远处传来,如登门拜访,门铃或电话声响起,来回走动,谈话,传到他耳畔时音量减半,似乎来自街上或者另一个天井。此外,满屋子灯光刺眼,小阁楼上幽暗,能让人静下

心来。不时有朋友来,伫立在阁楼下面,问道:

"你在上面干什么呢,约拿斯?"

"我在工作呀。"

"没有亮光作画?"

"是啊,暂时没有。"

他并没有绘画,只是在思考。比较他一直生活的环境,这种幽暗和半寂静,对他来说就等于荒漠或者坟墓了,他在这幽暗寂静中倾听自己的心声。一直传到小阁楼的声响,虽然都冲他而来,之后就似乎与他再无关系了。犹如孤零零在家里,沉睡中死去的那种人,到了早晨,电话铃声大作,响个不停,而房中空荡无人,只有一具再也听不见声音的尸体。然而他约拿斯还活着,他在倾听内心的这种寂静,等待他的命星:那颗星仍然隐形,但是准备重新升起,最终会完好无损,跃出这些空虚日子的混乱。

"照耀吧,照耀吧,"他自言自语,"别让我看不到你的光明。"

可以肯定,福星还会高照。不过,他仍需思索更长时间,终于有了这种运气;既不与家人分离,又能独居幽处。他必须发现自己还不甚明了的东西,尽管他一直懂得,一直按照他所懂得的东西绘画。想必他终于抓住了这一秘密,看透了这不仅仅是艺术的秘密。正因为如此,他并不点灯。

现在,约拿斯天天爬上阁楼。来客越来越稀少了,路易丝心事重重,也不大陪同客人谈话。约拿斯吃饭时下来,然后再登上高阁。他整天待在黑暗中,一动也不动。深夜,他回到已经睡下的妻子身边。过了数日,他求路易丝将午饭送上去,路易丝细心地照办了,这让他很感动。他跟路易丝商量,为他备些食物,存放在阁楼上,免得饿的时候打扰她。渐渐地,他整天都不下来了。然而,他几乎没有动备用的食物。

一天晚上,他招呼路易丝,要一床铺盖:

"我就在这里过夜了。"

路易丝仰头望着他,张开嘴,但是什么也没有说。她只是打量约拿斯,那副表情不安而忧伤。约拿斯猛然看出,路易丝这一阵老得厉害:全家生活的操劳,深深地侵蚀了她的肌体。他不免想到,他从来没有真正帮助过妻子。然而,没待他开口,路易丝先就冲他微笑,那种柔情更让约拿斯揪心。

"随你怎么样吧,心爱的。"路易丝说道。

从此以后,他就在阁楼上过夜,几乎不再下来了。家里一下子就断了客人,因为无论白天还是夜晚来,再也见不到约拿斯了。对一些人说他去了乡下,厌倦说谎时,则对另一些人说,他另有画室了。唯独拉多始终如一,该来还是来。他登上梯凳,那颗大脑袋探到阁楼横板上面:

"还好吧?"拉多问候。

"好极啦!"

"你在作画?"

"跟作画没两样。"

"可是,你没有画布呀!"

"那也照样绘画。"

在梯凳和阁楼之间这样对话难以为继。拉多摇着头,又下来了,帮助路易丝换换保险丝,或者修修锁,然后,他不再登上梯凳,过来跟约拿斯说声再见。约拿斯在昏暗中应道:"再见,老兄。"有一天,约拿斯回应时还加了一声谢谢。

"为什么谢呢?"拉多问道。

"因为你爱我呀。"

"多新鲜啊!"拉多来了一句,便走了。

还有一天晚上,约拿斯招呼拉多。拉多急忙跑过去。约拿斯头一次点亮了油灯,他俯下身,从阁楼探出来,一副焦急的神色。

"递给我一块画布。"约拿斯说道。

"哎呀,你怎么啦?瘦成这副样子,像个幽灵了。"

"有好几天了,我没怎么吃东西。不过没关系,我得画画了。"

"先吃点儿东西呀。"

"不用,我不饿。"

拉多拿来一块画布。约拿斯接过去,再退回阁楼的当儿,问了他一句:

"他们怎么样?"

"谁呀?"

"路易丝和孩子们。"

"他们很好,如果你能同他们在一起,那就更好了。"

"我不离开他们。你要特意告诉他们,我不离开他们。"

说罢,他便消失了,拉多回头对路易丝说出他的担心。路易丝坦言,她已苦恼了好几天:

"怎么办啊?噢!我若是能替他画该有多好!"她直面拉多,并不掩饰内心的痛苦。"没有他,我也活不下去。"她又说道。

路易丝重又焕发少女的面容,拉多深感意外,发觉她满脸通红。

灯亮了一整夜,以及次日整个上午。拉多或者路易丝,谁来询问,约拿斯只回答这么一句:

"别管了,我在绘画呢。"

到了中午,他要煤油:冒着黑烟的灯重又明亮起来,一直到晚上。拉多留下,同路易丝和孩子们一起吃晚饭。午夜时分,他来向约拿斯告别,在一直亮灯的阁楼前等了片刻,什么话也没有说就走了。第二天早晨,路易丝起床,看见那盏灯还亮着。

开始晴朗的一天,但是约拿斯却毫无觉察,他将画布翻转过来对着秃墙。他已用尽了气力,双手放在膝上,坐在那里等待。他喃喃自语,以后永远也不必画画了,内心感到了幸福。他听见了自己的孩子叽叽喳喳的声音,放水的声音,洗餐具的碰撞声。路易丝在说话。大马路上驶过一辆卡车,震得大玻璃窗哗哗直响。人世还在身边,富有朝气,令人赞赏:约拿斯聆听世人美妙的喧嚣。但是那喧嚣极远,不会妨碍他内心这股快活的力量,他的艺术,他表达不出来而永远沉寂的思想:正是这一切使他超然于万物,飞升到自由活跃的空间。孩子们满屋奔跑,小女儿咯咯笑,路易丝现在也笑了;他许久没有听到妻子的笑声了。他爱他们!他多么爱他们啊!他熄灭了煤油灯,周围重又一片昏暗,那不是他的福星,还一直照耀吗?正是那颗星,他认出来了,心里充满了感激,他无声无息倒下去时,还在凝望他的星。

"没什么大事,"稍后请来的大夫明确说,"他过度劳累。调养一周,他就能下床走动了。"

"他能治好,您有把握吗?"路易丝问道,她已面如死灰。

"能治好。"

在另一间屋里,拉多察看还完全白的画布,只见正中央,约拿斯仅写了一个词,字体极小,可以辨认,但是难以确定究竟应该读成 solitaire 还是 solidaire。①

生长的石头

红土路现在泥泞不堪,汽车笨重地转弯,穿过夜幕的车灯,突然接连照见路两侧的两座铁皮顶的木板房。后照见的那座板房位于路右侧,透过薄雾,只见板房旁边矗立一座用粗糙梁木建

---

① 两个词仅有一个字母之差,而词义大相径庭:前者意为"孤独的",后者意为"互联的"。

造的高塔。高塔顶端放一根金属缆绳,看不见固定的起点,但是在车灯灯光中,越往下越闪亮,下一段隐没在路边土坡的后面。汽车减速,在距板房几米远的地方停下。

坐在司机右侧的那个大汉,十分吃力地挤出车门,双脚着地,那巨人般庞大的身躯还晃了晃,方才站定。他旅途劳顿,伫立在汽车旁边的阴影里,双脚重重地踏着地面,仿佛在倾听减了速的马达轰鸣。继而,他朝路边土坡走去,进入车灯投射的光束中,站到土坡上,夜色绘出他那宽大的背影。过了片刻,他转过身来。司机那张黑面孔,在仪表盘上方闪亮,现在又绽开笑容。那人打了个手势,司机便给发动机熄了火。道路和森林,立即复归寂静。于是听见潺潺流水声。

那人凝望下方的河流,唯见一片宽阔动态的幽暗,时而闪现粼粼的波光。远处,更为浓重而凝结的夜晚,那边想必就是河对岸了。不过,再凝神望去,那不动的河岸上依稀可见一点淡黄的火光,仿佛远处的一点灯火。那大块头转向汽车,点了点头。司机便熄掉车灯,随即又打亮,然后有规律地闪灭几次。站在土坡上的人,随着车灯的明灭,身影一显一隐,变得越来越高大伟壮了。突然,河对岸一只无形的手臂,连续数次举起一盏灯笼。那窥伺者最后摆了摆手,司机便最终关闭了车灯,汽车和人完全消失在夜色中。车灯熄灭了,河流几乎看得见了,至少那流动的长长的肌腱,有一些时而反光闪亮。路两侧大片黑魆魆的森林,鲜明地映在夜空上,就仿佛近在眼前。小雨纤纤,下了一个多小时,打湿了路面,在暖融融的空气中仍在飘散,而原始森林中的这一大片空地,雨中更增添几分寂静和凝重不动。蒙上水汽的星辰,在幽暗的夜空中颤动。

这时,河对岸响起哗哗的铁链声和汩汩的水声。那巨人一直等待着,他右边板房的上方的缆绳绷紧。一阵低沉的吱吱咯咯的声响,由缆绳传导过来,河面上同时响起劈开水流的声音,听来微弱而宽展。缆绳的拉动声平和了,水声还在扩展,继而越发清晰,同时那盏灯也渐近渐大。现在,可以看清灯笼四周淡黄的光晕了。光晕逐渐胀大,随后重又缩小,而灯光透过雾气,照见了上面和周围,那是用干棕叶编成的方篷顶,四角用粗竹竿支撑,旁边晃动着几个模糊的影子。粗糙的篷子朝河岸缓缓行进,快到河中央时,便看清黄色光晕映出三个小人儿:他们头戴尖帽,光着膀子,肌肤近乎黑色。他们微微叉开双腿,伫立不动;身子略微前倾,以便抵消看不见的水流冲击而产生的偏航力,最后从夜色与河面显露来的,便是一只粗制的大木筏。等到渡筏再驶近些,那人才看清篷子后面,靠近筏尾,有两个黑人大汉,他们也戴着宽沿草帽,只穿着灰褐色布长裤。二人肩并肩,用尽全力撑着篙,而篙竿缓缓插进木筏后面的河水中;他们俩以同样缓慢的动作,身子倾向水面,一直达到了平衡的极限。前面那三个混血儿一直伫立不动,望着渐近的河岸,却没有抬眼看看等他们的那个人。

渡筏猛地撞到小码头的前端,灯笼在撞击中摇晃起来,这才照见突进河中的码头。两个黑人大汉不动了,双手举在头上方,紧紧抓住浅浅插进水中篙竿的顶端,紧绷的肌肉瑟动不已,似乎传递着河水的波动和压力。其他渡工抛出铁链,套到码头桩上,他们跳到码头木板上,又放下一种粗制的吊桥,成斜面覆盖住渡筏的前部。

那人回到车上坐好,司机则启动发动机,车子缓慢地爬上土坡,引擎盖指向天空,随后又俯向河面,开始下坡。汽车踩着闸门,在泥泞中滚动,有点打滑,停停走走,驶上码头,压得木板跳动,吱咯山响。车子抵达码头边缘,那几个一直缄默的混血儿闪到两旁,而车子缓缓驶向渡筏,前轮一上去,筏子头部便扎进水中,等汽车整个开上来,立即又浮出水面。司机又开向后面,停到挂灯笼的篷子前。那几个混血儿立刻又折起斜面踏板,从小码头一纵身便跳上渡筏,同时摆离泥泞的河岸。河流力挺渡筏,使之浮在水面。渡筏由一根长长的金属杆牵引,缓缓地漂移,而那金属杆现在顺着钢缆在空中移动。黑人大汉这才松了劲,收回篙竿。那个人和司机下了车,面朝上游,站在筏子上一动不动了。在整个操作的过程中,在场的人谁也没有说话,现在他们各就各位,仍然沉默不语,一动不动,只有一个大个子黑人用粗糙的纸卷了一支烟。

那巨人望着巴西大森林的那个豁口,大河正是从那豁口涌现,朝他们奔泻而来,到这一段宽达数百米,催促着浑浊而光滑的水流,冲击着渡筏的一侧,然后从两端解脱,越过渡筏,重又铺展开来,汇成强大的水流,穿过昏暗的莽林,缓缓流向大海与黑夜。漂浮着一股不新鲜的气味,不知是从河水,还是从吸饱水分的空气中散发出来的。现在能听见渡筏线面,负重的河水汩汩作响,两岸传来牛蛙疏落的鸣声和鸟儿怪异的啼叫。那巨人凑到司机跟前。司机身形瘦小,背靠着一根竹柱,双手插在兜里。他穿的那套工作服,原本是蓝色的,现在沾满了他们吃了一整天的红尘。他还年轻,满脸却皱巴巴的,此刻则洋溢着笑意。他望着水汽凝重的天空,视而不见还在云天游泳的疲惫的星辰。

这工夫,鸟鸣声更加清晰了,还夹杂着陌生的鼓噪声,而钢缆几乎又立即吱咯作响了。黑人大汉又将篙竿插入水中,跟盲人一般探索着河底。那巨人扭过头去,望向刚刚离开的河岸,只见那岸边也被夜色与河水笼罩住了,显得无边无际而又原始荒蛮,犹如绵亘数千公里的莽林。在邻近的大洋和这片林海之间,这一小撮人此刻漂流在一条荒凉的河上,现在仿佛完全迷失了。当渡筏再次撞击码头时,真好像缆绳全部挣断,经过数日惊心动魄的漂泊之后,在漆黑之夜登上一座荒岛。

到了岸上,终于听见人声话语了。司机付了摆渡费,他们用葡萄牙语祝汽车旅途顺利,在这黑沉沉的夜晚,那送别的声音听来快活得出奇。

"他们说了,到伊瓜佩有六十公里的路程。你行驶三个钟头,就完事儿了。索克拉特很满意。"司机朗声说道。

那人开心地笑了,笑声同他本人一样,又厚重又热情。

"我也一样,索克拉特,我很满意。这路太难走了。"

"太沉了,达拉斯特先生,你这块头儿太沉重了。"司机也笑起来,一笑就收不住了。

汽车略微加速了,行驶在由树木和枝蔓纠缠不清的植物构成的高墙之间,周围散发着一股温软而甜蜜的气味。萤火虫翻飞乱舞,不断地穿过幽暗的森林,而红眼睛鸟儿也不时撞到挡风玻璃上。时而还有怪异的虎啸,从遥深的夜传至他们耳畔,司机便转动眼珠,一副滑稽的样子,瞧了瞧身边的伙伴。

道路曲折蜿蜒,渡过小河上一座座摇摇晃晃的木板桥。行驶了一小时之后,雾气渐浓,又飘下霏霏细雨,车灯射出的光随之变得朦胧了。达拉斯特不顾车子颠簸,进入了半睡眠状态。汽车驶出了潮湿的森林地带,重又驶上拉塞拉公路。早晨从圣保罗城出发后,便驶上了这条公路,一路红色的尘土飞扬,从未间断,两侧望不到边的荒原,植被只有稀疏的植物,到现在嘴里还留有红尘的味道。阳光滞重,山岭泛白,布满了沟壑,公路上时而遇见饥饿的瘤牛,而唯一的旅伴,就是羽毛褴褛、飞得疲惫的黑秃鹫,穿越红土荒原,是多么漫长,多么漫长的行程啊……他惊跳一下,汽车停下了。他们到了日本:路两侧的房舍,装饰物都不牢实,屋里闪动着和服。司机跟一个日本男子说话:那人穿一身肮脏的连裤工装服,戴一顶巴西式草帽。随后,汽车又启动了。

"他说,只有四十公里了。"

"刚才是到哪儿啦?是东京吗?"

"不,是雷吉斯托洛。凡是来巴西的日本人,都聚到那里。"

"为什么?"

"不清楚。他们是黄种人,你也知道,达拉斯特先生。"

这片森林变得稀薄了一点儿,道路虽然还很滑,但是好走了一些。汽车行驶在沙地上。从车窗吹进来潮湿的气息,暖乎乎的,还带点酸味。

"你感觉到了吧?"司机津津有味地说道,"那实实在在是大海,很快就要到伊瓜佩了。"

"如果汽油够的话。"达拉斯特加了一句。

说罢,他又平静地睡着了。

拂晓时分,达拉斯特一觉醒来,坐在床上,惊讶地察看他睡过觉的这间大屋。四面大墙壁,墙围子新近粉刷了褐色石灰粉,上半部分则是早先刷的白灰,斑斑驳驳的发黄的灰片一直爬到棚顶。面对面安放了两排床,每排六张。达拉斯特看去,只见他这排的头一张床被子凌乱,但是没有人;却听到左边有响动,转身望去索克拉特出现在门口,笑呵呵的,每只手拿着一瓶矿泉水。

"幸福的回忆!"索克拉特说道。

达拉斯特晃了晃身子。不错,昨天夜里,镇长安排他们住宿的医院,就叫"幸福的回忆"。

"可靠的回忆,"索克拉特接着说道,"他们对我说,首先建医院,然后再搞自来水工程。眼下嘛,幸福的回忆,你就用这汽水洗洗脸吧。"

他边笑边唱走了,丝毫也不显得疲倦,而他打了一整夜呼噜,声震屋宇,却搅得达拉斯特难以合眼。

现在,达拉斯特完全清醒了。他隔着安装了铁栅的窗户,望见对面有一座小院子,红土地面被雨水浇透了,雨水正顺着一丛高大的芦荟无声地往下流淌。一个女子走过去,双手举过头顶,扯开一块黄色头巾。达拉斯特重又躺下,随即又翻身起来,下了床,压得床弯下去,吱咯吱咯直响。恰好这时,索克拉特进来了:

"找你的,达拉斯特先生。镇长在外面等着呢。"不过,他见达拉斯特那副尊容,又说道:"沉住气,他呀,从来就不着急。"

达拉斯特就用矿泉水刮了刮脸,这才走出小楼门廊。镇长身材匀称,戴副金边眼镜,那模样好似一只可爱的黄鼠狼,此刻正怅然凝注飘落的雨丝。他一见达拉斯特,当即笑逐颜开,挺直了小身板儿,趋步向前,伸出双臂,想要搂抱"工程师先生"。恰巧这时,从小院墙另一边驶来一辆轿车,到他们面前急刹车,在湿漉漉的黏土地面侧滑一段,斜着停下了。

"这位是法官!"镇长说道。

法官同镇长一样,也穿一套海蓝色服装,但是要年轻得多,至少表象如此:优美的身段、清秀的面孔,呈现一副稚嫩的惊奇神态。他穿过院子,朝他们走来,以极优雅的姿势避开水洼,离达拉斯特还有数步之遥,便已经伸出手臂,表示热烈欢迎。能来欢迎工程师先生,他深感自豪,而工程师先生这次莅临,是他们可怜小城的无上光荣,尤其要修建这道小水坝,能杜绝本城低洼街区的周期性水患,受益不可估量,他为此感到欢欣鼓舞。治理河流,整修水道,啊!真是伟大的行业!伊瓜佩城的可怜百姓,一定会把工程师先生的英名挂在嘴上,他们在祈祷中,多少年还要颂扬这个名字。这等魅力和雄辩,达拉斯特听得心服口服,他连声道谢,不敢再往深里想:一位法官跟一道水坝有什么相干。再说,必须赶往俱乐部,据镇长称:在工程师先生视察低洼街区之前,当地名流渴望在那里隆重招待他。那些名流是些什么人呢?

"是这样,"镇长说道,"有本人,身为镇长,还有这位,卡瓦洛先生、港务主任,另有几位身份低些。况且,您也不必多在意,他们都不会讲法语。"

达拉斯特招呼索克拉特,说是临近中午再找他。

"好吧,"索克拉特说道,"那我就去水泉公园。"

"去公园?"

"对呀,那地方大家都熟悉。不要担心,达拉斯特先生。"

达拉斯特走出院子,才看清医院就建在森林边缘,而林木茂盛的枝叶几乎就悬在房顶。蒙蒙细雨,现在飘落在这片林区,森林宛如巨大的海绵,无声地吸收这种润泽。这个镇子有一百来幢房舍,大多铺着褪了色的屋瓦,排列在森林与河流之间,那条河的气息也从远处一直吹拂到医院。汽车先开进浸透雨水的街巷,很快就驶到一座长方形广场。广场相当宽阔,红土地面,在许多水洼之间,留下了轮胎印、铁箍车辙和木屐的印迹。四周的房舍低矮,粗糙地涂着各色灰泥。只见广场后面有一座双圆塔教堂,为蓝白两色,正是殖民地建筑风格。一股来自河口海湾的咸味,飘浮在这光秃秃广场的上空。广场中央,有几个衣衫被雨打湿的身影在游荡。沿着那些房舍,有一群人动作迟缓,踏着碎步转悠,那是些高丘人①、日本人、印第安混血儿,他们的穿戴五颜六色,其中有几位优雅的显贵,身着深色西装,颇具异国情调。他们不慌不忙,闪到两旁,给汽车让路,然后停下脚步,目送汽车。待汽车停到广场的一幢房子前面,那些浑身湿漉漉的高丘人便走过去,一声不响围了上去。

俱乐部的二楼上,有一间装饰成小酒吧:竹质的吧台、几张铁皮独脚圆桌。来的名流很多,镇长首先举杯,欢迎达拉斯特,祝他万事如意,众人纷纷随声附和,举杯喝下甘蔗酒。达拉斯特靠近窗口,正在喝酒的工夫,一个人高马大、其貌不扬的家伙,身穿马裤,打着裹腿,脚步有点踉踉跄跄,走到他跟前,哇啦哇啦冲他讲了一通模糊不清的话。工程师只听出了"护照"这个词,他略一犹豫,随即掏出证件。那家伙一把抢过去,翻了翻护照,脸上明显露出愠色,他拿着小本本在工程师鼻子下乱晃,又哇啦哇

---

① 南美洲潘帕斯草原上的居民称高丘人。

啦讲了一通。达拉斯特不动声色,冷眼瞧着这个狂徒。这时,法官笑呵呵走过来,问问是怎么回事。醉汉见有人竟敢打断他的话,就打量一会儿这个文弱的人,他身子摇晃得更厉害,又举护照在他新对手眼前乱晃。达拉斯特倒镇定自若,坐在一张圆桌前等待。这场对话变得非常激烈,突然,法官正颜厉色,高声痛斥,这是谁也想不到的。同样,没有任何先兆,那彪形大汉一下子败下阵去,那副熊样,就像犯了错被抓住的一个孩子。法官最后一声令下,他便像受到惩罚的坏学生那样,侧着身子走向门口,倏忽不见了。

法官立即过来,他的声音又恢复和婉悦耳了,向达拉斯特解释,这个粗鲁的家伙是警察局局长,他竟敢断言护照不合规定,这种唐突行为要受到惩罚。接着,卡尔瓦洛先生又转向围拢过来的名流们,似乎在征询他们的意见。讨论了一小会儿之后,法官郑重地向达拉斯特道歉,请他谅解,只有喝醉了酒才能解释为何如此无礼,如此忘怀伊瓜佩全城人对他的感激,最后恳请他亲自做出决定,如何惩处这个闹事的家伙。达拉斯特说他不愿施惩罚,这只是个意外事件,无足挂齿,现在紧要的是赶快去察看河流。这时镇长也特别诚恳、热情的表示,惩处的确必不可少,要拘留那罪犯,大家都期待尊贵的客人劳神,决定他的命运。无论怎么劝阻,都不能打消这种含笑的严厉态度,达拉斯特只好松口,说他再考虑一下。然后,他们决定去察看低洼街区。

河水已经漫上低矮、平滑的河岸,淹了一大片。他们走过了伊瓜佩城边的几幢民房,来到河流与一处高高的陡坡:高坡上着附几座草泥和树枝搭建的棚屋。森林延伸到前面河堤边缘,仿佛没有间断,就跨到对岸去了。不过,河道很快就变宽,挤开树木,直到一道若隐若现,似黄又灰的水线,那便是大海了。达拉斯特一言不发,走向斜坡,只见坡上近年涨水留下的水位痕迹。一条泥泞的小路通向棚屋,屋前站着一堆黑人,他静静地瞧着新来的生客。几对夫妇手拉着手,在大人面前的堤坡边上,有一排腹鼓腿细的孩子,一个个睁圆了眼睛。

达拉斯特走到棚屋,招了招手,叫来港务主任。港务主任是一个笑口常开的肥胖黑人,身穿一套白色制服。达拉斯特用西班牙语问他,可不可以进一间棚屋看看。港务主任回答没问题,他甚至认为这是个好主意,工程师先生能看到一些非常有趣的东西。他上前搭话,指着达拉斯特与河流,跟那些黑人讲了许久。那些人只是听着,一声不吭。等港务主任讲完了,谁也没有动弹。港务主任又讲起来,声调变得不耐烦了。接着,他叫到一个人,那人却摇了摇头。于是,港务主任换了命令的口吻,干脆地讲了几句话。那人这才离开人堆,面对达拉斯特,打了个手势,为他指路,然而,那目光却充满敌意。那人颇为年长,留一头短短的灰白色卷发,瘦削的脸庞饱经风霜,但是身板还显年轻,干瘦的肩膀很结实,粗布长裤和撕破的衬衣里露出了肌肉。二人朝前走,后面跟着港务主任和那群黑人。他们又攀登一道更陡的坡,坡上用泥土、芦苇加铁皮建造的小屋,根基很难造得牢实，必须用一些大石头加固。他们迎面碰见一个下坡的女人，头顶一只盛满了水的罐子，她赤脚走路不时打滑。他们走到一处类似小广场的地方，周围坐落着三间小棚屋。那人朝其中的一间走去，推开竹门，门铰链是用藤条制作的。他闪到一旁，一句话不讲，以同样漠然的目光盯着工程师。达拉斯特走进屋，首先看到正中央地上有一堆火奄奄一息。接着，他又看清屋里端一角放一张铜床，光秃秃的床绷已然塌陷；床的对角有一张桌子，桌上摆了一个瓦盆；床和桌子中间墙上，则挂着一幅圣徒乔治的画片。余下的物品，门口右侧只有一堆破布，顶棚挂着几条五颜六色的缠腰布，吊在火堆上方烤干。达拉斯特伫立不动，呼吸着从地面升起的烟和穷苦的气味，一时嗓子眼儿发紧。在他身后的港务主任拍了拍手。工程师回头一看，逆光只瞧见一个曼妙的身影走到门口，那是个黑人少女，递给他什么东西：他接过来，是一只杯子，便喝下杯中醇厚的甘蔗酒。那少女伸出托盘，接过空酒杯，便转身离去，动作那么轻盈灵敏，达拉斯特心头猛然一动，就想留住她。

可是，他跟了出去，在大堆人中间却认不出那少女了，只见大群黑人和当地名流聚在房屋周围。于是，他向那老人表示感谢，对方躬身还礼，一句话也未讲。达拉斯特随即走了，港务主任跟在身后，重又解释起来，还询问在里约的法国公司什么时候能开工，雨季到来之前水坝能否建成。达拉斯特说不知道，其实他考虑并不可能。他冒着蒙蒙细雨，下坡走向河边。他一直倾听那壮阔的轰鸣,自从到达这里就从未间断,但不知那是波涛还是林涛之声。他走到河岸,远眺那隐隐的海平线,数千公里寂寥的海洋,远眺非洲,以及更远的大陆,他的故土欧洲。

"主任,"达拉斯特问道,"刚才我们探访的人家,他们究竟靠什么生活?"

"用工时就叫他们干活。"主任说道,"我们这里人穷啊。"

"那些是最穷的人吗?"

"他们最贫穷。"

法官穿着精致的皮鞋,走泥路有点打滑,这时走到近前,说他们已经喜欢上要给他们带来工作的工程师了。

"要知道,"法官补充说,"他们天天跳舞唱歌。"

接着,也没有一句过渡话,径直问达拉斯特,是否打算惩罚。

"什么惩罚?"

"就是惩罚我们的警察局局长呀。"

"这事儿就算了。"

法官却说,不能这么算了,必须惩处。达拉斯特不再理会,已经朝伊瓜佩城走去。

细雨蒙蒙,水泉小公园又神秘又温馨,香蕉树和露兜树之间的藤蔓,挂满了一串串奇异的花朵。小径交叉口,堆着湿漉漉的石头作标志。此刻小径上,一群群穿得花花绿绿的人在游荡。那是些混血儿,有几个高丘人,他们正在低声闲聊,或在竹林小路漫步,走进越来越茂盛的小树林,直到钻不进去人的地方,毫无过渡,直接就是莽林了。

达拉斯特在人群中寻找索克拉特,他却从背后冒了出来。

"这是节庆啊。"索克拉特笑着说道,他抓住达拉斯特高高的肩膀,原地蹦跳起来。

"什么节庆?"

"嘿!"索克拉特一声诧异,他现在面对达拉斯特了,"你不知道吗?就是仁慈的耶稣节呀。每年这一天,所有人都带着锤子进山洞。"

索克拉特指给他看的不是山洞,而是公园一角似乎在等待的一群人。

"你瞧!有一天,正是耶稣的雕像,从海上漂来,沿河逆流而上,还是渔夫发现的。雕像多美啊!多美啊!于是,他们把耶稣像洗净,安放在这儿的山洞里。现在,洞里长出一块石头。年年都过这个节。你拿着锤子来求福,敲下一片石头。你瞧怎么样,那块石头一直生长,也一直往下敲。真是奇迹呀!"

他们走到山洞前面,从等待的那些人头顶望去,看见了低矮的洞口。洞里点着几根蜡烛,颤动的烛光刺破了黑暗,一个蹲着的身形正用锤子敲石头,那是个干瘦的高丘人,留着长长的胡须,他站起身出来,手掌心握着一小块石片,向众人展示;过了片刻,他小心翼翼地握紧手掌,便离去了。于是,另一个男人又弯下腰走进洞里。

达拉斯特转过身,周围的朝圣者都在等待,并不看他,站在从树上落下来的细细雨帘中,却浑然不觉。达拉斯特也在等待,他身处同样的雨雾中,站在山洞前,却不清楚在等待什么。其实,他到这个国家一个月以来,就这么不停地等待着。在溽暑熏蒸的日子里,在黑夜幽幽的星光下,他在等待,不顾自己肩负的任务,不顾要建的水坝,要开的公路,就好像他到这里工作无非是一种托词,只为创造机会,等待一场惊喜或奇遇,连他自己也想象不出那是什么,但是肯定在世界的尽头,那奇遇在耐心等待他。他振作了一下,悄然离开,在这一小伙人中没有引起任何人注意;他朝出口走去:该回到河边工作了。

这工夫,索克拉特在公园门口等他,正同一个人神聊:那是个矮胖的、长得很敦实的男人,与其说是黑皮肤,不如说近乎黄种人。他那脑壳剃得光光的,突显了饱满的天庭;反之,他那张光滑的大脸上,却蓄留修成方形的大黑胡子。

"这家伙,棒极啦!"索克拉特赞扬一句算是介绍,"明天,他要参加宗教队列游行。"

那人穿一身粗哔叽水手服,上身露出里面蓝白条的汗衫;一双黑眼睛很平静,注意打量着达拉斯特,同时咧嘴笑着,肥厚油亮的嘴唇间露出两排雪白的牙齿。

"他说西班牙语,"索克拉特说道,他转身又对那陌生人说了一句,"你讲给达拉斯特先生听听吧。"

说罢,索克拉特蹦蹦跳跳,转移到另一堆人。那人收敛笑容,注视着达拉斯特,竟不掩饰好奇的神情。

"你对这感兴趣吗,船长?"

"我不是船长。"达拉斯特说道。

"没关系,反正你是贵族老爷。索克拉特跟我说了。"

"我可不是。我祖父是,曾祖父也是,往前辈数全是。现在,我们那些国家没有贵族老爷了。"

"哦,"那黑人笑道,"我明白了,人人都是贵族老爷了。"

"嗳,不对。既没有贵族老爷,也没有平民百姓。"

对方思索一下,接着果断地说道:

"那就是谁也不干活,谁也不受苦啦?"

"对,千千万万的人。"

"那就是人民啦?"

"对,正是如此,只有人民。不过,人民的主子,是警察或者商人。"

这个混血儿和善的面孔板起来了。随后,他咕哝道:

"哼!买卖,买卖,嗯!肮脏透啦!警察当道,就是狗发号施令。"

他的情绪说变就变,忽又敞声大笑。

"你呢,不卖什么吧?"

"差不多。我只造桥,修路。"

"这好哇!我呢,在一艘船上当厨子。你若是愿意,我就给你做一道拿手菜:煮黑豆汤尝尝。"

"我很想尝尝。"

厨子凑到近前,抓住达拉斯特的胳臂。

"听我说,我喜欢你讲的话。我也讲讲,也许你也喜欢。"

他拉着达拉斯特到门口附近,坐到一簇竹子下的湿木凳上。

"我是在一艘小型油船上,向海岸各港口供油,有一天正航行在伊瓜佩的外海,船上失火了。那可不能怪我,哼!我是行家里手!不,那是飞来横祸!我们倒是把救生艇放下水了,可是黑夜里,大海涨潮,将救生艇掀翻了,我落入海中。我浮上水面时,头撞上了救生艇,就被冲走了。漆黑的夜里,潮水很大,我游泳又很差劲儿,非常害怕。忽然间,我望见远处有亮光,认出那是伊瓜佩耶稣教堂的圆顶。于是我就祷告,如果慈悲的耶稣救我一命,我就头顶五十公斤重的石头,参加列队礼拜游行。说了你也不信,可大海就是平静下来,我的心也平静了。我慢慢游着,觉得很幸运,一直游到岸边。明天,我就履行自己的诺言。"

他忽然换上了狐疑的神情,瞧了瞧达拉斯特。

"你没笑吧,嗯?"

"我没笑。许了愿就应该还愿。"

对方拍了拍他的肩膀。

"现在,就到我兄弟家去,他住在河边。我给你煮黑豆吃。"

"不行,"达拉斯特回答,"我还有事。如果可以,今天晚上吧。"

"好吧。不过,今天夜晚,都到大棚里跳舞和祈祷,庆祝圣徒乔治节。"

达拉斯特便问他是否也去跳舞。厨子的表情顿时坚定起来,他的眼神也第一次开始游移了。

"不,不,我不跳舞了。明天还得顶大石头呢。石头很沉。今天晚上,我去庆祝圣徒节,早早离开。"

"晚会时间很长吗?"

"整整一个通宵,直到清晨。"

他瞥了一眼达拉斯特,那样子隐隐有点惭愧。

"你去舞会吧,然后你拉我走。不然的话,我会留在那儿一直跳下去。也许我控制不住。"

"你爱跳舞吧?"

厨子的眼睛明亮起来,闪现一种贪嘴的神气。

"哦!对,我爱跳舞。而且,庆祝会上有雪茄、圣像,还有女人。大家什么都不顾了,什么话都不听了。"

"还有女人?全城的女人吗?"

"不是全城,而是所有棚屋的。"

厨子重又笑逐颜开。

"去吧。船长的话,我会听的。你就帮助我明天履行诺言吧。"

达拉斯特隐隐感到有点恼火。这种荒谬的诺言,关他什么事?然而,他端详这张漂亮的脸,多么开朗,多么信赖地冲他微笑,黑黑的肌肤透出健康与活力的光泽。

"我会去的,"达拉斯特说道,"现在,我陪你走一段吧。"

不知为什么,与此同时,他眼前又浮现向他献酒的那个黑人少女。

他们走出公园,穿过几条泥泞的街道,到了一片低洼的广场,四周房屋低矮,更显得广场宽阔了。尽管雨并没有加大,房屋的泥墙却已经湿透,往下淋水了。河流与林涛的轰鸣,飞越吸饱水分的天空,传到他们耳畔已经低沉了。他们并肩同步而行,达拉斯特的脚步沉重,而大厨则步履矫健。大厨不时抬起头,冲身边的伙伴微笑。他们朝教堂的方向走去,目光越过民房远远已经望不见了。他们走到广场那端,又穿过几条泥泞的小街,现在街上已经飘出做饭的诱人香味了。有拿着盘子或炊具的女人,不时从门缝好奇地探出头来,旋即又消失了。他们从教堂门前走过,进入一个老街区,只见两侧的房舍同样低矮。一走出老街区,就突然踏上河流的声浪,河流还看不见,声浪是从达拉斯特认出来的棚户区后面传来的。

"好了。就此分手,晚上见。"达拉斯特说道。

"对,在教堂门前。"

然而,大厨还一直拉住达拉斯特的手不放,他在犹豫,终于开口问道:

"你哪,从来就没有呼求过主,许过愿吗?"

"嗳,我想有过一次。"

"是一次沉船事故吗?"

"也可以这么说。"

达拉斯特猛地挣脱了手,不过,就在转身的当儿,他碰见了大厨的目光。他犹豫了一下,随后微笑起来。

"告诉你也无妨,其实没什么。有个人由于我的过错要死了,我好像呼求过。"

"你许了愿吗?"

"没有。本来我是想许愿的。"

"事情过去很久了吗?"

"就是来这之前不久。"

厨子双手捋着胡子,两眼放光。

"你是船长,"他说道,"我的家就是你的家。还有,你要帮助我履行诺言,就当你是履行自己的诺言,这样也会帮了你。"

达拉斯特微微一笑:

"我是不信神的。"

"你真高傲,船长。"

"从前我高傲,现在我孤独;不过,我只问你一句:你那仁慈的耶稣总是有求必应吗?"

"有求必应,没有,船长!"

"那还有什么说的?"

厨子哈哈大声,笑声爽朗,带几分稚气。

"这么说吧,"厨子说道,"他是自由的,不是吗?"

达拉斯特到俱乐部,同社会名流共进午餐。镇长对他说,他大驾光临,实在是伊瓜佩镇的一件大事,务必要在贵宾留言簿上签名,至少留个纪念。法官也想出几句新辞令,除了彰显他们客人的德行与才华,还赞扬了他的纯朴,不愧代表他那伟大的国家来到他们中间。达拉斯特仅仅回答说,他很荣幸代表自己的国家,他也确信这是一种荣幸;同样,他的公司招标成功,承包这项长期工程,也会有可观的进益。法官听他这么讲,便惊叹如此谦恭。

"对了,"法官又说道,"我们该如何处置警察局局长,您想过了吗?"

达拉斯特看着他,微笑道:

"我想好了。"

依他之见,最好能以他的名义,特别宽恕这个冒失鬼,他,达拉斯特,初来乍到,十分欣喜了解伊瓜佩这座美丽的城市及其慷慨的居民,期望他这样示好,一开始就能生活在和睦与友好的氛围中。法官满脸堆笑,注意聆听,还连连点头。他是这方面的行家,思考一下如何措辞,然后,请在座的人为伟大法兰西民族宽宏大量的传统鼓掌;接着,他重又转向达拉斯特,明确表示他十分满意。

"既然如此,"他总结道,"今天晚上,我们就同局长一起吃饭吧。"

达拉斯特却说,已应朋友邀请,他要参加棚户区的节日舞会。

"哦,是啊!"法官说道。"我很高兴您去参加舞会。您能体会到,谁都不能不热爱我们的人民。"

傍晚,达拉斯特、大厨及其兄弟,坐在屋子中央熄灭的火堆周围,达拉斯特上午已经参观过这种棚屋。再次见到这位客人,大厨兄弟并不显得惊讶,他几乎不会讲西班牙语,大部分时间只是点头。至于厨师,他兴趣盎然地讲起大教堂,后来又大谈特谈黑豆汤。这时,太阳几乎落了,达拉斯特还看得厨师兄弟,但是看不清蹲在靠里侧的身影:那是一位老妇人,以及再次服侍他的那个少女。棚屋下方,传来单调的河水声。

厨师站起身,说道:"时候到了。"于是,他们都站起来,但是妇女却一动不动,只有男人出门了。达拉斯特迟疑一下,也随后跟上兄弟俩。现在天已经黑了,雨也停了。天空呈现淡淡的黑色,似乎还运行着云雨。在幽暗而透明的水汽中,低至地平线上,几颗星星开始点亮了。星星旋即又熄灭了,一颗颗坠落到河里,就仿佛天空厌弃了它最后的光亮。空气浓重,闻到水和烟雾的气味。近在咫尺的大森林纹丝不动,还是听得见那深沉的涛声。猛然间,手鼓和歌声在远处响起,开头隐约低沉,逐渐清晰可辨,渐行渐近,忽又停止了。不大工夫,只见一长列黑人少女,腰间低低系着白粗绸长裙。她们队尾跟随一个高大的黑人男子,身上裹着一件红衣服,外面坠着五颜六色的牙齿项链。他身后乱哄哄跟随一群身穿白睡衣的男人,以及手持三角响板和扁鼓的乐师。厨子说应当跟他们走。

他们沿河边走出棚户区几百米,就到了那个宽阔的大棚。大棚内墙抹了灰泥,显得更为舒适宜人,夯实的泥土地面,茅草和芦苇铺的屋顶,中央由一根粗木桩支撑,周围墙壁光秃秃的。大棚里侧,有一座铺着棕榈叶的小祭台,台上点着几支蜡烛,勉强照亮半间大棚。台上供奉着圣徒乔治的精美彩色石印像,圣徒乔治的神像魅力十足,正在制伏一条长须的凶龙。祭台下面辟为壁龛,四周用纸板镶成石洞的模样儿,一支蜡烛和一盆水,左右护拥着一尊涂成红色的小泥像。那是一个长角的神,样子很凶,举着一把硕大无比的银纸刀。

厨师带达拉斯特到门口附近,工人背靠着墙壁伫立在那儿。厨子低声说道:

"在这儿好些,走的时候不会打扰别人。"

大棚也确实挤得满满当当,男人、女人一个挨着一个。热气开始升腾了。乐师们分立小祭台两侧。跳舞的人分成男女两圈,男人在里圈。那个红衣黑人首领置身于圈中心。达拉斯特叉着胳臂,靠墙站立。

不料,那首领却劈开男人舞圈,径直朝他们走来,神情严肃地对厨子说了几句话。

"放下胳膊吧,船长,"厨子说道,"你这样紧紧抱着手臂,就阻止圣徒的神灵下来了。"

达拉斯特耷拉下来胳臂,依然背靠着墙壁。他的四肢又长又沉重,那张大脸沁出汗而亮晶晶的;此刻他那模样倒像一个令人安心的兽神了。大个子黑人瞧了他一眼,感到满意了,这才回到原位。他立刻放声高歌,歌喉洪亮,众人附和,手鼓伴唱。两个舞圈从相反的方向开始转动,舞步沉重,仿佛用力踏地,仅以两排臀部的扭动微微表现舞姿。

大棚里温度升高。然而,舞蹈间歇逐渐缩短,越来越少停顿,节奏也加快了。那高个子黑人边舞边行进,再次冲破舞圈,而众人跳舞的节奏并没有放慢。他朝小祭台走去,拿了一杯水和一支点燃的蜡烛返回大棚中央,将蜡烛放到地上,在蜡烛周围洒了两圈水,然后直起腰,发狂的眼睛抬向棚顶,全身挺得直直的,一动不动地等待着。厨子瞪圆了眼睛,喏嚅道:

"圣徒乔治来了,瞧呀,你瞧呀!"

果然,有几个舞者,此刻显出神灵附体的神态,却是一副呆滞的样子,双手叉着腰,舞步僵硬,目光也凝滞而迟钝。其他人越发加快了节奏,浑身痉挛,开始叫嚷:那叫声含混不清,越来越高,混合成群体的呼号、吼叫。这时,一直仰望棚顶的首领也一声长啸,超过了众人的声音,那气息峰顶隐含一句话,他还重复了同样的词语。

"你要听明白,"厨子悄声说道,"他说他就是神的战场。"

达拉斯特十分惊讶,厨子说话都变调了,他定睛一瞧,只见厨子探身向前,紧握双拳,眼睛直勾勾的,随着众人的节奏,也在原地跺脚。这时他却发觉,自己的双脚虽然没有离开原地,沉重的身躯已经蹿动一阵了。

突然间,鼓声大作,穿红衣服的那个大魔头发起狂来,他两眼冒火,四肢胡乱转动,弯曲着膝盖,两腿轮番金鸡独立,节奏快得出奇,肢体眼看要散了架。在一片雷鸣般的鼓声中,他疯狂的舞动戛然停止,游目四望在场的人;那神态又高傲又狰狞。有一个舞者,立即从昏暗的角落出现,跪到神灵附体者跟前,奉上一把短刀。那大个子黑人不断扫视周围,接过短刀,围着自己的脑袋飞舞起来。恰好这时候,达拉斯特发现,厨子在人群中跳舞了。工程师没有瞧见他走开。

在恍惚不定的红光中,从地面升起令人窒息的尘土,空气更加浑浊浓稠,让人感到发黏了。达拉斯特渐渐觉得周身疲惫了,呼吸越来越困难。他甚至没有看到,跳舞的男人如何都叼起粗大的雪茄烟,现在吸起来,还不停地跳舞。怪怪的烟味充斥大棚,熏得达拉斯特有点晕乎了。他只瞧见厨师走到他身边,舞步不停,嘴上也叼着一根雪茄烟。"别抽了。"达拉斯特说道。厨子咕哝一句什么,他不停地踏着节拍。以要上场的拳击赛手的表情,凝视着中央大木柱,后脖颈颤动了好一阵工夫。有一个肥胖黑女人,在他身边左右摇晃她那张野兽的脸,同时不住声地号叫。不过,那些黑皮肤少女,进入神灵附体状态尤为骇人:她们双脚站在地面上,从脚到头全身抽搐,痉挛越接近肩脖越剧烈。她们的头前后晃荡,简直就要甩掉了。大家同时开始持续不断的号叫:这种群体的号叫,绵长而单调,表面上不换气,也没有起伏,就仿佛躯体、肌肉和神经,完全扭结在一起,形成一次性的、耗尽生命的发泄,终于赋予他们每个人以话语,表达给迄今一直绝对缄默的一种存在。号叫并未中断,女人一个个倒在地下。黑人头领依次跪到每个女子身边,用他那肌肉发达的黑色大手,痉挛似的快速掐她们的太阳穴。于是,她们重又站起来,摇摇晃晃,回归她们的舞蹈队列,又号叫起来,开头声音微弱,逐渐升高加速,以致重新跌倒,再次站起来,这样周而复始,又持续很长时间、直到全体喊声疲弱,嘶哑了,蜕变为牵动全身的一种嗝逆了。达拉斯特已筋疲力尽,因长时间原地跳舞而抽筋了,又因许久不作声而窒息了,只觉得摇晃起来,站立不稳。闷热、灰尘、雪茄烟雾、人的气味,污浊了空气,现在完全无法呼吸了。他用眼睛寻找:厨子消失不见了。达拉斯特顺着墙壁蹲下来,强忍住呕吐。

等他睁开眼睛,空气仍然令人窒息,但是喧嚷声停止了。这时,唯有扁鼓低沉的节奏还持续不断,三五成群穿着灰白色布衣的人,在大棚的各个角落踏着鼓点跺脚。大棚中央,杯子和蜡烛现已撤掉,一群黑人少女处于半催眠状态,还在缓慢地舞动,总是慢半拍。她们闭着眼睛,身子却挺直,前后微微摇晃,几乎在原地跺着脚。其中有两位胖姑娘,戴着用酒椰叶纤维编成的面罩,站在另一位化了装的姑娘的两侧。那姑娘身材苗条,达拉斯特猛然认出,她正是他去拜访过的那家的姑娘。她穿一条绿色长裙,头戴蓝纱猎人帽,帽子前沿翘起,插着火枪手军帽的那种羽饰;她手执一张黄绿两色弓,搭着一支箭,箭头穿着一只五彩斑斓的鸟。她腰姿秀美,俊俏的头轻轻摇晃,微微后仰,睡态的面容上,呈现一种平静而天真的忧郁。在音乐中止时,她仿佛梦游似的,身子晃晃悠悠,单等鼓声节奏加强,才又给她送来一种保护神,她便围着看不见的保护神轻舒曼舞,直到舞步与音乐同时停止,她又踉跄起来,势欲失去平衡,还发出奇异的鸟鸣,非常尖厉,但是悦耳动听。

这种徐缓的曼舞,达拉斯特看得入了迷,他正出神地观赏这位黑肌肤的狄安娜,忽见厨子穿到面前,那张光滑的脸现已变形失态了。他那眼里和善的神气消失了,只是映现一种前所未见的贪婪。他对达拉斯特,就像对待陌生人那样,毫不客气地说道:

"时候不早了,船长。他们跳舞要跳一整夜,不过,他们不愿你还待在这儿。"

达拉斯特脑袋昏沉沉的,他站起身,跟着厨子沿墙根儿走到门口。到了门口,厨子拉着竹门,闪到一旁,让达拉斯特出去。达拉斯特出了门,回身瞧瞧不动地方的厨子。

"走哇。到时候你还得顶大石头呢。"

"我要留下来。"厨子回答,一副固执的神态。

"那你的许诺呢?"

厨子也不应声,一点一点推门,而达拉斯特一只手把住。他们这样相持了一两秒钟,达拉斯特放手了,他耸了耸肩膀,独自走了。

清新的夜晚，弥漫着芬芳的气息。森林上空的南天，寥寥几颗星被看不见的薄雾遮掩，只闪烁着微光。空气潮湿滞重。然而，从大棚里出来，似乎感到一种沁人心脾的清新。达拉斯特重又爬上溜滑的坡道，走到头几家棚户，路径坑坑洼洼，他深一脚浅一脚，踉踉跄跄，形同一个醉汉。森林就近前，轰鸣声初起。大河的涛声越来越大，整个大陆都隐没在夜色中，达拉斯特又一阵恶心。他就觉得本该完全唾弃这个国家，唾弃它广袤土地上的忧伤，唾弃茫茫林海凄凉的光亮，也唾弃它一条条荒凉的大河夜间汩汩的流水声响。这片土地过于广漠，鲜血和四季在这里混杂融合了，时间也似水流淌。在这里，生命匍匐在地上，若想融入其中，就必须直接睡在地上，无论泥地还是干燥的地面，住上多少年才行。如在那边，在欧洲，那可是耻辱和愤懑。在这里，便是流放和孤独，置身于这些半死不活和发癫狂的疯子中间，他们跳舞就想跳死为止。然而，由那睡美人发出的受伤鸟儿奇异的叫声，却穿越了充斥植物清香的潮湿的夜空，又传到他的耳畔。

达拉斯特一夜没睡好，醒来头疼得厉害，天气潮湿闷热，倾轧着小镇和静止不动的森林。现在，他到医院的门廊下等待，瞧了瞧停了的手表，拿不准是什么时辰，心中暗暗奇怪，太阳升起了这么高，城里又一片寂静。湛蓝的天空，几乎难见纤云，直接压到首当其冲的黯淡屋顶。几只毛羽发黄的秃鹫，睡在医院对面的房顶上,热得动弹不得。有一只猛地晃了晃身子,张开喙,显然作势要起飞,拍了两下灰尘仆仆的翅膀,刚飞起几公分高,重又跌落到房顶,随即又入睡了。

工程师下坡朝城里走去。大广场空无一人,跟他走过的空荡荡的街一样。远处,河流两岸雾气低沉,飘浮在森林上空。暑热垂直空降,达拉斯特想找个阴凉的角落躲一躲,却看到一幢房屋的雨檐下,有一个矮子向他招手。他走近些才认出,那正是索克拉特。

"怎么样,达拉斯特先生,你喜欢那种仪式吗?"

达拉斯特却说,大棚里太热,他更爱待在夜空下。

"对,"索克拉特说道,"在你们那里,只做做弥撒,谁也不跳舞。"

他搓着双手,单脚原地跳着转圈,笑得喘不上来气。

"不可思议,他们真不可思议。"

接着,他好奇的样子,注视着达拉斯特。

"你呢,你去做弥撒吗?"

"不去。"

"那你去哪儿?"

"哪儿也不去。我也说不准。"

索克拉特还是笑个不停。

"不可思议!一位贵族老爷不去教堂,什么也不信!"

达拉斯特也笑起来:

"是啊,你瞧,我没有找到自己的位置。于是,我就离开了。"

"那就跟我们在一起吧,达拉斯特先生,我喜欢你。"

"我倒很愿意,索克拉特,可是我不会跳舞呀。"

二人的笑声,在空荡荡的小城寂静中回响。

"唔,"索克拉特又说道,"我倒忘了,镇长要见你。他在俱乐部里吃午饭。"

说罢,他连招呼也不打一声,就朝医院走去。

"你去哪儿啊?"达拉斯特嚷道。

索克拉特模仿一下打呼噜的样子:

"去睡觉。等一会儿,就列队游行了。"他一路小跑,又连连打起呼噜。

镇长只是特意想给达拉斯特安排一个贵宾席,以便观看这场宗教仪式。他请工程师与他共享一道菜:米饭肉,那么一大盘,足能显示奇效:治好一个瘫痪病人。首先要去法官的家中,站在阳台上,看着队列从对面的教堂里出来。然后再移师镇政府,而镇政府坐落在直通教堂广场的大街上,这是忏悔的教徒们返程的必经之路。法官和警察局局长将陪伴达拉斯特,镇长必须亲临仪式。果不其然,警察局局长就在俱乐部大厅里,他围着达拉斯特,前后左右忙个不停,嘴上挂着永不疲倦的微笑,哇啦哇啦对他讲话,说的什么听不懂,但显然是大献殷勤。达拉斯特下楼时,警察局局长抢先一步带路,为他打开一道道门。

城里始终空荡荡的,烈日炎炎,两个人朝法官家走去,寂静中唯闻他们的脚步声。

这时,附近一条街突然一声爆竹巨响,从所有房顶惊飞了秃鹫;那些脖子无毛的笨重的秃鹫,便成束状四散飞开。几乎紧随其后,几十枚炮仗,从四面八方炸响,各家各户的房门都打开,开始往外走人,很快就挤满了狭窄的街道。

法官向达拉斯特表示,他能光临他的陋室,实在是他的荣幸。然后带他上楼,漂亮的楼梯是巴洛克风格的,刷了天蓝色石灰粉。达拉斯特登上二楼平台时,旁边的几扇房门打开,一些棕色头发的孩子探头探脑,压住咯咯笑声又缩回去了。贵宾室建造的非常美观,仅仅摆放了藤条桌椅,挂了几只大鸟笼,笼中的鸟儿叽叽喳喳,十分吵闹。他们观瞻的阳台,正对着教堂的小广场。现在,小广场上全挤满了人,但是在几乎看得见的自天而降的热浪冲击下,他们却一动不动,安静得出奇。只有孩子围着广场跑来跑去,猛然停下点着炮仗,炸响声此伏彼起。从阳台望去,教堂显得更小了:教堂的墙壁抹了粗灰泥,十几级台阶粉刷成蓝色,两座小钟楼则粉刷成天蓝和金黄两色。

教堂里的管风琴,突然奏响了。人群一齐转向教堂门廊,分开排列到广场两侧。男人都纷纷脱帽,女人则屈膝跪地。远处的管风琴长时间演奏进行曲。继而,从森林传来奇特响动,一种昆虫鞘翅震动的声音。一架翅膀透明、机身单薄的小型飞机,出现在树木的上空,在这不分年代的世界中仿佛一个怪物。飞机朝广场低飞,发出大木铃般的轰鸣,掠过广场和仰望它的人头,然后打了个弯,朝河口方向飞去。

这工夫,昏暗的教堂里隐隐一阵骚乱,重又引起人们的注意。管风琴停止了演奏,取而代之的是铜管乐器和扁鼓,但是隐蔽在门廊里看不见。一些忏悔者身披肥大的黑袍一个一个走出教堂,聚集在台阶的平台上,然后走下台阶。跟在后面的忏悔者身披白袍,举着红色和蓝色的会旗;接着有一小群装扮成天使的男童,都是圣母儿童会成员,一张张黑色小脸表情严肃。最后,几位当地显贵,身着深色西装,热得汗流浃背,他们抬着五颜六色的圣人遗骨盒,以及上面的耶稣像。耶稣手持芦苇,头戴荆冠,伤口流血,从站在台阶上的人群头上摇摇晃晃地走过。

圣人遗骨盒到了台阶下面,有个停顿时间,忏悔者大致排好队列。正是这工夫,达拉斯特看见了厨子。他刚到教堂前平台,光着膀子,蓄留大胡子的头上垫着一块软木板,顶着一大块长方形石头。他步子沉稳,走下台阶,两条肌肉突出的短胳臂稳稳地把住石头。他一到达圣人遗骨盒后面,游行队列便启动行进了。这时,穿着鲜艳彩服的乐师们才从门廊下出来,卖力吹着饰有彩带的铜号。忏悔者的队列加快了步伐,踏上了直通广场的一条街。等队列后面的圣人遗骨盒也消失不见了,场面上只剩下厨子和最后几位乐师了。那架飞机又兜回来,携着一片稀里哗啦的金属声响,掠过最后几伙人的头顶;而在砰砰的爆竹声中,观众也动起来,跟上最后的队列。达拉斯特的眼睛只盯着厨子,望着他在街上渐渐隐没,突然仿佛瞥见他肩膀下弯了,但是离得远,也看不大清楚。

法官、警察局局长和达拉斯特前往镇政府,街上空荡荡的,两侧的商店和住户都关了门。铜管乐和鞭炮声逐渐远去,城里又恢复了寂静,已经有几只秃鹫飞回房顶,落到它们似乎一直占据的位置。镇政府位于一条狭长的小街上,这条街一直通往教堂广场外侧的一个街区。此刻,镇政府空无一人,站在阳台上远眺,只望见一条坑坑洼洼的马路,刚下过的雨留下几汪水洼。太阳已经偏西,依然烘烤着街道对面房舍没有门窗的墙壁。

他们等待了许久,实在太久了,达拉斯特总望着对面墙壁上阳光的反射,又感到倦怠和眩晕了。空荡荡的街道、人去室空的房舍,既吸引他的目光,又令他生厌。他重又萌生逃离这地方的念头,同时还想到那块大石头,真希望这场考验已然结束。他正要提议下去问问情况,忽然教堂钟声响起,震荡齐鸣。与此同时,从他们左边街道的另一头,涌现一大群人,一时沸反盈天。他们从阳台远远望去,只见那些人团团围住圣人遗体盒,朝圣者和忏悔者乱作一团,伴随着鞭炮声和欢叫声,沿着狭窄的街道走过来。不大工夫,满街道都是人了,他们朝镇政府走来,乱哄哄难以名状,不分年龄,不分种族,也不分服饰,全混杂起来,汇成了花团锦簇的群体,布满了眼睛和喧嚷的嘴巴,布满高举的蜡烛,状如一支长枪大军,而烛光早已融入炽烈的阳光中。等他们走近了,那么密集。到了阳台下,仿佛缘墙而上了。达拉斯特在人群中,没有看到那个厨师。达拉斯特也没有说一声,猛地离开阳台和大厅；飞奔下楼，跑到街上，在如雷鸣的钟声和鞭炮声中，他不得不同欢快的人群搏斗，冲进那些擎着蜡烛的人，那些深感不满的忏悔者当中。然而，他以势不可当的姿态，调动全身的分量，逆人的潮流而行，猛力冲出一条路来，他跟跟跄跄，到了街道另一头，险些跌倒，终于自由了，已然冲到人潮的尾部。他贴在滚烫的墙壁站着，赶紧喘口气，喘息稍定，他又朝前走。这时街口又出现一伙人。在前面的那些人倒退着走路，达拉斯特看见他们围着那厨子。

厨子显然疲惫不堪。他停下脚步，接着，他被大石头压弯了腰，开始小跑，像装卸工和苦力那样脚步急促，那是受苦模样的倒腾碎步，整个脚底板着地。随着他的那些忏悔者，满身滴了蜡油，沾了尘土，一见他停下就给他鼓劲。他弟弟在他身左边，忽而走忽而跑，始终不吭一声。达拉斯特觉得，他们永远也跑不完与他相隔的这段距离。快要到近前的时候，厨子又停下了，无神的目光扫视一下四周，看见达拉斯特时，却仿佛认不得了，停在那里，转向达拉斯特。现在他脸色发青，淌满油腻腻、脏兮兮的汗水；他的胡须沾满唾液的黏丝，嘴唇也被一种干了的褐色沫子封住了。他力图笑一笑。可是，重压之下动弹不了，他浑身颤抖，除了肩膀的部位，那部位的肌肉在抽搐中显然揪作一团了。那个兄弟认出达拉斯特，只对他说了一句：

"他已经跌倒过了。"

索克拉特不知从哪儿冒出来，也对着他耳朵悄声说：

"过度跳舞,达拉斯特先生,跳了一整夜,他累坏了。"

厨子又朝前走,步子一蹿一蹿的,不像是要前进的人,倒像是通过这种动作,要逃脱压垮他的重负,要减轻压在身上的重量。不知怎的,达拉斯特来到厨子右边。他的手动作变轻,放到厨子的背上,同样迈着又急又重的碎步,走在他的身旁。到了街的另一头,不见了圣人遗体盒,人群无疑把广场挤得水泄不通,似乎不再前行了,不大工夫,在他兄弟和达拉斯特的护卫下,厨子又往前走了一段。很快,仅差二十米远,就到达聚在镇政府前看他通过的人群了。然而,他又站住了,达拉斯特抚他后背的手加力了,说道:

"走啊,大厨,再坚持一下。"

厨子却浑身发抖,嘴角重又流涎,而且满身往外喷汗了。他本想深呼吸,也只是喘了口气,猛地停下。他又动了动,往前挪了三步,身子摇晃起来。突然,石头滑落到肩头,砸破个大口子,又从胸前滚落到地上,厨子也失去平衡,瘫倒在一旁。走在前面鼓励他的人都惊呼,往后一跳闪避。其中一个人急忙接住软木板,其他人则抬起石头,准备再放到厨子的头顶。

达拉斯特俯下身,用手擦掉厨子肩上的尘土和血污,而这个矮个子脸贴着地面,这时只顾喘息了。他什么也听不见,一动也不动了,张大了嘴,贪婪地猛吸每一口气,仿佛那就是最后一口了。达拉斯特拦腰抱住他,像抱孩子似的,毫不费力地把他拖起来,紧紧地搂住他,扶着他站住。达拉斯特还大弯腰,冲他的脸说话,似乎要向他输送自己的力量。厨子满身尘土和血污,过了片刻离开他,脸上流露惊恐的表情。他摇摇晃晃,又朝那块由众人略微抬起的石头走去,可是走了两步又站住,目光茫然地注视着那石头,摇了摇脑袋。然后,他手臂耷拉下来,转向达拉斯特,大颗大颗泪水,无声地流到那张消损憔悴的脸上。他想要说话,也是在说话,然而只张嘴却语不成句。

"我许了愿……"他说道。随后又说:"噢!船长啊!噢!船长啊!……"

眼泪淹没了他的声音。他的兄弟出现,在他身后,紧紧抱住他,厨子边哭边偎依着兄弟,脑袋仰到后面,他认输了。

达拉斯特看着厨子,不知说什么好了,他转向又叫嚷起来的人群。突然,他从一个人手中夺过软木板,直奔那块石头。在他的示意下,那些人抬起石头,几乎不费力地安放在他头顶。受石头的重压,他的躯体微微缩紧,肩膀也收拢了,喘息急促了点儿。他瞧了瞧脚下,听了听厨子的饮泣。随即起行,迈出强有力的步子,一鼓作气,走完了与人群相隔的距离,到了街道的另一头,毅然劈开聚众的头几行,人们也纷纷给他闪开一条路。他在钟鸣和鞭炮的喧闹声中走进广场,穿过突然安静下来、惊奇看着他的两旁观众。他以同样激昂的步伐前进,观众为他闪开一条直达教堂的路。他的头和脖颈虽然开始感到沉重的压力,但是看见教堂和圣人遗骨盒似乎在平台上等待他,便朝教堂走去,已经过了广场的中心,猛然间也不知道为什么,他拐向左边,离开了去教堂的路，迫使那些朝圣者同他面面相觑了。他听见身后有急促的脚步声，眼前到处是张大的嘴巴。他不明白那一张张嘴冲他嚷什么，尽管他们不断向他喊的葡萄牙语那个词，他似乎也认得。突然，索克拉特出现在他面前，惊恐地转动着眼珠，说话前言不搭后语，指着让他看身后去教堂的路。

"去教堂啊！去教堂啊！"

索克拉特和那群人冲他喊的原来是这个意思。可是，达拉斯特还照旧往前闯。索克拉特闪到一旁，手臂举向天空，样子十分滑稽，众人也渐渐停止了喊叫。达拉斯特踏上另一条街，即他和厨子已经走过的街道，知道通向河边的街区，这时身后广场的喧声，就完全模糊难辨了。

现在，大石头压得他脑壳疼痛，两条粗壮的胳臂必须全力支撑，才能减轻点压力。到了邻近的街巷，坡路很滑，他的双肩已经抽缩了。他停下脚步，侧耳细听，只有他一个人。他正了正放在软木板上的石头，顺坡十分小心地下脚，但步伐还很坚定，一直走到棚户区。到了地方，他呼吸开始困难了，扶在石头周围的手臂也发抖了，于是加快脚步，终于到达小广场，厨子棚屋的地方，于是跑过去，一脚踹开房门，将石头一下子摔到屋的中央，正砸在还发红的火堆上。他这才挺起腰板儿，突然这么大块头儿，连连猛吸着他辨别出来的穷困和灰烬的气味，他倾听着一种无以名之的快乐，一种隐隐激荡的快乐随着心潮汹涌。

棚屋的主人回来了，发现达拉斯特闭起双眼，靠在里侧墙壁站着。在屋子中央灶火的地方,大石头半吃进土里,覆盖着灰烬和泥土。他们停在门口,没有往前走,默默地注视达拉斯特,就好像在询问他。然而,达拉斯特也沉默无语。这时,厨子由兄弟带到石头旁边,一屁股坐到地上。他兄弟也坐下了,还招呼别人。老太婆过来了,接着,昨夜身穿猎装的那个姑娘也过来了,但是谁也不看达拉斯特一眼。他们围着石头,蹲坐了一圈,谁都默不作声。唯有河水的流淌声,透过沉闷的空气传到他们耳畔。达拉斯特站在暗地儿里,只是倾听着,什么也看不见,而河水的声响,使他的身心充满了乱纷纷的幸福感。他闭着眼睛,在心里欢呼自己的力量,再次欢呼复活的生命。就在这当儿,一声爆竹,就仿佛在附近炸响。那兄弟挪挪身子,稍微离开点厨子,半转向达拉斯特,眼睛不看他,指了指腾开的位置,说道:

"你和我们坐在一起吧。"

李玉民　译

图书在版编目(CIP)数据

加缪短篇小说集/(法)加缪著;李玉民,郭宏安译.
-北京：北京燕山出版社,2015.10(2017.6重印)
ISBN 978-7-5402-3946-6

Ⅰ.①加… Ⅱ.①加… ②李… ③郭… Ⅲ.①短篇小说-小说集-法国-近代
Ⅳ.①I565.44

中国版本图书馆 CIP 数据核字(2015)第 217147 号

加缪短篇小说集

[法]阿尔贝·加缪 著
李玉民 郭宏安 译
责任编辑／尚燕彬 臧晓雅
装帧设计／小 贾
北京燕山出版社出版发行
北京市西城区陶然亭路 53 号 邮编 100054
全国新华书店经销
北京市松源印刷有限公司印刷

开本 787×1092 1/32 印张 11 字数 206,000
2015 年 11 月第 1 版 2017 年 6 月第 2 次印刷

定价:32.00 元

版权所有 盗版必究